다 지나가리라

● 양창국 창작집

우리의 삶은 이중적입니다
잠에는 고요한 세계가 있고 죽음의 존재로
잘못 명명한 것들 사이의 경계가 있습니다

차례

1. 1억 원 ················· 9
2. 횡재 ················· 24
3. 다 지나가리라 ············ 43
4. 폭우 ················· 127
5. 짜고 치는 고스톱 ·········· 140
6. 버킷리스트 ·············· 157
7. 그네를 타는 연인 · 2 ········ 169
8. 기막힌 조우 ············· 194
9. 아 첫사랑 ·············· 207
10. 참 힘들게 산다 ··········· 228

열 번째 창작집을 내며 ········· 242

01

1억 원

1

조억수는 초봉 2천만 원으로 입사한 지 5년 만에 계장으로 진급하고 연봉이 4천만 원으로 올랐다. 그는 취직하고부터 월급을 몽땅 홀어머니에게 드리고 매달 약 20만 원쯤 용돈을 타서 썼다.

그가 계장으로 진급한 것을 기뻐하는 어머니에게 그는 얼굴을 붉히며 말했다.

"엄마, 저 이제 월급이 올라 매달 세금 떼고, 4대 보험 떼고 300만 원쯤 받아. 그래서 한 달에 100만 원씩 적금 들고 싶은데, 그래도 엄마께 드리는 돈은 그 전이나 비슷할 거야."

"한 달에 100만 원?"

"그럼 한 8년 모으면 1억이 모아져."

"1억이나?"

"그러면 방 한 칸 전세 얻을 수 있을 거니, 장가가야지."

"뭐, 8년이나 더 있다 장가간다고? 그럼 너무 늦다."

"그래도 지금 장가가면 이 15평 아파트에 엄마랑 동생이랑 색시랑 살려면 너무 집이 좁아."

"그래도."

"그때, 30대 후반 되니 요새 만혼 추세라 그렇게 늦는 거 아냐."

조억수가 조곤조곤 말했다.

"알았다. 그 돈, 노름한다는 것도 아니고 술 먹어 없애는 것도 아닌데, 그렇게 해라."

어머니가 좋다고 했다.

조억수는 은행에 가서 매월 100만 원씩 붓는 적금을 들며 날아가는 기분이었다.

'8년 지나면 나도 1억 원 현금이 있는 부자다!'

그는 매달 100만 원씩 저축하는 자신이 자랑스러워 적금을 처리하는 창구 여행원에게 막 자랑하고 싶었다. 그는 떨리는 마음을 감추려고 심호흡했다.

적금통장을 받아 들고 그는 어깨를 쫙 펴고 은행을 나서 고등학교 동창, 이성렬과 점심을 하러 현대백화점 지하 1층으로 갔다.

그는 성렬에게 매달 100만 원씩 저축하는 것을 자랑하고 싶은 마음을 참고 순두부찌개를 먹었다.

성렬이 점심값을 내서 그는 커피를 사겠다고 했다.

포도주 파는 가게 앞을 지나며 성렬이 멈춰 서서 무엇인가 열심히 쳐다봤다. 유리 상자 안에 노랗게 보이는 양주 술병이 전시되어 있고, 그 술병이 돋보이도록 조명을 비춘다.

"발렌타인 50이네."

성렬이 상표를 보며 말했다.

"발렌타인 30은 들어봤지만 50은 처음 들어보네. 꽤 비싸겠지. 발렌타인 30이 한 300불 하니 천 불쯤 하나?"

조억수가 말했다.

"천 불? 어, 공이 8개네."

성렬이 전시된 술병 아래 붙은 가격표를 보며 놀라는 반응이다.

"뭐 공이 8개? 1억!"

조억수가 가격표를 확인하며 비명을 지른다.

두 동창은 가격표를 다시 한번 확인하고 백화점 출구로 향한다.

"어느 놈이 저 비싼 술을 사서 마실까?"

성렬이 한탄조로 말한다.

조억수는 술 한 병 값 모으려고 8년 동안 넣는 적금을 시작하며 흥분했던 자신을 돌아보며 부끄러운 생각이 들었다.

'술 한 병 값 모으려고….'

그는 상대적인 빈곤을 느끼며 자신이 초라하게 느껴졌다.

"저거 한 병 소주잔으로 열 잔쯤 나올 거 같은데 한 잔에 천 만 원이네. 목구멍에 넘어갈까?"

성렬이 영탄조로 말했다.

조억수는 천 만 원이면 내 두 달치 월급이 넘네, 하고 계산하며 힘이 쭉 빠졌다.

"얼마 전 영동에 있는 와인어리 갔었는데 설명하는 사람이 삼성 이건희 회장은 한 병에 2백만 원 하는 로마네 콩티만 마신다고 하여 상대적으로 빈곤감 느끼며 기가 죽었었는데, 그건 저 술값에 비하면 껌값이네."

성렬이 공허한 목소리로 말했다.

"그 비싼 포도주만 마신 이건희는 팔십도 못 살았잖아. 말년 몇 년은 식물인간으로 살았고."

조억수가 이건희를 깎아내리며 상대적 박탈감을 달랬다.

"그런데 저 양주 사다 뭐하나? 진열장에 넣어놓고 감상하나?"

"얼마 전 현대미술관 갔을 때 운보 김기창 화백 그림이 억대라고 하여 놀랐는데 양주 한 병에 억 원이라."

"우리 서민이야 소주 한잔하며 허허하면 되지."
성렬이 해탈한 듯한 목소리로 말했다.

2

토요일, 조억수는 그의 직속상관 본부장 김동수의 아들 결혼식에 간다. 5성급 호텔, 파르테논 그랜드볼룸에서 12시에 결혼식이 열린다.

조억수는 전무 아들 결혼 축의금으로 평소에 그가 하던 대로 5만 원은 할 수가 없어 그의 반달 치 용돈인 10만 원을 봉투에 넣어 갔다.

그랜드볼룸으로 가는 호텔 통로에 축하 화환이 길게 늘어섰다. 축하객도 줄을 서서 차례를 기다려 혼주와 인사했다.

조억수는 축하객 줄에 서서 인사 차례를 기다리며 화환이 100개도 넘겠네, 하나에 10만 원씩 치면 천 만 원, 내 석 달치 월급과 거의 맞먹네, 하며 멍청히 한 걸음씩 움직였다.

혼주와 형식적인 인사를 하고 식장에 들어서니 한 테이블에 열 명씩 앉는 테이블이 거의 만석이다. 그는 겨우 빈자리를 하나 찾아 앉았다. 같은 테이블에 앉은 하객들은 나이가 들었다. 대화 내용을 들으니 혼주와 친구인 거 같다.

사회자의 안내에 따라 신랑 신부가 입장한다.

"밥은 예식 끝나야 줄 거고, 우리 포도주 한 잔씩 하며 건배할까?"

조억수 옆자리에 앉은 안경을 쓴 신사가 말한다. 포도주를 돌아가면서 죽 따른다. 조억수 잔에도 따른다.

신랑 신부가 맞절할 때 조억수 테이블의 하객들이 건배, 하고 잔을 부딪친다.

"동수 녀석 돈 좀 벌어 놓은 모양이네. 이런 비싼 호텔에서 아들 혼인시키고."

건배하자고 했던 안경이 떠벌린다.

"여기서 결혼시키려면 억은 들 텐데."
안경 옆자리에 앉은 신사가 말한다.
"억 더 들걸. 음식값만도 1인당 10만 원 더 들 텐데."
"부주 10만 원은 가져올 것이니, 지 밥값은 다 가지고 오는 거지."
"포도주 한 병 더 깔까?"
"비쌀 텐데 그만 마시지."
"이런 데서 혼인시키는 부자 돈 좀 쓰라고 하자."
본부장 친구들은 결혼식 진행에는 관심이 없다.
조억수는 예식장 비용이 1억은 든다는 말에 가슴이 벌렁거렸다.
그는 문득 그가 8년 목표로 들고 있는 적금이 딱 양주 한 병 값이고, 혼인 한 번 시킬 돈이네, 하며 서글픈 생각이 들었다.
혼주 친구들은 세 병째 포도주를 시켜 먹고 낮술에 취하여 해롱거렸다.
조억수는 그들과 어울릴 수도 없어 차례로 나오는 양식을 싹싹 비우고 커피까지 마시고 자리에서 일어섰다.

3

청와대에 똬리를 틀고 있는 VVIP 다음으로 우리나라 모든 정보를 휘어잡고 있는 실세가 실업가 세 사람과 골프를 쳤다.
전반 아홉 홀 경기를 마치고 네 사람은 그늘 집에서 생맥주로 갈증을 달랬다.
실세가 전반 경기 성적표를 보며 말했다.
실세는 43타, 실업가 1은 44타, 실업가 2와 3은 45타였다.
"스코어가 비슷하네. 그냥 치니 재미가 덜한데, 우리 후반에는 내기합시다."
실세가 말했다.
"내기요? 얼마?"

실업가 1이 말했다
"점당 한 장."
실세가 쉽게 말했다.
"한 장이면?"
실업가 3이 확인했다.
"공이 여덟 개."
실세가 말을 받았다.
"공이 여덟 개면, 1억? 좋습니다."
실업가 2가 말했다.

실업가 세 사람은 얼마를 잃어줘야 하는지 부지런히 계산했다. 실업가 세 사람은 모두 실세보다 골프 실력이 훨씬 앞서 성적을 조절할 수가 있다. 드라이버를 훨씬 멀리 칠 수 있으나 세 사람은 실세보다 1, 2m 덜 나가도록 사교 골프를 쳤다.

실세에게 부탁할 것이 있는 실업가 1은 석 점을, 실업가 2는 두 점을 잃어주기로 정했다. 실세에게 특별히 부탁할 것이 없이 실세와 골프를 쳤다는 사실을 자랑으로 여기는 실업가 3은 실세 돈을 따먹을 수는 없고 한 점만 잃어주기로 했다. 각본대로 라운딩이 끝났다. 실업가 3이 4인분 캐디피를 지불하며 1억 원짜리 수표 한 장을 실세에게 건넸다. 실업가 1은 석 장을 실업가 2는 두 장을 건넸다.

주말에 6억 원을 번 실세는 그중 두 장은 젊고 예쁘고 싱싱한 그의 젊은 애첩에게 주기로 마음을 정했다. 실세는 그 돈을 받고 좋아하며 그에게 애교를 부릴 애첩을 떠올리며 아랫도리가 불끈 섰다.

목욕을 마친 네 사람은 실세 단골 요정으로 갔다.

요정 마담이 쪼르르 달려와서 그들을 룸으로 안내했다.

아가씨들이 들어오기 전에 상석에 앉은 실세가 뭐 부탁할 거 없어요, 하고 거만한 목소리로 물었다.

실업가 1이 세무조사를 나오려고 하여 걱정이라고 말했고, 실업가 2는 경찰에서 비리를 내사하여 조심스럽다고 말했다.

실세가 수행비서를 불러 국세청장과 경찰청장을 전화로 연결하라고 했다. 실세는 국세청장에게 실업가 1을 고향 친구라며 잘 봐주라고 하고, 경찰청장에게는 실업가 2가 친척이라며 잘 봐주라고 했다.

통화를 마친 실세는 엄지와 검지를 맞붙여 원을 만들어 흔들어 보이며 눈을 찡긋하며 잘됐다는 신호를 보냈다.

꽃같이 예쁘고 날씬한 젊은 여인들이 룸으로 들어왔다.

네 사람은 주지육림에 허우적거렸다.

3류 잡지에서 그 기사를 읽은 조억수는 허탈하고 황당하여 한숨이 나왔다.

4

조억수는 티브이 스포츠 채널을 열었다.

LPBA 결승전이 생중계되고 있다. 우승 상금은 1억 원이다.

당구 여제라고 할 수 있는 김가영과 캄보디아 출신 스롱이 맞붙었다. 스코어는 3:3, 최종 세트를 막 시작했다. 스롱의 선공이다. 5점을 쓸어 담는다. 기세에 눌렸나, 김가영은 공타, 다시 스롱이 2점을 낸다. 다시 김가영이 공타, 스롱이 다시 2점. 스코어는 9:0, 스롱의 승리가 보인다.

김가영이 쿠션으로 2점을 만회한다. 연거푸 쿠션, 다시 2점, 스코어 9:4, 다시 스롱이 두 점을 내서 11:4, 김가영이 분발한다. 5점을 낸다. 11:9, 승부는 지금부터다.

조억수는 우리나라 선수가 따라붙자 기분이 환해진다.

우승에 목마른 스롱이 분발한다. 3점을 쓸어담는다. 14:9, 한 점만 더 나면 스롱의 우승이다. 스롱이 타임을 부르며 마지막 한 점을 얻기 위해 정성을 다한다. 아슬하게 공이 비껴간다. 김가영이 신중하게 큐를 잡고 3개의 공을 노려본다. 3점을 낸다. 14:12. 김가영의 위기다. 스롱이 큐를 잡고 깊은숨을 들이쉰다. 당구대를 돌며 최선의 샷을 구상한다. 주사위를 떠난 하얀 공이 빨간 공을 맞히고 쿠션을 돌아 노란 공으로 향한다. 관중들이 숨을 죽인다. 1mm 간격을 두고 비껴간다. 탄성이 나온다.

김가영이 침착하게 큐를 잡는다. 여러 번 챔피언을 해봤던 관록이 나온다. 침착하게 공을 다룬다. 연거푸 3점을 얻는다.

김가영 우승!

김가영이 큐대를 흔들며 포효한다. 스롱이 김가영을 안으며 승리를 축하해 준다. 이어서 시상식이 이어진다. 100,000,000원 상금이 적힌 팻말을 전달한다.

조억수는 1억 상금이 너무 적다고 느껴진다. 명색이 메이저 대회라며 상금이 겨우 1억이야, 하고 조억수는 속으로 투덜댄다.

조억수의 당구 실력은 100 내외이다. 대학 다닐 때 친구들과 당구장에 돈을 좀 바쳤다. 당구에 막 재미를 붙이고, 누우면 천장에 당구공이 굴러갈 때 사건이 일어났다.

조억수는 고수들이 맛세를 치는 것이 너무 부러웠다. 그는 당구대 구석에 붙은 공을 큐를 수직으로 세워 내려찍었다. 공이 튀어가고 카펫이 찢어졌다. 같이 치던 친구가 카펫값 물어주려면 돈이 많이 들 거니 도망치자고 했다.

조억수는 친구를 따라 당구장에서 도망쳤다. 그는 도망친 것이 계속 마음에 걸렸다. 그렇다고 뒤늦게 자수하기는 쑥스러웠다. 그는 당구가 싫어졌다.

프로 선수가 되기 위해 꽤 많은 돈을 당구장에 바쳤을 거다. 이번 경기만 해도 128강부터 시작한 게임에서 6연승을 하고 결승전에 올라왔다. 그런데 명색이 메이저 대회라며 상금이 1억이다. 겨우 발렌타인 50년 한 병 값이다. 노력에 비해 너무 짜다.

조억수는 환호하는 김가영을 바라보며 겨우 1억 상금 받고 저렇게 좋아하나, 하고 가여운 생각이 들었다.

5

조억수는 군청 소재지, 읍에 있는 초등학교, 중·고등학교를 다니고, 대학은 도청 청사가 있는 도시에 있는 국립대학을 나왔다.
조억수의 중·고등학교 동창 십여 명이 상경하여 서울에 자리를 잡고 살고 있다. 그들은 한 달에 한 번 만나 서울 근교의 산을 오른다. 관악산, 북한산, 도봉산, 수락산, 청계산을 돌아가면서 오른다.
오늘은 청계산을 오른다.
동창 아홉 명이 신분당선 청계산역에서 10시에 만났다. 악수하며 시끌벅적 떠들었다.
정건이 몇 년 만에 나왔다.
녀석 죽은 줄 알았는데 살아 있었네, 하고 모두 반겼다. 정건이 명함을 돌렸다. 신흥금융 전무라고 쓰여 있다.
"전무! 출세했네."
동창들이 명함을 보며 큰 소리로 말했다.
"신흥금융이면 제2금융권이냐?"
초등학교 선생님을 하는 성규가 물었다.
"뭐 그렇게 거창한 것은 아니고 다 모인 거 같은데 출발하자."
정건이 앞장서서 옛골을 향해 걸었다.
웃고 떠들고 끼리끼리 살고 있는 현실을 나누며 매봉에 올랐다.
정건이 배낭에서 양주병을 꺼내며 정상주, 하자 하고 떠벌였다.
"발렌타인 21년, 비싼 술인데."
경찰을 하는 종성이 말했다.
"비싸기는 20만 원도 안 하는데."

정건이 배낭에서 육포를 꺼내며 말했다.

엄지손가락보다 약간 큰 잔에 양주를 따라 죽 돌아가며 마셨다. 술을 좋아하는 동창은 두 잔 석 잔씩 돌아가며 마셨다. 분위기가 확 살아났다.

"신흥금융이 뭐 하는 회사냐?"

성규가 다시 물었다.

"그거, 지난 3년 동안 내가 비트코인에 투자하여 한 50억 벌었다. 그 돈을 밑천으로 남대문 시장에서 일수 장사한다. 삼십밖에 안 된 내가 사장하기는 뭐해서 작은아버지를 바지사장으로 모시고 남대문 시장 상가 건물 꼭대기 방 하나 빌려 간판 걸고 내가 회사를 운영한다. 급전이 필요한 상인들 상대라 이자가 높다. 돈은 내가 빌려주지만 수금원 두 사람 쓰고 있다."

조억수는 정건이 50억이나 벌었다고 하자 샘이 났다.

정건은 중·고등학교 성적이 뒤에서 세는 것이 훨씬 빨랐다. 대학은 이웃 읍에 자리한 원서만 넣으면 합격하는 3류 대학을 다녔다. 그런데 가상화폐에 투자하여 50억 원이나 벌었단다.

조억수는 비트코인이니 이리움이니 하는 가상화폐 이름은 들어봤지만, 한 번도 투자할 생각을 한 적이 없다. 투자할 돈도 없다. 그런데 학교 다닐 때 항상 뒤처져 따라오던 정건이 가상화폐에 투자하여 떼돈을 벌었단다.

조억수는 그 사실이 실감 나지 않아 고개를 흔들었다.

하산하여 동창들은 돼지불고기 집에 들어가서 긴 테이블에 빙 둘러앉았다. 총무가 불고기와 소주를 주문했다. 밥값은 1/N로 갹출한다.

정건이 숟가락으로 소주병을 탕탕 쳐서 주위를 모으고 오늘 밥값은 내가 쏠 거니 마음 놓고 먹으라고 떠벌린다. 동창들이 박수치며 환호한다.

두어 순배 술이 돌고 취기가 오른다.

"나 어제 어너스 소사이트 정기모임에 다녀왔다."

정건이 일어서서 큰 소리로 말했다.

"어너스 소사이트가 뭐냐?"

성규가 물었다.

"사랑의 열매에서 운영하는 기부자 모임이다. 1억 이상 기부한 기부자가 정회원이 된다."

"뭐 니가 1억 원을 기부한다고?"

성규가 비명을 질렀다.

"비트코인 투자해서 번 돈 중 일부를 기부했다. 회원이 한 3,500명쯤 되는데 우리나라 주요 인사들이 다 회원이다. 어제 모임에 안성기도 오고 김혜수도 왔던데, 실물 보니 김혜수가 더 섹시하더라."

조억수는 정건의 자랑을 들으며 자신이 초라해지는 것 같았다. 그는 앞으로 8년은 지나야 1억 목돈이 생긴다. 그 돈이 생겨도 기부할 생각은 꿈에도 없다.

공부도 못했던 놈이 굼벵이도 구르는 재주가 있다더니, 하고 정건을 깎아내리며 조억수는 자신을 달랬다.

6

조억수는 티브이 화면에, 일성물산 이원호 사장 외 직원 일동 1억 원, 하고 흘러가는 자막을 보며, 저 속에 내 돈 5만 원도 들어있는데, 하며 기분이 살짝 좋았다.

언론사에서 태풍과 호우로 피해를 본 수재민에게 구호 성금을 모금하고 있다.

조억수의 회사에서는 1억 원 성금을 내기로 하고 노사가 직원 월급에서 2%씩 갹출하기로 합의했다. 그 돈을 방송사에 기탁한 것이다.

조억수가 조그마한 기부에 넉넉한 마음이 되어 티브이 다음 프로를 시청했다.

그때 초인종 소리가 났다.

조억수는 누구세요, 하며 현관으로 가서 문을 열어줬다. 큰형님 아들 민수다.

"저 내일 출국하여 인사 왔어요."

"그래? 자리에 앉아라."

민수는 미국 컬럼비아 대학으로 유학 간다.

조억수의 큰 형님은 그의 외아들 민수의 성적으로 서울에 있는 대학 진학이 어려워 보이자, 하나뿐인 아들을 지방 대학에 보내기 싫어 유학길을 선택했다.

유학 브로커에게 2천만 원을 주고 대학 주선을 의뢰했다. 민수 성적으로 일류대학은 어려워 일류에 가까운 컬럼비아 대학 입학 자격증을 받아줬다.

조억수는 형님이 돈이 있다고 일 년 등록금만 1억이 더 드는 유학을 보내는 것이 탐탁지 않다. 우리나라에서 살아가려면 혈연, 학연, 지연이 매우 중요하다.

그런데 학연을 포기하고 유학 보낸다. 빛바랜 돈 잔치 같다. 형님이 매년 1억 몇 천만 원씩 학비를 대려면 살림이 빠듯할 거다. 그는 한 번 형님에게 유학 말고 국내 대학 보내라고 말했다가 남의 아들 전정 막으려고 작정했나, 하는 호통을 들은 적이 있다. 그 후 다시는 그 문제는 거론하지 않았다.

조억수는 두 손을 모으고 앉아 있는 조카를 보며 불쌍한 생각이 들었다.

아직 스물도 안 된 놈이 외국, 그 큰 미국에 가서 겪을 외로움이 눈에 선했다. 우리나라 대학에 갔으면 친구들과 신나게 어울려 살아갈 텐데, 부자 아버지 만나 고생하겠구나, 하고 조카가 불쌍하게 보였다.

조억수는 유학 가는 조카에게 노잣돈 몇 백 불도 줄 수 없는 자신의 처지를 안타까워하며 냉장고에서 주스를 꺼내 건넸다.

7

조억수는 특별한 일정이 없어, 창문을 통해 하늘로 날아가는 구름을 보다가 신문을 집어 들었다. 스포츠란에 손흥민이 영국 토트넘을 떠나 미국 엘에이 팀으로 이적한다는 기사가 났다.

그는 미국에서 미식축구는 인기지만 축구는 별로인데, 하며 연봉을 얼마나 주기에 미국으로 갔나, 했다.

이적료 2,600만 불, 364억 원, 연봉 870만 불, 120억 원이다.

그는 토트넘이 손흥민 팔아 톡톡히 밑천 건졌네, 하며 연봉 120억 원이면 내 봉급 300년 치네, 공 좀 잘 찬다고 그렇게 큰돈을 받나, 하며 후, 하고 한숨을 내쉬었다.

그는 류현진이랑 박찬호가 미국에서 잘 나갔고, 이정후는 국내에서 펄펄 날다가 얼마 받고 샌프란시스코 팀으로 갔나, 하며 인터넷을 뒤졌다. 류현진이 십여 년 동안 LA 다저스와 토론토 블루제이스 팀에서 총 1억 1300만 불, 매년 천만 불씩 받았다. 이정후는 6년에 1억 130만 불, 1663억 원을 받는다. 매년 2백 몇 십 억 원을 받는다.

그는 문득 배구선수 김연경이 터키에서 용병으로 뛸 때 매년 30억 원씩 받았다는 기사를 떠올리며 공만 잘 차고 잘 던지면 천문학적 돈을 받는데, 나는 왜 그런 재주를 타고 나지 않아 주 5일 꼬박 일하고 겨우 연봉 4천 받을까, 하며 일류 선수들 껌값도 안 되는 돈을 모으려고 악악거리나, 하며 자신이 불쌍해졌다.

8

중·고등학교 동창 성규로부터 전화가 왔다. 목소리가 다급하다.

"억수야, 급한데 5백만 원만 빌려주라."

"5백만 원, 나 없는데."

느닷없이 돈을 빌려주라는 친구의 전화에 놀라며 조억수가 대답했다.

"뭐, 돈이 없다고?"
친구가 시비조로 말했다.
"나 월급 받으면 다 엄마한테 가져다주고 용돈 얻어 써서 내 돈은 없다."
"뭐라고 너도 월급 엄마한테 가져다주니? 어디서 빌린다?"
"정건이한테 부탁해 봐라."
"아, 그 녀석 있었지? 알았다."
"어디다 쓰려고 하니?"
"사귀는 여자가 있는데 교통사고를 내고 합의금이 당장 필요하데."
"그래? 정건이한테 연락해 봐."
통화가 끊겼다.

통화를 마친 조억수는 허허 그 녀석도 엄마한테 월급 통째로 드리고 용돈 받아 쓰나, 자기 통장에 몇 10만 원도 없겠네, 나도 마찬가지잖아, 하며 허허 웃었다.

그래도 비상금으로 통장에 몇 백은 있어야 하는데 나이 30에 빈손이라….

어떻게 빈손을 면할 방법은? 하고 생각하다가 고개를 살래살래 저으며 방법이 없네, 하며 포기했다.

9

조억수는 소파에 비스듬히 앉아 타짜 영화를 본다. 타짜가 억대의 현금을 싸 들고 노름방을 찾는다. 노름방에 긴장이 감돌고 눈에 살기가 돈다. 돌아가는 패를 보는 눈매가 무섭다. 피를 튀는 육탄전도 벌어진다.

조억수는 영화를 보며 동창 부영을 떠올린다. 녀석은 경마에 미쳐 파산했다.

참 착한 녀석이라 법 없이도 살 수 있는 놈인데 어쩌다 달리는 말에 전 재산을 걸었다. 그리고 파산했다.

조억수는 부영이 20분 후 미래를 볼 수 있는 혜안을 가졌으면 떼부자가 됐을 텐데, 하며 아쉬워한다. 우승마를 미리 알고 그 말에 걸면 배당금은 떼어놓은 당상이다. 아니 열흘, 보름 후를 볼 수 있으면 주식에 투자하여 대박이 날 거다.

어머니가 사촌 동생 결혼식에 가자고 나선다. 축의금은 30만 원 하시겠단다.

조억수는 차로 어머니와 함께 예식장에 갔다. 친척들을 만나 반가워하는 어머니를 보며 조억수는 마음이 흐뭇했다.

집에 돌아가는 길에 시골에 계신 팔순의 외할아버지가 돌아가셨다는 연락이 왔다.

어머니가 바로 시골로 가자고 했다. 어머니는 조위금으로 100만 원은 해야겠다고 하신다. 경조사비로 130만 원이나 지출하면 조억수는 적금 넣을 돈이 없다. 그렇다고 부조할 돈을 깎으라고 할 수도 없다.

조억수는 마음이 답답하다.

타짜처럼 도박으로 돈을 벌 수도 없고, 정건처럼 비트코인에 투자하여 돈을 벌 배짱도 없다. 그렇다고 손흥민처럼 공을 잘 차지도 못하고, 류현진처럼 공을 빨리 던지지도 못한다. 남의 회사에서 월급 받으며 일해 주고 가늘게 산다.

그런데 이달, 8년 목표로 1억 모으려고 넣는 적금 낼 돈이 없다.

보통 사람으로 고급 양주 한 병 값을 모으려고 몇 년을 절약하려 했으나 그것도 잘 안 된다.

그래도 어떻게 할 도리가 없이 그렇게 살아야 한다. 그렇게 사는 것도 한 판의 인생, 적금 한 달 안 넣었다고 죽는 것은 아니다.

조억수는 내 형편에 그렇게 사는 거지, 보통 사람은 다 그렇게 사는 거잖아, 하며 마음을 달래며 1억 타는 달이 겨우 한 달 늦어지는데, 하며 자신을 위로한다.

02
횡재

1

점순의 아들, 순용이 서울대학교에 합격했다.

점순은 개천에서 용처럼 솟아오른 아들이 너무나 자랑스러워 광화문 광장에 나가서 하늘에 대고 막 소리치고 싶었다.

내일모레가 대학교 등록 마감이다. 점순은 모자라는 등록금 100만 원을 어떻게 채울지 대책이 없다. 제때 등록을 못하면 누구나 들어가고 싶은 대학교 합격이 취소된다.

점순은 면 소재지에서 태어나 초등학교를 졸업하고, 중학교 갈 형편이 못되어 부모의 농사를 도우며 시집갈 날을 기다리며 커갔다.

그녀는 농촌 처녀답지 않게 해맑은 용모로 자라갔다. 그녀는 나이 20을 바라보며 꽃처럼 피어갔다.

어느 해 여름, 청년 세 사람이 피서를 와서 점순의 집 옆으로 흐르는 개천 너머 잔디밭에 천막을 쳤다. 그들은 몸에 딱 붙는 바지를 입고, 꽃무늬가 요란한 남방을 입어 먼 곳에서도 눈에 확 띄었다.

청년들은 개천에서 족대로 물고기를 잡았다. 청년들은 물고기를 잡으며 괴성을 질렀다. 밭에서 부모보다 먼저 집에 돌아와서 저녁을 짓던 점순은 싸리 대문에 붙어 서서 청년들의 고기 잡는 것을 흥미롭게 바라봤다.

한 청년이 코펠을 들고 개울을 건너와서 대문에서 청년들을 물끄러미 쳐다보고 있는 점순에게 저녁을 지으려고 하는데 우물에서 물을 좀 얻자고 했다. 청년은 키가 훤칠하게 크고 코가 날름하여 호감이 가는 인상이었다.

점순은 대문에서 한발 물러나 비켜주며 우물에서 물을 길어가라고 했다. 청년은 코펠에 담아온 쌀을 우물에서 씻었다. 쌀을 다 씻은 청년은 울타리에 매달린 호박을 가리키며 두 개만 팔라고 했다.

점순은 울타리 밑에 씨만 심어놓으면 저절로 자라는 호박을 팔라는 말에 고개를 갸웃하며 애호박 두 개를 따서 그냥 가져가라고 했다. 청년은 몇 번이나 고맙다고 하고 호박을 받아 갔다.

해가 질 무렵 청년들은 텐트 앞 풀밭에 방석을 깔고 앉아 그들이 조리한 음식을 안주하여 술을 마시며 노래를 불렀다. 이미자의 소양강 처녀도 부르고, 김상희의 빨간 마후라도 불렀다. 노래 솜씨가 좋았다. 점순은 마루에 앉아 그 광경을 보며 절로 신이 났다.

그때 점순의 부모가 밭에서 돌아와 청년들이 노는 것을 보며 서울서 온 한량 같다고 했다. 청년들은 달빛을 벗하여 노래를 부르고 놀았다. 하루 종일 논에서 일을 하고 온 점순의 부모는 밥을 먹자마자 바로 잠자리에 들었다. 점순은 마루에 앉아 달을 보다가 청년들이 노는 광경을 보면서 서울에서 온 청년들과 어울려 놀고 싶었다.

우물물을 쓰자고 한 청년이 조심스럽게 점순의 집으로 다가왔다. 점순이 혼자 달랑 마루에 앉아 있는 것을 본 청년이 손짓으로 점순을 불러냈다. 자석에 끌리듯 점순이 대문 밖으로 나갔다. 청년이 점순의 팔을 가볍게 끼며 그녀를 냇가로 끌었다. 두 사람은 청년들이 노는 데서 조금 떨어진 냇가 언덕에 나란히 앉았다.
"나 황용두, 서울 강남에 살고 있습니다. 아까 호박을 거저 주서서 감사합니다."
그는 나이트클럽에 근무한다는 말은 하지 않았다.
청년이 자연스럽게 점순의 손을 잡고 흔들며 말했다. 점순은 손을 뺄 생각도 못하고 손을 잡힌 채 멍청하게 청년을 쳐다봤다.
청년이 점순이 예쁘다고 하며 얼굴을 쓸었다. 점순은 서울 산다는 청년의 손길이 따뜻하고 싫지 않았다. 청년은 순진한 점순의 가슴에 서울 바람을 불어넣기 시작했다. 그 바람이 점순의 가슴을 부풀려 나비처럼 하늘을 날게 했다.
두 사람은 한 시간도 더 넘게 언덕에 앉아 꿈같은 이야기를 나눴다. 용두는 순진한 시골 처녀가 혹할 레퍼토리를 잘 알고 있었다. 그들은 이틀 동안 캠핑을 했다.
다음 날 밤에도 두 사람은 언덕에서 만났다. 나이트클럽에 근무하며 여자 다루는 데 도사가 된 용두는 점순의 넋을 흔들어 놓았다. 이슬을 맞으며 점순은 처녀도 내줬다.
점순은 다음 날 부모에게 말도 하지 않고 몸을 바친 용두를 따라 상경했다. 점순의 무지개 꿈은 그들이 타고 온 자가용을 타고 용두와 나란히 승용차 뒷자리에 앉아 서울로 향할 때 최고조에 달했다.
점순은 부모에게 청년들을 따라 서울 간다고 하면 들어 줄 것 같지 않아 돈 벌러 서울 가며 정착하면 연락하겠다는 쪽지 하나만 남겨놓고 집을 떠났다.
자동차가 고속도로를 달릴 때 그 시원함에 점순의 꿈이 한없이 허공으로 날았다.
승용차에서 내린 용두는 점심을 먹이고 점순을 그의 집으로 데려갔다.

그녀의 꿈은 용두를 따라 그의 집에 가면서 깨지기 시작했다. 용두의 집은 강남 대모산 산기슭에 자리한 무허가 판잣집이다. 등산로를 따라 그런 종류의 집이 죽 들어서 있다.

　문이라고 할 수 없는 판자문을 열고 집안으로 들어서자 썩는 냄새가 나고 비닐 장판이 여기저기 찢어져 보기 흉했다. 천장과 벽은 신문지로 도배했다. 가구라고는 달랑 비닐 옷장 두 개가 전부였고, 부엌에는 냄비와 밥그릇 몇 개만 보였다. 점순이 살던 시골집보다 훨씬 더 초라했다.

　점순을 판잣집에 데려온 용두는 점순에게 나 직장 다녀올 거니 집에서 기다리라고 했다. 저녁은 라면을 끓여 먹으라고 하며, 우물이 있는 곳과 공중화장실 위치를 알려줬다. 내일 새벽 3시쯤 들어올 거니 자고 있으라고 했다.

　서울 지리를 전혀 모르고 수중에 돈 한 푼도 없는 점순은 가타부타 말할 처지가 아니어서 멍하니 집을 나서는 용두를 쳐다봤다. 집에 혼자 달랑 남은 점순은 담요를 바닥에 펴고 담요 위에 앉았다. 그녀는 꼭 자신이 도깨비한테 홀려서 끌려온 것 같았다. 한참 넋을 놓고 앉아 있던 점순은 거적때기 문을 열고 집 밖으로 나갔다.

　화사한 등산복을 입은 등산객들이 삼삼오오 짝을 지어 산을 오르고 있었다. 용두가 가르쳐준 지저분한 공중화장실에서 용변을 본 점순은 등산객을 따라 산을 올랐다. 반 시간 만에 정상에 올랐다.

　점순은 여기저기 높이 솟은 아파트 단지를 내려다보며 저기가 말로만 듣던 서울인가 했다. 죽죽 뻗은 도로를 경계하여 여기저기 공터도 보였다. 산 정상에서 한참 시원한 공기를 마시며 등산객들이 재재거리는 소리를 듣던 점순은 해가 기울자 산에서 내려와 판잣집에 들어가서 방을 청소하고, 라면을 끓여 먹고, 담요를 깔고 누웠으나 앞날이 걱정되어 잠이 오지 않았다.

　새벽에 집에 돌아온 용두는 미친 듯이 그녀를 탐하고 바로 잠에 빠져들어 오전 11시가 되어서야 깨어나서 고양이 세수를 하고, 라면을 아침 겸 점심으로 먹고, 잠시 누워서 빈둥거리다가 오후 두 시쯤 출근한다고 집을 나갔다.

점순이 어디로 출근하냐고 물어도 알 것 없어, 하고 불퉁스럽게 말을 던졌다.

점순은 대모산에 올라 신도시를 내려다보며 어떻게 살까 궁리하였으나 뾰족한 방법이 떠오르지 않았다. 그렇게 3일을 보냈다.

용두가 출근하며 이제 너도 돈벌이 준비해야지, 하며 점순이더러 따라 나오라고 했다. 무슨 말인지 모르고 점순은 용두를 따라나섰다. 집에서 한 10분 걸어가서 버스를 탔다. 버스를 타고 한 10분 가서 아파트 단지 버스 정류장에서 버스를 내렸다. 버스를 내려서 보니 그들이 사는 대모산이 저만치 보였다.

용두가 점순을 데리고 들어간 곳은 댄스 교습소다. 점순은 낯선 장소에 들어서며 기가 죽어 어깨가 축 처졌다. 용두는 점순만 학원에 남겨놓고 떠나갔다. 20여 명의 남녀가 끼리끼리 모여서 떠들고 있었다. 40대의 늘씬한 키의 잘 생긴 남자가 점순에게 춤에 대해 몇 가지 물었다. 점순은 대답을 한 마디도 못했다.

자 시간 됐습니다, 하고 점순에게 춤에 관하여 묻던 남자가 손뼉을 치며 소리쳤다.

20여 명의 남녀가 두 줄로 나란히 섰다. 20대부터 50대까지로 보였다. 점순이 제일 어렸다. 점순은 멍청하게 그들을 쳐다봤다. 강사가 점순에게 앞줄 가운데 자리에 서라고 했다. 바로 노랫소리가 나오고 수강생들은 손을 들어 상대방을 잡는 모습을 하고 음악에 맞춰 스텝을 밟았다.

강사가 따로 점순을 불러내서 스텝 세 번 가르쳐 주고 따라서 해보라고 했다. 한 10분쯤 스텝 연습하고 두 줄로 선 수강생에게 앞사람을 잡으라고 하고 맞잡고 춤을 배우기 시작했다. 강사가 점순을 잡고 스텝을 가르쳤다. 남자에게 붙잡힌 점순은 전신이 마구 떨렸다. 그렇게 50분이 지나자, 오늘 수업 끝났다며 내일 보자고 했다.

 학원을 나온 점순은 버스비가 없어 한 시간도 더 걸어서 집에 가며 그녀가 지금 무엇에 홀렸나, 했다.

 4일째 목욕을 못한 점순은 온몸이 간지럽고 찝찝했다. 약수터에서 물을 길어 와서 연탄불에 데워 머리는 감았지만 물을 담을 큰 그릇 없어 몸을 씻을 수가 없었다. 점순은 춤을 추며 다른 사람에게 악취를 풍길까 걱정되었다.

 지난밤에 용두가 집에 들어오지 않았다. 그녀의 밥줄인 용두가 집에 들어오지 않자 잠을 이룰 수가 없었다. 다음날도 용두는 나타나지 않았다. 3일째 용두가 집에 들어오지 않자, 점순은 안달이 났다. 용두가 어디 출근하는지도 모르는 점순은 용두의 행방을 찾을 길이 없었다.

 점순은 춤 수업을 마치고 쭈뼛거리며 춤 강사에게 혹시 그녀를 데려온 용두 씨를 아는지 물었다.

 춤 강사는 웬일이냐고 물었다. 3일째 집에 들어오지 않는다고 하자, 파라다이스 나이트클럽에 가서 알아보라고 했다. 나이트클럽이 무엇 하는 곳인지 모르는 점순은 얼굴이 빨개지며 그 회사가 어디 있는지 물었다.

 춤 강사는 회사, 하면서 크게 웃더니 강남대로 교보빌딩 맞은편에 있다며 아파트 입구에 있는 버스 정류장에서 135번 버스를 타고 교보빌딩 정류장에서 내리면 길 건너에 보인다고 알려줬다.

 돈이 한 푼도 없는 점순은 상가 경비원에게 강남대로가 어디 있는지 묻고 걸어서 찾아갔다. 몇 번을 묻고 두 시간도 더 걸려 파라다이스 나이트클럽을 찾았다. 나이트클럽에 들어가는 입구에 건장하고 우락부락한 청년 둘이 서서 점순이 클럽에 들어가는 것을 막았다. 점순은 떨리는 목소리로 황용두 씨를 찾아왔다고 했다.

 한 청년이 황용두와 무슨 관계요? 하고 묻자 점순은 오빠라고 둘러댔다.

안에 들어가서 매니저를 찾으라고 알려줬다. 홀로 들어선 점순은 빵빵 울려 퍼지는 노랫소리에 기가 꽉 죽었다. 천장에 불빛이 점멸하고, 남녀가 엉켜서 서로 붙들고 춤을 추고 있었다. 점순은 누구에게 물어 매니저를 찾을지 알 수가 없어 멍청하게 서 있었다.

40대의 남자가 점순에게 다가와 같이 나가서 춤을 추자고 했다. 점순은 깜짝 놀라며 더듬거리며 저 매니저 찾아왔어요, 했다. 춤을 추자고 한 장년은 맥주병을 들고 가는 저 사람에게 물어보라고 했다. 점순은 장년이 가르쳐준 대로 맥주병을 들고 가는 사람을 따라가서 그 사람이 맥주병을 테이블에 놓자 다가가서 매니저를 만나러 왔다고 했다.

그 사람은 매니저? 하며 점순의 위아래를 훑어보더니, 무슨 일이냐고, 했다. 황용두 씨가 집에 들어오지 않아서 왔다고 하자, 아 용두 형님, 당분간 집에 들어갈 수 없을 거요, 하며 점순을 유심히 쳐다봤다.

"어디 놀러 갔어요?"

"놀러요? 국립호텔에 갔는데, 최소 3년은 집에 갈 수 없을 거요. 매니저 만나도 더 들을 말이 없을 거요."

그는 말을 던지고 휭 가버렸다.

점순은 그가 한 말이 무슨 말인지 전혀 알아들을 수가 없어 멍청하게 서 있다가 맥주를 들고 가는 다른 청년에게 물었다. 그 청년도 같은 답을 하며 매니저를 만날 필요 없다고 했다.

순간, 점순은 용두가 3년이나 집에 들어오지 않으면 뭘 먹고 사나, 하고 걱정이 되었다. 고향에 돌아가려고 해도 차비가 없다.

나이트클럽을 나온 점순은 강남대로를 정처 없이 걸었다. 점순은 지금 그녀의 처지가 어떻게 돌아가는지 알 수 없었다. 용두의 자가용을 타고 서울로 올 때만 해도 꿈에 부풀었었다. 용두가 사는 집을 보고 실망하고, 대모산 밑 무허가 주택에 용두가 무엇을 하는지도 모르고 붙어살다가 갑자기 춤을 배우라고 하여 춤을 배우기 시작했는데, 용두가 사라졌다.

그의 직장을 찾아가서 확인하니 어디 갔는지 모르겠는데 3년 있어야 집에 온다고 한다. 집에 라면 두 개와 연탄 세 장이 있다. 그것이 떨어지면 굶어야 한다. 집에 가려고 해도 차비가 없어 걸어서 가야 한다. 도깨비한테 홀려 서울에 와서 몸을 버리고 거지가 된 것이다.

점순은 큰 빌딩 1층 행복식당 유리창에 '종업원 구함'이라는 선전 문구를 보며 무심히 지나쳤다. 몇 걸음 걷다가 문득 아, 사람을 구하는구나, 한번 들어가 봐, 하는 생각이 났다. 점순은 쭈뼛거리며 식당 안으로 들어섰다.

점심시간이 한참 지나 식당 안은 조용했다. 50대의 뚱뚱한 여인이 어서 오세요, 하고 인사했다. 50대가 착하게 보여 점순은 마음이 놓였다.

점순이 쭈뼛거리자 50대가 어떻게 오셨냐고 물었다.

"저 종업원 구한다는 광고 보고 들어왔어요."

"식당에서 일한 적 있어요?"

점순이 없다고 하자, 지금 어디에 사는지 물었다. 대모산 아래 산다고 하자, 부모님이랑 같이 사냐고 물었다. 점순은 오빠랑 산다고 둘러댔다. 오빠가 무엇 하시냐고 물었다. 잠시 망설이던 점순은 막노동한다고 둘러댔다. 50대는 고향도 묻고 부모님이 뭐 하는지 물으며 점순의 신원을 확인하려 했다.

50대는 잠시 망설이더니 점순을 빤히 쳐다보며 말했다.

"홀 서빙하는 사람을 구하는데."

"저 열심히 할게요."

점순이 매달렸다.

잠시 망설이던 50대는 그럼 우리 집에서 일해요, 하고 말했다.

"오빠 집에서 출퇴근할 거요?"

"여기 잘 데가 있으면 그냥 여기 있고 싶어요."

"저 뒤쪽에 방이 있는데, 식당에서 일하는 분 세 분이 함께 쓰는 데 같이 있을래요?"

점순은 좋다고 했다.

"그럼 여기 식당이니 밥은 여기서 먹고, 한 달 30만 원 월급 줄게요. 이름이 점순은 좀 촌스러우니 식당에서는 연화라 부르도록 해요."

점순은 식당에 취직이 되었다. 그녀는 어렵게 말하여 차비를 얻어 버스를 타고 대모산 용두의 집에 가서 옷 보따리를 가져왔다.

점순은 바로 음식 주문받고 주방에 주문 내용을 알리고 조리된 음식을 나르는 일에 익숙해졌다. 앳되고 예쁜 점순은 바로 고객들의 사랑을 받았다. 가끔 팁을 주는 손님이 있었다. 처음 팁을 받았을 때 점순은 당황하며 그 받은 돈을 주인 여사장님에게 말하며 어떻게 할까, 물었다. 여사장은 그거 너 주는 거니 나한테 말하지 말고 그냥 가지라고 알려줬다.

부엌에서 일하는 아줌마들과 함께 한방을 썼다. 점순은 목욕할 공간이 있어 좋았다. 보통 11시부터 손님이 오기 시작하여 12시 점심시간에는 눈코 뜰 사이 없이 바쁘다가 2시면 거의 일이 끝나고 5시부터 다시 일이 시작되어 7시쯤 절정에 이르고 10시쯤 일이 끝났다. 일이 그렇게 힘들지 않았다.

식당에서 밥을 먹고 잠자리도 마련해 주어 점순은 가끔 옷을 사는 것 외에 돈 쓸 데가 없어 월급을 꼬박꼬박 저축했다. 팁도 저축했다.

점순은 식당에 자리를 잡고 아버지에게 그녀가 식당에 취직했다고 편지했다. 답장이 없었다. 문맹인 부모가 답장을 쓸 수 없었을 거다.

그렇게 지나며 점순은 몸에 이상을 느꼈다. 배가 불러오기 시작했다. 용두의 씨가 그녀의 몸속에서 자라갔다. 여사장은 그런 그녀를 가엽게 보고 건강에 신경을 쓰도록 배려했다. 점순은 아들을 낳았다. 점순은 그녀의 이름에서 한자, 남자의 이름에서 한자를 따서 이름을 착한 용, 순용이라 지었다. 몸을 푼 점순은 틈틈이 순용에게 모유를 먹이며 식당 방에서 키웠다. 같이 방을 쓰는 아주머니들이 그녀의 고충을 같이 나누며 육아를 도왔다.

　순용은 착하여 밤에 별로 울지 않고 무럭무럭 자랐다. 여사장도 자주 순용을 들여다보며 애정을 주었다. 점순은 외손자 난 사실을 부모에게 편지했으나 답장이 없었다.

　순용이 아장아장 걷기 시작하자 식당을 기웃거렸으나, 여사장은 별로 탓하지 않았다. 점순은 식당에 들어오는 순용을 바로 데리고 방으로 들어가서 방에서 놀도록 했다.

　순용이 초등학교에 들어갔다. 공부를 곧잘 했다. 100점을 받아오는 아들의 시험지를 보며 점순은 행복했다.

　20대 후반으로 접어드는 점순은 식당의 꽃으로 손님들의 사랑을 받으며 그 식당의 마스코트가 되었다. 점순은 남자들의 유혹을 모른 척하며 순용을 키우는 재미로 살아갔다.

　순용이 초등학생이 되자 점순은 순용이 식당 종업원 아들이라는 말을 듣게 하기 싫었다. 점순은 그동안 모아놓은 저축을 털어 푸드트럭을 사고 월세 집을 얻어 독립했다.

　점순은 지하철 2호선 종합운동장역 2번 출구에 푸드트럭을 세워놓고 아침을 거르고 출근하는 사람들에게 토스트, 우동, 커피를 팔았다. 아침 6시 반에 장사를 시작하여 10시 반에 장사를 접었다.

　오후 3시부터 5시까지 여중고 교문 옆 도로에 자리를 잡고 하교하는 여학생들에게 군것질을 팔았다. 그렇게 하루 여섯 시간 남짓 장사를 하면 두 사람이 먹고 살고, 집 월세를 내고, 순용의 학비를 댈 수가 있었다.

　금요일 오후에는 푸드트럭 장사를 접고 그녀가 근무했던 행복식당에 가서 손님이 붐비는 주말 손님을 받았다.

　한 방에서 커가는 아들과 단둘이 살며 점순은 자유를 느끼며 행복했다.

　순용이 고등학교에 들어가자, 순용이 대학에 들어갈 때 등록금에 보태려고 매월 8만 원씩 적금을 들었다.

순용이 서울대에 턱 합격했다. 모레가 등록 마감이다.

점순은 3년 적금 만기로 찾은 300만 원 넘는 돈과 그녀가 근무했던 행복식당 여사장이 그 집에서 태어난 승용이 서울대에 들어갔다고 주는 장학금 100만 원을 합쳐 400여만 원을 마련하고 100원만 더 있으면 등록금을 낼 수가 있다. 점순은 모자라는 100만 원을 마련할 방법이 떠오르지 않는다. 그녀는 가출한 이후 부모를 찾지 않았고, 두어 번 보낸 편지에 답장이 없자 더 이상 편지도 보내지 않아 완전히 관계가 단절된 상태라 부모에게 도움을 청할 수도 없다.

서울 와서 사귄 친구도 없고 고향 친구들과는 연락하지 않아 그들에게 돈을 융통할 수도 없다. 서울에서 그녀의 유일한 지인인 행복식당 여사장님에게 100만 원을 받아 더 빌리자고 할 수도 없다. 아무리 둘러봐도 주위에 돈을 융통할 사람이 없다. 그녀는 하나님과 부처님께 100만 원을 마련해 달라고 빌고 또 빌었다.

점순은 문득 그녀가 사는 빌라 소유주가 떠올랐다. 그녀는 천만 원 보증금에 월세 30만 원에 방 한 칸을 빌려 살고 있다. 집주인은 남부터미널 건너편 빌딩을 소유한 부자로 그 빌딩 1층에 커피숍을 운영하고 있다.

50대의 집주인은 친절하고 착해 보였다. 점순은 집주인에게 그녀가 사는 집 보증금을 담보하고 100만 원을 빌려달라고 하기로 마음을 정했다. 그녀는 지난밤 밤새 부처님과 하나님께 집주인이 100만 원을 빌려주도록 마음이 열리게 해달라고 빌었다.

그녀는 커피숍을 열 시간에 맞춰가려고 오전 일찍 2호선 전철을 탔다. 교대역에서 3호선으로 갈아탈 거다.

김성령 서울대학교 공대 1980년도 입학 동기 동창회 총무는 청계산 산행을 위해 전철을 탔다. 매년 초 동창회 기금에서 등산회, 골프회, 기우회 등 동호회에 지원금 100만 원을 지급한다. 동창회 기금은 총무인 성령이 관리한다. 성령은 동창회 산악회장에게 지원금을 송금할 은행 계좌를 알려달라고 했다.

"은행으로 송금하지 말고 니가 내일 현금을 들고 와서 전달하며 박수 받고 해라."

성령은 자식, 계좌이체 하면 편한데 촌스럽게 현금을 가져오라고 해, 하고 투덜대며 은행 ATM 부스에서 현금 100만 원을 찾아 봉투에 넣어 간직했다.

성령은 아침 등산 채비하고 서랍에 보관했던 현금 봉투를 챙겨 주머니에 넣고 2호선 전철을 탔다. 강남역에서 신분당선으로 갈아탈 거다. 그는 전철을 타며 다시 한번 현금이 든 돈 봉투가 주머니에 있는지 확인했다.

점순은 전철 옆자리에 앉은 마스크를 쓴 등산복을 입은 장년이 핸드폰에 코를 박고 기사를 읽는 것을 힐끗 보며 뭘 저렇게 열심히 보나, 했다.

성령은 강남역에서 전철을 내렸다. 그는 전철을 내리고 바로 주머니에 든 현금 봉투를 확인했다. 봉투가 잡히지 않는다. 그는 이 주머니 저 주머니를 막 뒤졌다. 봉투가 없다. 핸드폰을 꺼낼 때 묻혀 나와 전철 좌석에 떨어진 모양이다. 그는 급히 전철을 다시 타려 했다.

전철이 문을 닫고 출발했다. 그는 몇 발짝 전철을 따라가다가 멈춰 서서 멍청히 플랫폼을 떠나는 전철을 바라봤다. 전철과 함께 현금 100만 원 든 봉투가 멀어져 간다.

점순은 등산복을 입은 옆 장년이 자리에서 일어서 나가자, 옆자리를 봤다. 흰 봉투가 보였다. 그녀는 그 봉투를 들고 봉투 놓고 갔어요, 하려는 순간 전철 문이 닫혔다.

잠시 멍청히 봉투를 들고 있던 점순은 봉투 속의 내용물을 확인했다. 5만 원권 현금이 한 다발이다. 그녀는 주위를 살폈다. 아무도 그녀에게 관심을 보이지 않았다. 그녀는 엄지와 검지를 봉투 속에 넣고 지폐 숫자를 확인했다. 20장, 100만 원이다. 그녀는 다시 확인했다. 그녀가 절실히 필요한 100만 원이다. 그녀는 전신에 열이 나고 정신이 멍해졌다.
 그녀는 갈아탈 교대역을 지나쳤다. 그녀는 100만 원이 생겼으니 집 주인을 찾아갈 필요가 없다는 생각이 났다. 그녀는 집으로 가는 전철로 갈아탔다. 내릴 정거장이 다 되어 그녀는 그 돈을 잃은 사람이 얼마나 당황했을까. 역 유실물 센터에 신고할까, 망설였다.
 그녀는 갈등하다가 이 돈은 하나님, 부처님이 주신 돈이니 아들 등록금을 내자, 하고 유실물 센터에 들르지 않았다.

 강남역에서 신분당선으로 갈아타려 긴 통로를 걸어가며 김성령은 바보같이 봉투를 핸드폰과 한 주머니에 넣었어, 하고 자책했다. 등산회장에게 돈을 잃은 경위를 설명하고, 집에 가서 계좌이체해 주겠다고 양해를 구하자고 생각했다.
 그는 유실물 센터에 신고할까, 하다가 누가 현금을 유실물 센터에 가져다주겠어, 공연히 돈 잃고 바보 되는 거잖아, 하고 유실물 센터에 들르지 않고 신분당선을 탔다. 그는 전철을 타고 가며 100만 원이 날아간 것이 실감 되지 않아 몇 번 주머니를 뒤졌다.
 차차 100만 원이 날아간 것을 실감하며 동창회 총무를 하는 것만도 봉사인데 봉사료 받는 것은 고사하고 수업료 내네, 어떻게 100만 원을 보충한다, 하고 생각을 굴렸다. 그는 산악회장에게 돈을 잃어버렸다고 하면 그 소문이 동창들에게 쫙 퍼질 거고, 돈 잃고 병신 될 거니 깜박하고 돈을 안 가지고 왔다고 하기로 했다.

2

 점순은 아들에게 등록금을 맞춰주고, 100만 원을 주워 횡재한 것은 그녀가 지극정성으로 기도한 부처님이나 하나님의 보살핌인 거 같아 그분에게 어떻게 감사해야 할지 머리를 굴렸다. 그녀는 보이지 않고 만날 수도 없는 부처님이나 하나님에게 보답하는 방법이 떠오르지 않았다.

  그분에게 감사하다고 인사도 할 수도 없는 점순은 부처님과 하나님을 모시는 절이나 교회에 가서 감사 인사하면, 했다. 부처님의 가피인지 하나님의 은총인지 모르는 점순은 한 주는 절을, 한 주는 교회에 가기로 했다.

  손재수가 들어 100만 원을 날린 성령은 며칠이 지나도 아까운 생각이 들어 어떻게 벌충할까, 고민했다. 그는 복권을 사기로 했다.

  성령은 처음 만 원어치 복권을 샀다. 꽝! 만원만 날렸다. 그는 그래도 8백만분의 일 확률을 뚫고 당첨되려면 좀 더 투자해야 할 것 같아 다음에는 5만 원어치를 샀다. 5등에 2장 당첨되어 만 원을 건지고 4만 원을 날렸다. 그는 다음에 10만 원을 투자하여 또 9만 원을 날렸다. 그는 8백만분의 일 확률에 도전한 자신의 무모함을 절감하며 복권 사는 것을 그만뒀다.

  점순은 한 주는 조계사에, 한 주는 집에서 가까운 교회에 갔다. 스님의 설법을 들어도, 목사의 설교를 들어도 부처님이나 하나님이 그녀에게 100만 원을 챙겨줬다는 증거를 찾을 수가 없었다.

  점순은 주말마다 그렇게 매주 절과 교회를 찾았다.

3

  성령은 아내 생일이 되어 어머니 모시고 아들딸과 함께 갈빗집에 가서 저녁을 먹자고 했다. 아내가 갈빗집은 그렇고 와인바를 가자고 했다.

"와인바? 애들은 못 갈 텐데."

"애들 빼놓고 우리 둘이 가요."

"무슨 바람이 불어서 와인바야?"

"요새 연속극 보면 젊은 연인들 자주 가던데 우리도 한 번 가보자."

"그래. 그럼 내가 와인바 인터넷에서 찾아볼게."

  성령은 인터넷을 뒤졌다. 서울에 와인바가 참 여러 곳 있다.

"롯데몰에 있는 와인바 가자. 그곳 2020년부터 미쉐린에 선정된 식당이야."

성령의 아내는 그의 선택에 토를 달지 않았다.

주중이라서인지 와인바는 절반만 손님이 찼다. 대개 젊은 연인들이 쌍으로 왔다. 난생 처음 와인바를 찾은 성령은 메뉴를 뒤졌다. 스페인 식당이라 스페인어로 쓰인 메뉴를 보고 무슨 음식을 주문할지 알 수가 없다. 음식 한 접시의 가격이 7,000원부터 20,000원까지 다양했다.

성령은 와인 리스트를 일별했다. 가장 싼 것이 한 병에 6만 원이다. 몇 10만 원짜리도 있다. 성령은 가장 싼 병당 6만 원짜리 백포도주를 선택한다. 그는 음식은 메뉴 위에서부터 차례로 무슨 음식인지도 모르고 세 종류를 주문했다.

부부는 포도주잔을 들어 생일 축하한다고 건배하고 유리잔의 경쾌한 쨍하는 부딪치는 소리를 즐기며 한 모금 마신다. 값에 비해 향이 있고 입에 짝 붙는다.

음식이 나온다. 양은 적으나 맛이 기막히다. 두 사람은 미쉐린을 딴 식당이라 맛이 다르네, 하며 음식을 즐긴다. 성령은 메뉴 위에서 아래로 내려가며 또 음식 세 종류를 주문한다. 부부는 포도주를 즐기며, 살아온 날, 아이들의 대입 입시 준비 등 이야기를 나눈다.

식당의 분위기가 좋아 두 사람은 포도주와 음식을 즐기며 상류사회에 발을 들여놓는 것 같은 행복감을 느낀다. 성령은 메뉴 아래로 내려가며 또 세 종류의 음식을 주문한다.

두 시간 가까이 분위기를 즐기며 포도주병을 비우고 두 사람은 자리에서 일어선다. 성령은 카드로 196,000원 음식대를 계산한다. 성령은 전철에 놓고 내린 백만 원이면 이런 음식점 다섯 번은 올 수 있는 돈인데, 하며 잃어버린 돈이 새삼스럽게 아깝게 느껴진다.

점순은 교회나 절에 다니기가 부담스럽다.

교회나 절에 돈을 내야 하는데 낼 돈이 없다. 교회는 헌금이라는 명목으로 십일 조, 수입의 10%를 내라고 한다. 점순은 장사를 하여 한 달 150만 원을 번다. 30만 원은 사는 집 월세로 내고, 나머지 120만 원으로 먹고 산다. 전기세, 수도세, 가스비도 그 돈에서 낸다. 가끔 옷도 사 입어야 한다. 교통비도 든다.

10%면 15만 원인데 그 돈은 그녀의 형편에 큰돈이다. 믿음이 굳건하면 하나님이 먹이고 입힌다는데, 하나님이 손님을 더 불러 모아 수입을 늘려 줄지 확신이 서지 않는다.

절에서 불상 앞에 놓은 불전함을 보면 점순은 기가 죽는다. 거기에 넣을 돈이 없다.

교회 주보에 죽 적힌 헌금한 사람의 이름을 보며 점순은 숨이 막힌다. 절에서 예불 시간 말미에 공양주 이름을 스크린에 비출 때 점순은 고개를 들 수가 없다.

교회에서 하나님을 믿으면 다 알아서 하나님이 챙겨준다는데, 교회 다니는 사람 중 아픈 사람도 많고 가난한 사람도 많다.

절을 열심히 다니고 정진하면 해탈할 수 있다고 하는데 해탈하면 사는 데 무엇이 달라지는지 알 수가 없다. 고승들도 하루 세끼 밥을 먹고 화장실도 간다.

점순은 교회나 절에 돈을 바칠 형편이 못 되어 기죽고 다닐 것 없이 그만 다니기로 한다.

성령은 어떻게든지 월급 외 수입으로 100만 원을 보충하고 싶다.

회사에서 창립기념으로 문학, 서예, 미술작품을 직원과 직원 가족을 대상으로 공모했다. 대상은 5백만 원, 금상은 3백만 원, 은상은 2백만 원, 동상은 백만 원 상금을 걸었다. 성령은 문학부문, 수필에 도전하기로 한다.

동네 기원에서 바둑 시합을 연다. 우승 2백만 원, 준우승 백만 원, 학생부, 일반부, 여성부로 나눠서 시합한다. 성령은 일반부에 도전장을 냈다.

성령은 정선 하이원 리조트에 가서 도박으로 잃은 돈을 벌충할까도 생각한다.

4

점순의 푸드트럭 옆, 전철 종합운동장역 2번 출구에 두 달 전부터 50대의 남자 거지가 자리를 차지하고 구걸했다. 종이 상자를 깔고 앉아 박카스 빈 통을 앞에 놓고 어깨를 축 늘어트리고 불쌍하게 앉아 있다. 수염이 더부룩했고, 얼굴은 언제 세수했는지 지저분하고, 머리는 엉망으로 흐트러졌다. 옆자리에 불룩한 배낭이 놓여있다.

출근 시간에 맞춰 8시쯤 자리를 차지하고 앉아 11시까지 버티다가 3시간쯤 자리를 비우고 두 시 조금 넘으면 다시 나타나 5시쯤 자리를 접는다. 거지의 이목구비가 뚜렷하여 세수하고 옷을 챙겨 입으면 잘생긴 신사일 거다.

거지가 두 달쯤 그 자리를 지키자, 점순과 눈인사하는 사이가 됐다.

어느 날 점순은 오전 장사를 잡으며 거지에게 밥은 어떻게 챙겨 먹으며 잠은 어디서 자나, 말을 걸었다. 적선 받은 돈으로 막걸리를 사서 마시던 거지가 점순을 빤히 쳐다보며 말했다.

"점심은 종로로 나가 원각사에서 주는 무료 점심을 먹고 저녁은 남대문으로 가서 교회에서 주는 식사를 해요. 잠은 역구내에서 자면 좋은데 못 자게 하여 선릉 공원 옆에 짓다가 만 건물이 있는데 비바람을 피할 수 있어 노숙자 몇 사람과 같이 밤을 새워요."

"그럼 아침은?"

거지가 자조적으로, 건너뛰지요. 빌어먹는 처지에 삼시 세끼 다 챙길 수 있어요? 했다. 점순은 팔고 남은 토스트와 음료수를 거지에게 건넸다. 거지는 고맙다고 인사하고 받아먹었다.

다음 날부터 점순은 아침에 거지가 자리를 잡으면 토스트와 음료수를 건넸다. 거지는 고맙다고 꾸벅 인사하고 토스트를 받아먹었다. 교회와 절을 찾는 것을 그만둔 점순은 하나에 5천 원 하는 토스트를 200일만 거지에게 인심 쓰면 그녀가 전철에서 주운 100만 원은 갚는 셈이 된다는 심정으로 매일 거지에게 아침을 챙겨줬다.

성령은 사내 문학작품 공모에 수필을 응모했으나 가작으로도 당선되지 못했다.
바둑 시합에서는 둘째 판에 그 시합에서 우승한 젊은 친구에게 만방으로 깨지며 탈락했다. 하이원 리조트는 회사 일이 쫓겨 갈 시간을 낼 수가 없다.
성령은 전철에 놓고 내린 100만 원을 만회할 방법을 찾지 못한다.

두 달째 거지가 보이지 않아 점순은 날씨가 추워져서 거지가 구걸하는 장소를 따뜻한 곳으로 옮겼나, 했다.
점순은 겨울 방학을 하자, 학교 앞 오후 장사를 못하여 수입이 줄어 더욱 내핍생활을 할 수 없게 됐다. 다행히 대학생 아들이 가정교사를 하며 자기 앞가림은 하여 오전 장사만으로도 생계는 유지할 수가 있었다.
눈이 내리는 날, 점순은 오전 장사를 접으려고 팔고 남은 음식물을 정리했다.
검정 승용차에서 내린 검정 신사복을 쭉 빼입은 신사가 푸드트럭으로 다가와서, 요새 장사는 잘 되세요, 하고 말을 걸었다.
점순이 무엇을 드릴까요, 눈으로 물으며 그저 그래요, 하고 말했다.
"그럼 건설 현장 함바 해보실 의향 없으세요?"
점순은 의외의 제안에 얼떨떨해져서 신사를 빤히 쳐다봤다. 어디서 본 것 같은데 기억이 나지 않았다.
"저 모르시겠어요?"
신사가 넉넉한 미소를 지으며 말했다.
"누구신지?"
"저 저 자리에서 구걸하던 거지예요. 몇 달 동안 아침을 챙겨주셔서 은혜를 갚고 싶어요."
"네 그분?"
"제가 부도를 내고 도망 다니며 거지 생활을 했는데 아주머니가 친절하게 제 아침을 챙겨주시어 고마웠거든요. 제 돈 떼어먹고 도망쳤던 업자가 빚을 갚아 다시 사업을 하게 됐어요. 저 건설업 하는데 건설 현장 식당을 운영해 주시면."
점순은 홍두깨 같은 제안에 대답 못하고 우물쭈물했다.
"여기서 이렇게 이야기할 거 아니라 우선 푸드트럭을 집에 가져다 놓고 제 차 타고 건설 현장 가면서 이야기하지요."
점순은 하늘에 휘날리는 눈발을 보며 이건 또 무슨 횡재인가 했다.

팬데믹 코로나19 위로금이라며 정부에서 전국민에게 일인당 25만 원을 준다고 한다. 성령은 어머니, 아들딸 다섯 가족이 125만 원을 받았다. 그가 전철에 놓고 내린 백만 원보다 25만 원 더 많은 돈이 거저 생겼다.
정치꾼이 빚내서 표 얻으려고 선심 쓴 돈을 받고 횡재라 해야 하나?

03

다 지나가리라

1

주승훈은 충북 보은군 산외면 속리산 자락 주씨 집성촌에서 태어났다. 속리산 자락을 타고 들판까지 죽 이어지는 그 마을 800여 호 주민 중 80%가 능성주씨다.

주승훈의 할아버지는 일제 강점기에 면장을 하셨으며, 마을 위쪽에 자리한 큰 기와집이 주승훈이 자란 집이다. 그의 집은 돌담이 둘러있고 앞마당이 넓고 뒤뜰도 넓었다. 소슬 대문 왼쪽에 있는 사랑채에서 할아버지가 거하셨다.

주승훈의 집은 멀리서도 쉽게 찾을 수가 있었다. 마을의 상징인 큰 느티나무가 뒤뜰에 우람하게 서 있다. 수령이 300년은 되는 느티나무는 그 높이가 20m는 되고 장정 세 사람이 팔을 뻗어야 겨우 안을 만큼 둘레가 컸다. 주승훈은 초등학교 들어가기 전에 할아버지로부터 한문을 배워 초등학교 입학하기 전에 천자문을 떼고 동몽학습을 공부하여 마을에서 주씨 집안에 천재 났다는 소문이 돌았다.

할아버지는 주승훈에게 능성주씨 시조는 고려시대 공신으로 벽상삼한

삼중 겸 교살장군이셨던 주존유로 그는 52대손이라고 족보를 가르쳐주며, 주씨 집성촌은 예언서 정감록에서 말하는 10승지인 속리산 자락에 자리하고 있다고 말씀하셨으나 주승훈은 그 말이 무슨 뜻인지 알아듣지 못했다.

주승훈은 위로 형, 아래로 남동생이 있다.

집에서 5리 거리에 있는 산외초등학교에 입학한 주승훈은 천재라는 소문에 걸맞게 반에서 항상 1, 2등을 다투었다.

주씨 집성촌에 사는 주승훈은 그보다 나이 어린 할아버지 할머니 항렬의 어른이 있었고, 아버지보다 나이가 더 든 손자 항렬의 손아래 친척도 있었다. 한 마디로 그 마을 촌수는 나이와 관계없었다.

주승훈의 아랫집에 그보다 한 살 어린 분희가 살았다. 그녀는 주승훈보다 항렬이 두 단계 위인 기자 항렬이었으나, 여자라서 항렬을 따라 이름을 짓지 않았다. 여동생이 없는 주승훈은 한 학년 아래인 분희와 오누이같이 초등학교를 등교하며 같이 자랐다.

초등학교 4학년에 올라간 주승훈은 그가 크면 분희를 색시로 삼겠다고 혼자 속으로 다짐했다. 그는 그때 동성동본은 결혼할 수 없고, 분희가 그의 할머니뻘 항렬이라 결혼은 어림도 없다는 것을 알지 못했다.

주승훈은 보령중학교에 입학했다. 주승훈의 부모는 그의 학교 성적을 걱정할 것이 없었다.

주승훈과 동생은 학업 성적이 뛰어났으나, 형의 성적은 뒤에서 세는 것이 빨랐다. 주승훈의 할아버지는 학교 성적이 시원찮은 형은 중학교만 보내고, 향초에 묻혀 농사를 지으며 집안일을 이어가는 역할을 맡겼다.

주승훈은 대전고등학교로 진학하여 그의 1년 선배인 박한승과 한 집에 하숙했다. 박한승의 아버지는 시골서 한의사를 했다. 박한승은 학교 교지 편집위원을 하며 일찍이 소설가가 되겠다는 꿈을 품고 열심히 소설책을 읽고, 시를 읊었다.

한 집에 하숙한 주승훈은 선배가 보는 소설책을 얻어 읽고 선배가 외우는 시를 따라 외우고 선배와 어울려 낭송했다. 한참 기억력이 좋을 때 주승훈은 선배가 암송하는 김소월, 윤동주 등 국내 시인의 시를 암송하고, 영미 시인 바이런과 월리엄 워즈워스, 로버트 프로스트 등의 시를 외웠다. 박한승은 바이런의 시를 영어로 줄줄 암송했다. 주승훈도 원어로 몇 수 외웠다.

수학이 약했던 주승훈은 문과를 선택했다.
박한승은 주승훈의 아버지가 인공 때 면당 위원장을 하셨으면 주승훈이 연좌제에 걸려 공무원은 될 수 없다며, 법대에 가서 고시 볼 생각은 하지 말라고 알려줬다. 그래서 주승훈이 진학할 학과 중 법대는 저절로 빠졌다. 박한승은 자기는 국문학과에 진학할 건데, 주승훈이 영시도 잘 외우고 하니 영문학과를 가라고 했다. 주승훈은 영시에 대하여 좀 더 알고 싶었는데, 주승훈이 영문학과를 가라고 하자 솔깃했다.
주승훈이 아버지에게 영문학과를 가겠다고 하자 아버지는 대찬성했다. 아버지는 우리나라가 5개년 경제계획을 추진하며 산업이 막 일어나고 무역이 왕성하게 번창하는데 외국인을 상대로 장사를 하려면 영어가 필수일 거니 영문학과에 가면 취직이 잘될 거라고 하셨다.
주승훈은 학문 목적으로 대학을 가는 건데 취직 목적으로 대학을 가라는 아버지의 말이 귀에 거슬렸으나 아버지의 말에 토를 달지 않았다.
주승훈이 고2 여름방학에 고향에 내려가서 기가 막힐 일을 알게 됐다.
겨우 16살인 분희가 학교를 그만두고 시집을 갔다. 한 번도 의사 표시는 안 했지만 크면 색시로 삼겠다고 한 분희가 시집갔다는 말을 들으며 주승훈은 크게 배신감과 좌절감을 느꼈다.
분희의 신랑은 면사무소 건너편에서 약방을 하는 집 아들로 군대에 가기 전에 씨를 받기 위해 결혼을 시켰단다. 결혼식을 치르고 열흘 후 신랑은 입대했다.

주승훈이 사립 명문 Y대 영문학과에 합격하자 주씨 집성촌에 경사 났다며 난리가 났다.

그 후 동생이 서울 의대에 입학하여 또 한 번 동네가 시끌벅적했다.

2

대학교에 진학한 주승훈은 학교 1년 선배 서수현과 한 방에 하숙했다. 고향이 전라도인 서수현은 가벼운 염세주의자였다. 그의 염세주의가 살짝 주승훈에게 오염됐다.

주승훈은 서수현이 전공하는 희랍어를 어깨너머로 익혔다. 그는 희랍어 긴 문장도 외웠다. 특히 소크라테스, 플라톤, 아리스토텔레스 등 철학자의 명언을 암기했다. 한잔 술에 취하면 주승훈은 영시를 낭송하는 급우들 앞에서 희랍어로 아리스토텔레스의 명언을 줄줄 암송하곤 하여 그는 동료들 사이에 그는 희랍어까지 능통한 인재로 각인됐다.

주승훈의 동생이 서울 의대에 입학하자, 주승훈은 동생과 함께 동숭동 낙산 밑에서 자취했다. 동생은 도보로 학교에 다녔고, 주승훈은 동대문까지 걸어 나와 전철을 타고 서대문까지 가서 신촌 가는 버스를 탔다.

주승훈은 시골서 중학교만 나오고 농사를 지으며 가업을 이어가는 형에게 항상 미안한 마음이었다.

주승훈이 3학년 2학기 때, 큰형이 건강이 나빠져서 제대로 농사일을 돌볼 수 없게 되어 집안 살림이 어려워졌다. 주승훈과 동생은 서울에서 사는 생활방식을 바꾸어야 했다.

동생은 입주 아르바이트 자리를 얻어 독립했고, 주승훈은 급우인 충청도 출신 고문희의 자취방에 얹혀 살며 시간제 아르바이트를 하며 숙식을 벌었다. 고문희는 독실한 크리스천으로 성품이 착하고 긍정적이다.

고문희는 E대에 다니는 사촌 여동생 이보라가 음악회를 한다며 주승훈더러 가자고 했다. Y대와 E대는 이웃하나 주승훈은 한 번도 여자만 다니는 E대 캠퍼스를 구경한 적이 없었다.

주승훈은 가슴 설레며 여자대학교 교문을 들어섰다. 꽃같이 예쁜 여학생들이 여기저기 재잘거리며 걷는 광경을 보며 주승훈은 가슴이 뛰었다.

음악회는 E대 음대 재학생의 연주회였다.

성악 연주도 하고 기악 연주도 했다. 주승훈은 피아노 독주를 하는 여학생이 연주를 마치고 무대 중앙에 나와 인사를 할 때 눈이 커졌다. 16살에 시집가서 과부가 된 그의 첫사랑 분희가 가슴이 파인 연주복을 입고 나와서 인사를 하는 것 같은 착각에 빠졌다.

분희의 남편은 군대에서 사고로 사망하여 분희는 결혼하고 바로 과부가 되었다. 주승훈은 그의 첫사랑 분희를 꼭 닮은 연주자를 보며 숨이 막혔다.

공연이 끝나고 먼저 옷을 갈아입고 나온 고문희의 여동생 이보라는 친구에게 꽃다발을 전하겠다고 하며 그 친구가 옷을 갈아입고 나올 때까지 로비에서 기다리자고 했다. 고문희와 주승훈은 같이 로비에서 기다렸다.

이보라의 친구는 분희를 닮은 피아노 연주자였다. 이보라가 청바지에 티셔츠를 입고 나온 분희를 닮은 친구에게 꽃다발을 전하고 오빠들을 소개시켰다. 분희를 닮은 여학생의 이름은 박선영이었다. 같이 사진을 찍고 다방으로 자리를 옮겨 커피를 마시고 헤어졌다.

박선영의 아버지는 독립문 근처에서 내과의원을 한다고 했다.

자석에 끌리듯 주승훈은 분희를 닮은 박선영에게 끌렸다. 주승훈이 적극적으로 접근하여 두 사람은 같이 음악회도 가고, 르네상스 등 음악 감상실에도 가고, 뚝섬, 정릉으로 데이트도 다녔다.

데이트 자금이 모자란 주승훈은 아르바이트 자리를 하나 더 구하여 주말에도 돈을 벌려고 뛰었다. 주승훈은 학교 공부하랴, 아르바이트하랴, 데이트하랴 바쁜 나날을 보냈으나, 분희를 꼭 닮은 박선영이 곁에 있어 행복했다.

대학 졸업이 코앞에 다가왔다. 주승훈은 병역의무를 마쳐야 취업 등 살아가는 다음 수순을 생각할 수가 있었다. 주승훈은 학사 장교를 안 한 것이 가볍게 후회되었으나, 후회는 이미 늦다. 그가 학사 장교 과정을 거쳤더라도 임관 과정에서 아버지의 인공 때 부역이 발목을 잡아 장교로 임관되지 못했을 거다.

논산 훈련소에 입소하여 신병 훈련을 받고 행정 주특기를 받고, 춘천에 있는 부대에 배치됐다. 집에서 용돈을 얻어서 쓸 수 없고, 졸병 월급은 없는 거나 같고, 아르바이트도 할 수 없는 주승훈은 주말에 외박을 나와 박선영을 만나러 갈 돈이 없었다.

그는 밤에 보초를 서며 박선영을 그리워하며, 그리움을 담은 연애편지를 써서 군사우편으로 박선영에게 마음을 띄워 전했다.

주승훈이 일병으로 진급하고 얼마 되지 않은 토요일 박선영이 면회를 온다는 편지가 왔다. 외박을 나온 주승훈은 버스 정거장까지 걸어가서 박선영을 기다렸다. 빨간색 원피스를 입은 선영이 버스에서 내렸다. 주승훈은 다가가며 "멸공" 하고 거수경례를 했다.

군모를 쓰고 군복을 입고 거수경례를 하는 초년병 구성훈은 눈을 크게 뜨고 쳐다보던 박선영이 활짝 웃으며 반가움을 나타냈다.

둘은 손을 맞잡고 흔들었다. 춘천 시내 지리를 잘 모르는 두 사람은 시장통도 구경하고 시냇가도 거닐다가 영화관에 가서 중간부터 영화를 보며 아픈 다리를 쉬며 손을 마주 잡고 사랑을 전달했다.

영화를 보고 나오니 어둠이 사방을 덮고 있다. 서울 가는 막차 시간이 머지않아 중국집에 가서 허겁지겁 짜장면을 먹고, 박선영과 버스 정류장 벤치에 앉아 서울 가는 막차를 기다렸다.

주승훈과 박선영은 손을 마주 잡고 이별을 아쉬워했다. 주승훈이 박선영의 귀에 대고 바이런의 시를 낭송하며 사랑을 전했다.

그녀는 밤이 좋아 아름답게 걷는다
구름 한 점 없이 별이 총총한 하늘에
그 모든 것이 어둡고 밝은 것 중 최고를
그녀의 얼굴과 그녀의 눈 속에서 만나리니
She walks in beauty, like the night
Of cloudless climes and starry skies;
And all that's best of dark and bright
Meet in her aspect and her eyes:

주승훈의 시낭송을 눈을 감고 듣고 있던 박선영이 눈을 뜨고 달려가서 막차를 탔다. 주승훈은 손을 흔들며 막차를 배웅했다.

외박을 나왔으나 여관에서 잘 돈이 없는 주승훈은 밤길을 걸으며 박선영을 그냥 서울로 보낸 아쉬움을 달래며 부대로 복귀했다. 그 귀한 외박을 얻고도 밤에 부대로 기어들자 외박을 못 나간 동료들이 이상한 눈으로 주승훈을 쳐다봤다.

상병이 되어 주승훈은 정기 휴가를 받았다. 그는 서울에 잠자리가 없고 배를 채울 돈도 없어 고향에 내려가서 휴가를 보냈다.

10일 동안 신혼생활을 했던 분희는 그 짧은 결혼 생활에 아들 하나를 얻고 친정에 와있었다. 분희의 딱한 처지를 보며 주승훈은 가슴이 저렸다.

귀대하는 길에 서울에서 잠시 박선영을 만났다.

"보라가 그러는데 문희 오빠가 미국 유학 준비한대."

춘천 가는 기차를 타는 청량리역 근처 다방에서 만나 이런저런 이야기를 하다가 박선영이 고문희의 근황을 알렸다.

"선생 하면서 돈 좀 모은 모양이지."

고문희는 학병으로 일선에서 1년 반 복무하고 제대했다. 졸업 후 그는 고향 고등학교에서 영어 선생을 했다.

주승훈이 심드렁하게 말했다.
"우리도 유학 가자."
박선영이 주승훈의 손을 잡고 흔들며 말했다.
"우리 유학?"
주승훈이 우리라는 말에, 나한테 시집온다는 말이야, 하고 살짝 놀라며 말했다.
"그래. 아버지한테 유학 이야기했더니 시집 먼저 가고 유학 가래."
"음, 노처녀 될까 그러는 모양이네. 그럼 너 나한테 시집올 거야?"
주승훈은 나오는 대로 말을 뱉고 참 멋없이 프러포즈했다고 생각되어 멋쩍었다.
"승훈 오빠가 문희 오빠보다 못한 게 뭐 있어? 군대 생활하며 시간 많을 테니 준비해."
박선영이 일방적으로 말했다.

박선영은 그녀의 뜻을 몸으로 보여줬다. 다음 춘천에 면회를 와서 작심한 듯 몸을 열어주며 두 사람의 유학을 꿈꾸듯 말했다.
박선영은 미국 여러 대학 입학 신청 양식을 받아 그에게 보내주고 그가 신청서를 써서 그녀에게 보내주면 그녀가 필요한 서류를 갖추어 미국 대학에 보냈다. 그녀의 뜻을 확인시키려 한 달에 한 번꼴로 춘천으로 면회 와서 몸을 열어줬다.
주승훈은 집에서 유학 경비를 타서 쓸 수 있는 형편이 아니라서 유학이 내키지 않았으나 몸까지 열어주며 열성적으로 권하는 박선영의 뜻을 거역할 수가 없었다.
주승훈의 제대가 몇 달 남지 않은 여름 어느 날 고문희가 미국 오리건주립대학으로 유학을 떠난다는 소식을 박선영에게 들었다.
고참 병장으로 내무반장을 하던 주승훈은 고문희 출국 날 김포공항으로 환송 갔다. 대학 동창 여럿이 환송을 나왔다. 졸업하고 대부분 중·고등학교 영어 선생을 하고 있었다.

군복을 입고 환송을 나온 동창은 주승훈이 유일했다.

3

박선영은 미국 여러 주립대학교 대학원에 그녀와 주승훈의 입학지원서를 보냈다. 하버드나 스탠포드 등 명문 대학은 학비가 비싸 그녀는 등록금이 싼 주립대학에 지원서를 보냈다. 인디애나 주립대학에서 두 사람의 입학허가서가 왔다.

대학교에서 보낸 소개서를 보니 인디애나 주립대학은 오대호 남부 인디애나주 수도, 인디아나 폴리스 남쪽 120km에 위치한 터레호트에 자리하며, 학생 수가 약 만 명 되는 대학이다. 1년 4학기로 학기를 운영하며 등록금이 쌌다.

두 사람은 캠퍼스가 있는 지역의 기후가 사계절이 뚜렷하고 여름 기온이 24℃ 내외 겨울철 기온이 4℃ 내외라는 것이 맘에 들었다. 터레호트는 공업도시로 인구가 55,000명 정도 되는 소도시다. 벽돌, 타일, 유리 제품들이 유명하다고 되어 있다.

두 사람은 그 대학에 유학하기로 정하고 출국 수속을 시작했다.

주승훈은 제대하고 서울에 머물며 학원 강사를 하며 숙식을 해결할 돈을 벌었다. 아버지가 6.25 때 면당 위원장을 했던 주승훈은 신원조회를 나온 경찰에게 뇌물을 주고 좋게 보고해 달라고 부탁하고, 인맥을 동원하여 외교부 여권과장에게 압력을 넣어 가까스로 여권을 받았다. 미국 대사관에서 유학생 비자는 쉽게 내줬다.

박선영의 아버지는 출국 준비에 바쁜 두 사람에게 결혼식을 하고 출국하라고 강권했다. 시간에 쫓긴 두 사람은 박선영의 아버지가 다니는 교회 목사의 주례로 교회에서 친인척 50여 명만 초청하여 간단하게 결혼식을 올리고 이미 서로 몸을 섞은 신랑 신부는 워커힐로 신혼여행을 갔다. 대학교 동창들에게도 청첩장을 보내지 않았다.
　두 사람은 8월 하순 유학길에 올랐다.
　두 사람은 인디애나 대학교 유학생 전담 부서의 권고대로 시카고 오헤어 공항에서 내려 지하철을 타고 고속버스 터미널에 가서 그레이하운드 고속버스를 타고 인디애나 폴리스로 갔다.
　고속버스를 타기 전 유학 담당자에게 그들이 타고 갈 버스의 시간표를 공중전화로 알려줬다. 담당자는 호스트 훼밀리가 버스 정류장에서 기다릴 거라고 말했다. 호스트 훼밀리가 뭔지 모르는 두 사람은 인디애나 폴리스에서 테러호트 가는 지방 버스로 갈아타야 하나, 하며 밤이 되기 전에 테러호트에 도착해야 할 텐데, 하고 걱정했다.
　인디애나 폴리스 버스 정류장에서 버스를 내리니 노부부가 주승훈 & 박선영이라는 이름을 쓴 피켓을 들고 서 있다. 노부부는 버스에서 내리는 동양 사람에게 다가와 호스트 훼밀리인 샤트, 라고 자신을 소개하며 짐을 자기 대형 승용차에 싣자고 했다.
　도로를 주행하며 샤트 씨는 자기는 학교 도서관에 근무하며 두 사람이 거처를 정하고 정착할 때까지 하루 이틀 자기 집에 머물라고 했다.
　"우리 아들이 여름방학이라 돈을 벌러 가서 방이 비어 있는데 그 방에 머물 거야. 방이 좁아 두 사람이 머물기 불편할 거야."
　샤트 씨 부인이 미소를 지으며 양해를 구했다. 미국 물정을 잘 모르는 두 사람은 그 말이 무슨 말인지 잘 이해하지 못했다.
　오후 3시쯤 샤트 씨 집에 도착했다.
　샤트 씨 집은 도로변에 위치한 단독 주택으로 앞뒤로 잘 가꾼 잔디밭 정원이 있었다. 두 사람이 묵을 방을 안내하고 샤워하고 나오면 학교를 안내하겠다고 했다.
　샤트 씨는 두 사람을 차에 태우고 대학교로 갔다. 대학교는 샤트 씨 집에서 5블록 떨어져 있었다. 샤트 씨는 친절하게 두 사람이 다닐 학교 건물을 안내했다. 주승훈 부부는 관리처에 가서 등록했다. 등록금이 싸서 기분이 좋았다. 즉석에서 사진을 찍고 학생증을 내주며 도서관 등 학교 시설을 바로 이용할 수 있다고 했다.

샤트 씨는 미국에서는 현금을 거의 쓰지 않으니 은행에 계좌를 개설하라며 두 사람을 학교에서 두 블록 떨어진 곳에 위치한 Bank of Indiana로 안내하고 통장 개설을 도왔다. 학생증을 내미니 두 말없이 통장을 개설해 줬다.

두 사람은 현금은 10$씩만 남기고 유학자금으로 가져온 현금을 몽땅 예금했다. 은행원이 수표책을 내줬다. 개인 수표책을 받아 든 두 사람은 한국에서는 부자들만 쓸 수 있는 개인 수표를 미국에선 대학생도 쓰나, 하며 신기해 했다.

캠퍼스를 구경하고 집에 돌아오니 샤트 씨 부인이 저녁이 준비됐다고 했다. 두 사람을 위해 특별히 햄 요리를 준비했다고 했다. 손님 대접하는 식탁으로는 너무 초라하여 주승훈은 살짝 실망했다. 오렌지 주스, 빵, 샐러드, 구운 햄이 전부였다.

다음 날 아침 샤트 씨는 일찍 출근하며 9시쯤 복덕방 아저씨가 올 거라고 했다. 9시 정각, 50대의 남자가 샤트 씨 집 현관 벨을 눌렀다. 두 사람은 복덕방 아저씨 차를 타고 살 집을 보러 나갔다.

"우리는 차가 없으니 걸어서 학교에 다닐 수 있도록 학교에서 몇 블록 안에 있는 집을 구해줘요."

조수석에 앉은 주승훈이 말했다.

복덕방 아저씨는 마침 그런 집이 있다며 학교 정문에서 두 블록 떨어진 2층집 2층을 보여줬다.

아래층 거실을 거치지 않고 별도 계단을 통해 바로 2층으로 오를 수 있었다. 거실이 널찍했고 소파가 놓여있고, 벽쪽에 컬러 티브이도 놓여 있다. 스위치를 켜자 티브이가 켜지고 야구 중계 장면이 나왔다. 주승훈은 컬러 티브이를 보며 감격했다.

부엌에는 냉장고가 있었다. 침실에는 매트리스만 얹혀있는 더블 침대가 있고 화장대와 책상이 나란히 있었다. 욕실에는 욕조와 샤워 시설이 있었다. 밸브를 틀자 뜨거운 물이 바로 나왔다.

주승훈은 집을 돌아보며 그의 고향에서는 상상도 할 수 없는 여러 시설에 눈이 커졌다. 박선영이 집이 마음에 든다고 하자 바로 복덕방 아저씨가 계약서를 내밀었다. 바로 계약서에 착하게 생긴 집주인 할머니와 같이 서명하고 보증금은 박선영이 개인 수표로 끊어주고, 한 달치 월세는 주승훈이 개인 수표로 끊어줬다.

두 사람은 집주인이 확인도 하지 않고 아무 말 없이 개인 수표를 받자 신기했다. 소개비를 받은 중개인이 두 사람을 샤트 씨 집까지 태워다 줬다.

샤트 씨 부인은 살림을 사러 가자며 그녀의 소형차를 몰고 슈퍼마켓으로 갔다. 슈퍼마켓 주차장은 축구경기장 몇 배는 되게 넓었다. 슈퍼마켓 내부는 전등 불빛으로 휘황찬란하고 넓은 공간에 갖가지 물건들이 진열되어 있어 그 풍요로움에 두 사람은 입을 다물지 못했다.

슈퍼마켓에는 주방 기구도 있고, 침구류도 있고, 식품이 지천으로 쌓였다. 냄비 등 주방 기구를 사며 박선영은 값비싼 전기밥솥을 살까 말까 망설이다가 졸업 후 한국에 가져가기로 하고 전기밥솥을 카트에 집어넣었다. 침대보도 사고 냉장고를 채울 음식도 샀다. 한국에서는 맛보기 어려운 바나나가 쌓여있다.

바나나값이 너무 싸서 놀라며 두 송이나 카트에 오렌지와 함께 담았다. 소고기, 돼지고기도 사고, 어제저녁 특식으로 먹었던 햄도 사고 소시지도 샀다. 개인 수표로 계산하고 카트를 주차장에 끌고 가서 차에 물건을 실었다. 두 사람은 그들이 했던 쇼핑이 꿈만 같았다.

샤트 씨 부인은 쇼핑한 물건을 두 손으로 들고 박선영을 따라 두 사람이 살 집을 둘러보고 잘 살라고 인사하고 떠났다. 두 사람은 사 온 물건을 정리하고, 맥주를 한 캔씩 들고 소파에 앉아 티브이를 켰다.

샌프란시스코와 LA팀 간 야구를 중계했다. 주승훈은 그렇게 먹기 힘들었던 바나나를 안주하여 맥주를 마시며 부자가 된 기분이었다.

"여보, 우리 이제 살 집도 정해졌고 집에 잘 도착했다고 편지 써야지."

박선영이 학교 우체국에서 사 온 항공 엽서를 몇 장 남편에게 넘기고 침실로 들어갔다. 주승훈은 거실 책상에서 아내는 침실 방 책상에서 편지를 썼다.

주승훈은 형에게 잘 도착하고 학교에 등록하고 학생증까지 받았다고 썼다. 그는 대학 박기호 지도교수와 학과장에게도 도착 소식을 알리는 편지를 썼다. 동창들에게 편지를 쓰려 하다가 유학 온 거 자랑하는 거 같아 쓰지 않았다. 한참 있다가 박선영이 편지 쓴 것을 들고 거실로 나왔다.

"당신 편지 여러 통 썼네."

"응, 집에도 쓰고, 선생님에게도 쓰고, 친구들에게도 썼어."

"나는 친구들에게는 안 썼는데 꼭 유학 온 거 자랑하는 거 같아서."

"아버지에게 돈 부쳐달라고 썼어. 집 얻고 등록하고 살림살이 사고하니 가져온 돈이 몇 푼 안 남았어. 수표 쓰려면 은행에 잔고가 있어야 하잖아. 당신도 가져온 돈 거의 다 썼을 거 아냐."

"응. 한 일이십 불 남았을까?"

주승훈은 그렇게 말하며 학위를 하려면 앞으로 5년 이상 이곳에 있어야 하는데 시골서 농사짓는 형에게 돈을 부쳐달라고 할 수는 없고, 마누라 생활비로 오는 돈에 빈대 붙어 살아야 해, 하며 살아갈 일이 막막했다. 문득 공연히 박선영의 꼬드김에 넘어가서 유학 왔다고 후회가 됐다.

그때 집주인 할머니가 전화 왔다며 받으라고 했다.

주승훈은 누가 이사 온 지 몇 시간 안 된 주인집 전화번호를 알고 전화했을까, 하며 계단을 내려가서 Joo speaking, 하고 전화를 받았다.

"아 반갑습니다. 저 한국 유학생회 회장 이종걸입니다."
한국말로 전화를 걸어왔다.
"네. 반갑습니다."
주승훈이 어색하게 전화를 받았다.
"이제 막 미국 도착하여 물정을 잘 모를 텐데. 저녁 집에 초대하겠습니다. 저랑 식사하며 이곳 사정 말씀드릴게요."
"아, 감사합니다."
"6시에 픽업하겠습니다. 내려와서 기다리시지요."
"네. 감사합니다."

주승훈이 전화를 끊고 전화를 바꿔줘서 고맙다고 주인 할머니에게 인사하자, 주인 할머니가 앞으로는 전화를 바꿔주지 않을 거니 전화를 신청해서 놓으라고 정색하고 말했다. 순간 주승훈은 할머니의 차가운 말투에 얼어붙는 심정으로, 미국 사람들이 사생활 침해를 싫어한다더니 정말이네, 하며 알았다고 인사하고 2층으로 올라가서 할머니의 말을 아내에게 전하며 미국에서 살 때 주의해야 하는 교훈을 배웠다며 웃으며 말했다.

이상걸은 학교에서 대학생 부부에게 제공하는 3층 아파트 1층에 살고 있었다. 침대 방이 두 개로 주승훈이 빌린 집보다는 넓었다. 임대료는 더 비쌌다. 이상걸은 서울공대 토목과를 졸업하고 4년 전 유학을 와서 코스 워크를 마치고 논문을 쓰는 중으로 장학금을 받고 있었다.

식사하기 전 맥주를 마시며 이상걸은 미국에서 살아갈 여러 가지 정보를 알려줬다.

대중교통 시스템이 거의 없어 자동차는 필수품이나 당장 자동차를 사기 어려우면 중고 자전거를 사라고 했다. 50$짜리 중고 자동차도 있지만 너무 고물이라 수리비가 많이 드니 그래도 200$ 정도 주고 중고차를 사면 탈 만하다고 했다. 주승훈은 중고차가 그렇게 싼가, 생각하며 운전면허가 없다고 하자 필기시험 합격하면 도로 주행 연습을 시켜주겠다고 선심을 썼다.

모국에서 향토 장학금 조달이 원활한지 물었다.

주승훈은 아내는 장인이 병원을 하여 장학금이 그래도 제때 올 건데, 자신은 농사짓는 형님에게 장학금을 기대는 것이 어렵다고 솔직히 말했다.

이상걸은 그럼 하루 두세 시간 아르바이트하라고 했다.

"아르바이트요? 누구를 가르치라고요?"

주승훈은 한국 대학에서 아르바이트하면 가정교사를 뜻하는데, 미국서 가정교사를 하라는 말인가, 하고 생각하며 물었다.

"식당에서 접시를 닦는 일을 할 수 있어요. 하루 세 시간 하면 두 분 먹고살 돈은 벌 수 있어요."

주승훈은 나더러 식당에서 접시를 닦으라고, 속으로 생각하며 이상걸의 제의가 마뜩잖았다.

이상걸 부인은 저녁 반찬으로 양배추로 담은 김치를 내놨다. 며칠 김치를 먹지 못해 김치 생각이 났던 두 사람은 색깔이 불그죽죽하고 어설프게 보이는 김치를 맛있게 먹었다. 이상걸 부인은 김치 담을 재료는 오리엔트 마켓에서 살 수 있다고 알려줬다. 이런저런 이야기를 나누고 9시 쯤 이상걸이 주승훈 부부를 집에 태워다 줬다.

가을 학기가 시작됐다. 주승훈은 지도교수의 추천대로 12학점을 신청했다. 첫 시간부터 주승훈은 미국 대학원의 학습량에 놀랐다. 한 학기에 책 한 권으로 수업했던 한국 대학과는 달리 매주 한 권의 책을 읽어야 했고, 자료를 찾아야 했다. 도서관에서 시간을 보낼 수밖에 없었다.

이상걸이 아르바이트 자리를 알선했다. 중국 식당에서 오후 6시부터 9시까지 접시를 닦는 자리였다. 주 5일 근무하면 두 사람이 먹고 살 기본 문제는 해결할 수 있다고 했다.

주승훈은 나더러 접시를 닦으라고, 하며 마뜩잖았으나 당장 생활비에 쪼들려 그 자리를 수락했다.

박선영은 피아노를 살 돈도 없지만 월세 집에 피아노를 사서 들여놓을 처지가 아니어서 학교 연습실에서 매일 6시간씩 피아노를 연습했다. 두 사람은 아침은 집에서 빵으로 간단히 해결하고, 점심은 학교 카페테리아에서 사서 먹기로 했다.

이른 저녁을 먹고 주승훈은 아르바이트하러 갔다. 식당은 집에서 자전거로 20분 거리에 있었다.

주승훈이 버는 돈으로 식료품비, 월세, 전기, 가스, 전화비 등 유틸리티 비용을 지불할 수가 있었다. 박선영의 친정에서 매월 꼬박 생활비를 부쳐와서 두 사람은 궁핍하지 않게 미국 생활을 바쁘게 살아갔다.

주승훈이 매주 금요일 저녁에 피자집에서 만나는 한국 유학생 모임에 갈 수가 없었다. 남편이 갈 수 없자 박선영도 유학생 모임에 가지 않았다.

10월 좋은 주말, 한국 유학생들이 공원으로 야유회를 갔다. 회비는 일인당 5$이라고 했다. 이상걸이 주승훈 부부를 태우고 갔다. 공원에서 음주할 수가 없어 콜라와 주스를 마시며 바비큐 파티를 했다. 주승훈 부부는 한국 유학생과 학기가 시작한 지 거의 한 달만에 첫인사를 했다.

주말에 대학 농구 응원하러 가는 것이 큰 낙이었다.

캠퍼스 주차장이 관중이 타고 온 차로 가득했다. 온 고을이 관람을 오는 것 같았다. 인디아나 주립대학 농구팀은 대학 농구팀 중 최강은 아니지만 강팀이었다.

학생증을 보여주면 체육관에 무료로 입장할 수가 있다. 짧은 치마를 입은 치어걸의 율동이 볼만했다. 홈팀이 승리하면 학생들은 피자집을 찾아 맥주를 마시며 환호했다. 연고전은 일 년에 한 번 열리는데, 미국 농구 시합은 2주에 한 번꼴로 홈에서 열려 축제 분위기를 만끽할 수가 있었다.

주승훈은 인디아나 주립대학 체육회 예산이 대한민국 체육회 예산보다 많다는 말을 듣고 살짝 자존심이 상했다.

첫 학기에 주승훈은 세 과목은 A학점, 한 과목은 B학점을 받았다. 주승훈은 첫 학기 성적에 만족했다.
　겨울학기가 시작됐다.
　겨울학기에 몇 한국 유학생은 등록하지 않고 인디아나 폴리스 등 큰 도시로 돈을 벌려고 떠났다. 3개월 벌어서 9개월 유학 생활을 영위한단다.
　주승훈은 겨울학기에도 12학점을 신청했다. 이제 미국 생활에 좀 익숙해지고 주 5일 아르바이트를 하며 버는 돈으로 생활하며 생활도 안정되었다. 장인이 보내주는 유학자금 일부는 저축할 수가 있어 부부는 자동차를 살까, 상의했다.
　박선영이 밥을 먹으며 자꾸 구역질을 했다. 병원에 가서 진단하니 임신 2개월이라고 했다. 진단 결과를 들은 주승훈은 순간 기쁨에 환호했으나 바로 태어날 아이를 봐줄 사람이 없다. 두 사람이 교대로 돌봐야 할 텐데 학업을 계속하며 그게 가능할까, 걱정되었다.
　유학생이 아이를 갖는 것은 축복인가 시련인가?
　박선영은 임신한 몸으로 하루에 6시간씩 피아노 연습을 지속했다. 세월이 흐르고 아이는 뱃속에서 커갔다. 임신 소식을 편지로 들은 장인은 보약을 지어 보내며 몸 관리를 잘하라고 딸에게 당부했다.
　봄 학기가 지나고 여름학기가 끝날 무렵 주승훈은 딸을 얻고 아버지가 되었다. 주승훈은 장인이 보내준 미역과 멸치로 미역국을 끓여 산모를 간호했다. 이상걸의 부인이 몇 번 와서 도와줬다.
　부부는 교대로 아이를 돌보기 위해 가을 학기 수강 신청을 할 때 서로 강의 시간이 겹치지 않도록 특별히 신경 썼다. 출산을 하고 몸이 회복되자 박선영은 피아노 연습을 꼭 해야 한다고 우겼다. 시간에 맞춰 모유를 먹일 수가 없어 주승훈이 아이를 볼 때는 우유를 먹어야 했다. 아이 양육 비용이 적잖게 들었다.
　외손자를 본 기쁨을 뒤로 하고 장인이 병으로 쓰러졌다. 병원 문을 닫았다. 딸에게 무슨 병인지 알려주지 않았다. 박선영에게 송금하던 돈이 뜨문뜨문 오더니 딱 끊겼다.

　주승훈이 버는 돈으로 세 사람 생활은 어림없다. 박선영이 딸을 남편에게 맡기고 저녁 10시부터 새벽 2시까지 하루 4시간, 24시간 영업하는 맥도날드에 일자리를 얻었다.

　아르바이트하며 학교 공부를 소화하며 지친 박선영이 자주 짜증을 냈다. 주승훈은 아내의 짜증을 사랑으로 감싸줬다. 주승훈은 주말에 맥주를 마시며 자라나는 아이를 보며 아직 4년은 더 버텨야 박사학위를 딸 수 있는데, 앞으로 4년이 캄캄하게 느껴졌다.

　주승훈은 석사학위 논문을 쓰기 시작했다. 지도교수와 상의하여 주승훈이 좋아하는 영국 낭만파 시인 바이런의 문학세계를 쓰기로 했다. 석사학위 논문을 준비하며 박선영이 시간이 모자란다고 투덜댔다.

　장인이 돌아가셨다는 비보를 접했으나, 왕복 비행기 표를 마련할 수 없는 가난한 유학생 부부는 귀국할 수가 없었다. 박선영은 가난한 남자와 결혼한 것을 후회하며 푸념했으나 주승훈은 못 들은 체했다.

　젊은 부부에게 신은 두 번째 아이를 줬다. 임신 사실을 확인한 두 사람은 당황했다. 피임 조치를 제대로 못했다고 상대방을 비난했다.

　가난한 유학생이 아이 하나 키우는 것도 벅찬데 또 아이가 생겼다.

　낙태가 불법이라 낙태할 수도 없다. 세월이 가면 아이가 태어날 텐데 가난한 유학생 부부는 새로 태어날 아이를 기를 능력이 없다. 걱정한다고 세월이 멈춰 서서 태어날 아이를 태어나지 않게 하는 기적은 없다.

　박선영의 신경질이 늘어났고, 남자가 참아야지, 하며 박선영의 신경질을 받아주던 주승훈의 인내심이 한계에 다다랐다.

　박선영은 임신한 몸으로 한밤중에 맥도날드로 아르바이트를 나갔다.

　주승훈이 아르바이트를 마치고 귀가하면 박선영이 아이를 남편에게 맡기고 자전거를 타고 아르바이트를 갔다. 주승훈은 아내가 집에 돌아올 때까지 걱정이 되어 잠들 수가 없었다.

그는 아이가 잠들면 거실로 나와 석사학위 논문을 쓸 자료를 모았다.

자동차라도 있으면 아르바이트 끝날 시간에 맞춰 아내를 픽업하겠지만 그럴 처지가 아니어서 임신한 아내가 어두운 밤길에 자전거를 타고 오다가 넘어지지나 않을까 노심초사하며 아내를 기다렸다.

아내는 잠도 자지 않고 자기를 기다리는 남편에게 잠도 안 자고 기다린다고 신경질을 부렸다. 남편은 피곤한 아내가 바로 잠들 수 있도록 잔소리를 받아주고 아내가 딸 옆에 눕는 것을 보고 거실로 나와 소파에서 잤다.

아내는 접시를 닦다 보니 손가락이 굵어져서 유연성이 떨어져서 피아노 건반을 터치하는 감각이 떨어져서 피아노 치는 솜씨가 줄었다고 투덜댔으나, 주승훈은 그 말이 무슨 말인지 이해하지 못했다.

둘째 아이가 태어나기 전에 부부는 석사학위 논문을 마치고 심사에 통과하여 석사학위를 받았다. 박사학위가 목표였던 두 사람에게 석사학위는 과정의 일부다.

박선영은 둘째 아이 출산 일 개월 전에 아르바이트를 그만뒀다. 둘째 아이까지 태어나면 더 많은 생활비가 들 것이라 주승훈은 아내의 아르바이트 자리를 승계했다. 그는 저녁 6시부터 세 시간 중국집에서 접시를 닦고 잠시 집에 들렀다가 시간 맞춰 맥도날드에 가서 새벽 두 시까지 접시를 닦았다. 그는 출산 비용을 마련하러 토요일, 일요일에는 아예 8시간씩 양식 식당에서 아르바이트했다.

주승훈은 중국집, 맥도날드, 양식집에서 접시를 닦으며 자신의 처지를 한탄하기도 하다가 더 높은 곳을 향한 여정의 시련이라며 마음을 다스렸다.

주승훈은 매 학기 12학점씩 수강하면 3년에 코스워크를 마치고 일 년 논문을 쓰고 4년 만에 박사학위를 마치는 것으로 계획했었으나, 둘째가 태어나고 아르바이트 시간이 늘어나서 네 과목을 수강 신청할 수가 없어 세 과목으로 줄였다. 자연히 박사학위를 받는 시간이 연장됐다.

정말 열심히 공부시키는 미국 대학원에서 학위를 목표로 두 아이를 키우며 아르바이트하며 버티는 것이 너무 힘들었다.

부부는 고난을 견디며 힘든 생활을 이어갔으나, 아무래도 체력이 약한 아내의 인내심이 한계에 다다르자 자주 짜증을 부렸다.

"내가 눈이 삐었지. 뭐 보고 이 남자가 좋다고 군대 면회 가고 몸을 바치면서 유학 가자고 했을까?"

"나 더 이상 참기 어렵다. 석사도 했으니 귀국하여 학원 선생이나 하며 엄마한테 애 봐달라고 하고 편히 살 거다."

주승훈은 아내의 푸념을 들으며 할 말이 없었다.

연주회에서 첫사랑 분회를 닮은 그녀에게 뽕 가서 별 학위 욕심이 없었는데 팔자에 없는 학위를 하겠다고 이국땅에 와서 매일 접시나 닦고, 대책도 없이 애를 둘씩이나 낳고 이 고생이다. 다 때려치우고 귀국해 버릴까?

어려운 생활 여건이 두 사람을 점점 멀어지게 했다.

집주인 할머니가 두 아이 우는 소리가 시끄럽다고 방을 비우라고 했다.

할머니의 요구에 부부는 망연자실했다. 다시 살 집을 구해야 했다.

유학생 회장 이상걸은 학위를 마치고 귀국하여 모교 교수를 하고 있다. 다른 유학생과 교류할 시간이 없었던 주승훈은 누구와 현재 어려운 상황을 타개할 방법을 의논할 사람이 없다.

두 사람은 학교에서 한참 떨어진 도시 변방에 거처를 겨우 얻었다. 학교에 가려면 먼 거리를 다녀야 하는 부담이 늘었다. 아르바이트하는 곳도 동선이 길어져서 시간과 노력이 더 들었다. 가난한 미국 생활에 지친 박선영은 애를 둘이나 만든 남편을 원망하며 이대로 살 수 없으니 헤어지자고 했다.

주승훈은 애를 혼자 만들었냐고, 막 퍼붓고 싶었으나 그래도 남자가 참아야지, 하며 아내의 불평에 박자를 맞추지 않았다.

그렇게 반년을 다투며 버티고 살던 아내가 그만 헤어지자고 선언하고 어느 날 갑자기 두 아이를 데리고 귀국해 버렸다.

  주승훈은 황당했다. 갑작스러운 아내의 도주를 이해할 수가 없었다.

  그는 바이런의 시, 우리는 더 이상 헤어지지 말자, 읊조리며 역경을 달랬다.

> 이제 더 이상 헤매지 말자
> 이토록 늦은 한밤중에
> 아직도 가슴속에 사랑이 깃들고
> 아직도 달빛은 환히 빛난다.
> So well go no more a roving
> So late into the night
> Though the heart be still loving
> and the moon be still as bright.

  주승훈은 접시를 닦다가 9시가 되자 손을 씻고 자전거를 타고 어두운 도로를 달려 집으로 갔다. 별도 계단을 통해 불이 꺼진 2층 집에 들어섰다.

  집안이 썰렁했다. 아내가 집에 있었을 때는 환하게 켜진 불빛 아래 아내가 아들딸과 씨름하는 사람 사는 소리가 들렸었다. 그런데 아내가 귀국하고 난 후 집은 적막강산이다. 주승훈은 소파에 펄썩 앉아 지금 뭐 하고 있지, 하며 허무한 생각이 들었다.

  미국 식당에서 남이 먹은 접시 닦으러 유학 왔나, 하며 후, 하고 한숨을 내쉬었다. 자식 둘을 데리고 귀국한 선영이는 뭐 해서 먹고 사나? 서울에는 아르바이트할 맥도날드 가게도 없는데….

  박선영과 나의 사랑이 진실이었나?

  첫사랑 분희를 닮은 선영에게 끌렸고, 선영이 적극적으로 대시하며 육군 병장에게 몸을 열어줬다. 그리고 유학 가자고 했고, 수동적으로 어물거리다가 속성으로 결혼식을 올리고 맨손으로 유학 왔다.

　남편은 중국집에서 접시를 닦고 아내는 맥도날드에서 야간 근무하며 돈을 벌어서 먹고 살고, 학비를 대고, 건강한 젊은 부부가 한 집에 살다 보니 자연스럽게 아이가 생겨났다.

　무엇을 위해 이런 생활을 하고 있지? 학위를 얻기 위해? 학위를 받아 뭐 할 건데? 대학 교수? 대학 교수하면 접시를 닦아주고 돈을 버는 것보다는 폼 나겠지. 사회적으로 인정받고?

　그렇게 인정받는 것이 나의 삶과 무슨 상관이지? 그게 무슨 의미가 있지? 그것이 무슨 가치가 있지?

　주승훈은 reading & conference 과목을 수강하며 교수가 추천한 책들, 쇼펜하우어, 키에르 케고르, 니체 등 허무주의 철학자들의 고민을 읽고 그도 허무주의에 빠져들었다.

　삶의 의미를 찾지 못하고 사지에 힘이 빠진 주승훈은 담요를 덮고 소파에 누워 희미한 가로등 불빛만 비취는 창밖을 보며 이렇게 살아야 해, 하며 실의에 빠져 허우적거리다가 잠이 들곤 했다.

　주승훈은 한국 유학생회에서 여는 가을 나들이 모임에 가면 마누라가 도망간 유학생이라는 말을 들을 것 같아 패배자가 된 기분으로 모임에 빠졌다.

　대학 농구 경기도 전혀 신이 나지 않아 관전하러 가지 않았다. 그는 그도 모르게 삶의 의미를 잊은 채 자기의 좁은 성안에 갇혀 시계추처럼 학교, 아르바이트 식당 집을 오가며 삶을 이어갔다.

　날씨가 5℃ 이하로 떨어졌다. 자전거를 타고 다니는데 손과 귀가 시렸다. 주승훈은 이제 아이도 없으니 학교 근처로 거처를 옮길 만한데 전혀 그럴 의욕이 나지 않았다.

　그는 오늘도 학교 카페테리아에서 이른 저녁을 의무적으로 먹고 중국집에 접시를 닦으러 갔다. 계속 날아오는 접시를 닦다가 보니 퇴근 시간이 되어 손을 씻고 음식점을 나섰다.

가을비가 추적추적 내렸다. 주승훈은 저 비를 맞으며 집에 가야 해, 하며 한참을 망설이며 중국집 앞에 서서 비가 그치기를 기다렸다. 그는 비가 그칠 것 같지 않아 비를 맞으면서라도 집에 가려고 자전거에 올라탔다.

우중에 밤거리는 어둡고 한산했다. 걷는 사람도, 자전거를 타고 우중을 달리는 이상한(?) 사람도 없었다. 온몸이 가을비에 젖어 뼛속까지 냉기가 스며들었다.

주승훈은 생각을 놓고 자전거 페달을 밟았다. 주승훈은 불 꺼진 집에 들어서서 거실에 불을 켜고 몸을 휘감는 젖은 옷을 벗어 던지고 맨몸으로 욕실에 가서 뜨거운 물로 샤워했다. 고추가 정말 번데기처럼 오그라들었다.

그는 거실로 나와 팬티와 러닝만 입고 소파에 널브러졌다. 으스스 한기가 몰려왔다. 그는 완전히 지쳐 담요를 가지러 갈 힘도 없었다. 한기에 이빨이 딱딱 부딪히며 소리를 냈다. 그는 두 팔로 가슴을 움켜잡고 한기를 몰아내려 했으나 온몸이 덜덜 떨렸다.

그는 죽을힘을 다해 담요를 가져와서 덮고 소파에 누웠다. 담요를 덮어도 온몸이 떨렸다. 얼굴에서도 열기가 오른다. 무리하게 비를 맞고 자전거를 타고 오며 감기에 걸렸구나, 집에 해열제가 없는데 이 빗속에 약국에 가서 약을 사 올 수도 없고….

혼자 이 무슨 청승이냐? 그는 그를 돌봐줄 사람이 그리웠다. 911을 불러 병원에 가면 되지만 학생 신분으로 든 의료보험으로 치료비가 커버 될까? 안 되면 그 비싼 의료비를 무슨 수로 감당하나? 그는 병원에 갈 수도 없고, 약방에 갈 수도 없어 맨몸으로 병과 싸웠다.

그는 이불을 가지고 나와 뒤집어쓰고 소파에 청승스럽게 쭈그리고 앉아 한기에 덜덜 떨었다. 사방은 어둡고, 빗소리는 처량하고, 혼자 달랑 앉아 병마와 싸우는 주승훈은 완전히 벽 속에 고립된 것 같은 착각에 빠졌다. 그는 덜덜 떨며 그를 옥죄어 오는 벽을 깨려 했다.

그는 이를 악물며 한기와 싸우며 신세를 한탄하다가 지쳐 잠들었다. 그는 꿈속에서 아내와 딸과 아들을 보았다.

그는 학교 근처로 이사 갈 생각도 않고 아내와 살던 집에 그냥 눌러살며 접시를 닦으며 생계를 벌며 학업을 계속했다. 독립문 근처 병원 처가 주소로 편지를 보냈으나 답장이 없다.

세월이 흘렀다. 그는 코스워크를 마치고 박사 과정에 들어가기 위해 자격시험 준비를 시작했다.

지도교수는 석사학위 논문으로 영국 작가 바이런의 문학세계를 더듬어 봤으니 박사학위 논문은 미국 작가 작품 세계를 더듬어 보는 것이 어떨까, 했다.

그는 한국 작가의 작품 세계를 다루는 학위 논문을 쓰고 싶다.

그는 전공이 영문학이지만 꼭 영어를 쓰는 나라의 작품을 학위 주제로 하는 것에 회의를 느꼈다. 미국 작가면 로버트 프로스트, 마크 트웨인 등 작가들이 떠올랐으나 그들을 학위 주제로 하는 것이 썩 내키지 않았다.

주승훈은 지도교수와 약속 시간 3시에 맞추어 지도교수 방을 노크했다. 들어오라는 소리를 듣고 방에 들어갔다. 지도교수가 안경을 올리며 자리에 앉으라고 했다. 주승훈이 자리에 앉자 지도교수는 커피포트에서 커피를 한 잔 뽑아 와서 제자의 앞에 놓고 들라고 했다.

주승훈이 커피를 한 모금 마시자 지도교수가 상큼 눈을 들어 올리며 무슨 일로 면담 요청했지, 하고 물었다.

"학위 논문 건인데, 미국 작가 말고 한국 작가 작품을 주제로 쓰고 싶은데요."

"한국 작가? 한국 작가 작품으로 논문을 쓸 수준이 되는 작품이 있어?"

지도교수가 한국을 무시하는 투로 말하자, 주승훈은 순간 자존심이 꿈틀했다.

"한국은 5천 년 역사의 문화국입니다."

주승훈이 정색하며 말했다.

"어 그래, 내가 한국 작품을 읽어 본 적이 없어서."

제자가 정색하자 교수가 한 발 물러섰다.

"영어로 번역된 작품이 많지 않아요."

"내가 논문 지도를 하려면 작품을 읽어 봐야 하는데, 나는 한국어로 쓰인 책을 읽을 수가 없으니."

"한국 시인 중 제가 석사학위 논문을 쓴 바이런에 필적하는 서정 시인이 있어요. 김소월이라고."

"김 뭐라고? 난 그런 시인 한 번도 들어본 적이 없는데."

"그러실 겁니다. 그 시인 한국에는 널리 알려진 시인이지만 그의 시가 영역되었는지 모르겠습니다."

"그러면 어떻게 한다? 한국 사람이 한국 시인 주제로 논문 쓴다는 취지는 이해되지만, 영문학 박사학위 논문인데 영어로 된 책 한 권도 없는 시인을 주인공으로 한다?"

주승훈은 지도교수의 말이 일리가 있는 거 같았다.

"제가 그 분 시를 열 편쯤 번역해 오겠습니다."

"시를 번역한다? 쉽지 않을 텐데, 2주 줄 테니 번역해 와 봐. 번역된 작품을 보고 더 이야기하지."

교수가 2주의 말미를 주며 할 말 다 했으면 나가보라는 신호를 보냈다.

"교수님께 한 가지 더 말씀드릴 게 있습니다."

교수가 무슨 말, 하며 제자를 쳐다봤다.

"저 4년째 학교에 다니고 있는데 박사 코스워크도 마쳤는데 장학금을 주실 수 없는지요?"

"장학금? 그거 성적 우수한 학생 주는데 미스터 주는 조금 모자라."

지도교수가 한마디로 거절했다.

머쓱해진 주승훈은 머리를 긁적이며 인사를 하고 교수실을 나섰다.

주승훈은 도서실에서 책을 보며 공연히 장학금 이야기를 지도교수에게 꺼냈다고 후회했다.

카페테리아에서 저녁을 먹고 주승훈은 아르바이트 가기가 싫었다. 30대의 중국인이 중국집 주방장으로 새로 왔는데 잔소리가 심하다. 접시 닦는 것은 주방 요리와 아무 관계가 없는데 그 일까지 간섭하며 조금만 접시에 물기가 남아있어도 핀잔을 준다.

주승훈은 아르바이트 장소를 바꿀까, 생각해 보지만 아직 행동에 옮기지 못하고 있다.

그만두자니 꼭 젊은 주방장에게 쫓겨나는 거 같아 자존심이 꿈틀한다.

아르바이트를 마치고 집으로 가며 주승훈은 내일 박 교수 집에 갈까 말까 망설였다.

박 교수는 전기과 교수로 서울공대를 나오고 이 대학에서 학위를 하고 조교수로 눌러앉았다. 둘째 아들 돌이라며 한국 유학생들을 초청했다.

아르바이트하느라 금요일 한국인 유학생 저녁 모임에 참석하지 못하는 주승훈은 한국 유학생과 관계가 서먹하다. 한국 유학생 회장 박종찬이 토요일이니 선배님 이번에는 꼭 참석해 달라고 부탁하여 가겠다고 했다. 회장이 픽업하겠다고 했다.

주승훈이 김소월의 시를 영문으로 번역하며 끙끙거리고 있을 때 박종찬이 시간에 맞춰 주승훈을 픽업하러 왔다. 주승훈은 돌잔치에 가려면 금반지를 사야 하는 거 아니냐고 물었다.

박종찬은 유학생 처지에 2$씩 걷어 현금으로 드린다고 했다. 주승훈은 돌잔치에 가며 2$은 너무 적은 거 같았으나 그냥 2$을 꺼내 회장에게 건넸다.

박 교수 집은 캠퍼스에 이웃한 3층 교수 사택 1층이었다. 유학생 회장은 차를 어렵게 주차하며 교수 집 근처 주차장이 꽉 찬 걸 보며 벌써 일행이 다 온 것 같다고 웃으며 말했다.

주승훈은 회장을 따라 현관으로 들어섰다. 박 교수가 반갑게 회장을 맞았다.

"영문학을 전공하시는 주승훈 씨."

회장이 주승훈을 박 교수에게 소개했다.

박 교수는 아, 부인이 도망친, 하다가 말을 삼키며 반갑습니다. 박창호입니다, 하며 손을 내밀었다. 주승훈은 박 교수가 삼킨 '부인이 도망친'이라는 말을 씹으며 주승훈입니다, 하고 악수했다.

주승훈은 다른 유학생들에게 목례하고 소파 끝에 걸쳐 앉았다.

매주 한 번씩 만나는 유학생들은 서로 농담을 던지며 떠들었다. 유학생과 거의 교류가 없는 주승훈은 소파 끝자리에 앉아 조용히 준비해 놓은 술을 마시며 유학생들이 한국말로 떠드는 소리를 들었다.

술은 양주, 포도주, 맥주를 준비해 놨다. 주승훈은 유학생 형편에 비싸서 마시기 힘든 양주를 얼음에 타서 마셨다. 유학 와서 자주 마시지 못하는 독주가 짜르르 주승훈의 위장에 신호를 보내며 그를 취하게 했다. 그는 식사하기 전에 양주 석 잔을 마셨다. 알딸딸하게 취기가 올랐다. 그는 헤퍼지려는 입을 의지로 막고 다른 유학생들이 떠드는 소리를 들었다.

"주 선생님은 코스워크가 끝났다고 들었습니다."

박 교수가 침묵을 지키는 주승훈에게 아내가 도망친, 이라고 한 말실수를 만회하려는 듯 정감이 넘치는 목소리로 물었다.

"네. 코스워크 마치고 프리림 준비하고 있습니다."

"이제 1년만 더 고생하시면 학위 끝나겠네요."

"1년에 끝나면 좋지요. 논문이 만만치 않을 거 같아요."

"석사는 무슨 주제로 하셨어요?"

"영국 낭만파 시인 바이런 문학세계를 주제로 썼어요."

"그럼 박사학위 논문은 어느 작가를?"

"지도교수는 미국 작가의 문학세계를 주제로 하라는데 저는 한국 작가의 작품을 주제로 하고 싶은데 한국 작가의 작품이 영역된 것을 찾지 못했어요. 오늘 여기 오기 전에 소월 시를 영역하다가 그냥 영어로 옮겨 놓으니 한국 시를 읽을 때 감정이 나지 않아 번역이 잘못된 거 같아 고민하다 왔어요. 그렇다고 미국 작가 로버트 프로스트나 마크 트웨인 등 작품을 주제로 하기는 싫은데."

"김소월 시 좋지요, 공돌이인 저도 고등학교 때 몇 편 외웠었지요. 못 잊어, 산유화 등."

"못 잊어를 never forget, don't forget로 번역하고 보니 영 맛이 안 나요."

"번역도 문학의 한 장르인데 영어 잘한다고 마구 번역이 되는 거 아닐 거요."

박 회장이 대화에 끼어들었다.

"그럼 한국 시를 영어로 번역까지 하며 논문 쓰시려고?"

박 교수가 눈을 크게 뜨며 말했다.

"제가 한국 작가 작품을 주제로 논문을 쓰고 싶다고 하니 지도교수가 한국 작품을 보고 결정하자고 하여 소월 시를 번역하고 있는데 영 안 돼요."

"그렇게 어렵게 생각하시지 말고 박사학위는 혼자 R&D할 수 있다는 자격증인데 쉽게 미국 작가 작품으로 하시면…."

박 교수가 조심스럽게 권했다.

"저도 같은 생각입니다. 지금 어렵게 유학 생활하시는데 하루라도 빨리 마치고 귀국하시는 것이 좋을 것 같아요. 한국 시 번역하시느라 몇 달 고생하시지 말고."

가볍게 술에 취한 박 회장이 박 교수의 말을 거들었다.

주승훈이 막 대답하려 할 때 식사 준비가 되었다고 하여 식탁으로 자리를 옮겼다.

평소 주승훈이 먹기 힘든 김치, 생선전, 잡채 등 요리가 식탁에 올랐다.

주승훈은 포도주를 반주하여 모처럼 만에 고향 음식을 즐기며 입이 호사했다. 양주와 포도주가 섞이며 주승훈은 가볍게 취해서 사색의 침잠에 빠졌다.

마누라를 도망치게 한 무능아가 학위 논문은 한국 것으로 하겠다고? 빨리 학위 마치고 귀국하여 자리 잡고 마누라랑 아이들 찾아야 하는데 무슨 애국심이 대단하다고 한국 작품을 주제로 논문을 쓴다고….

몇 년씩 외국에서 유학 생활을 하며 일주일에 한 번씩 만나 회포를 푸는 유학생들은 정말 서로 할 이야기가 많았다.

생계를 위해 접시를 닦느라 모임에 끼지 못한 주승훈은 그들과 공통된 화제가 없어 외톨이가 된 기분이었다. 식사를 마친 주승훈은 바로 집으로 가고 싶었으나 술을 좀 깨고 가야 한다는 회장의 말에 토를 달 수가 없었다. 집까지 걸어가기는 너무 멀다.

유학생들은 두 시간 이상 과일을 먹고 주스를 마시며 시시한 이야기를 떠들다가 헤어졌다.

주승훈은 집에 돌아와서 약간 피곤해진 몸을 소파에 눕히고 야구를 봤다. 가을 야구를 향한 막바지 경쟁이 치열하다.

그는 박 교수가 엉겁결에 말한 마누라가 도망친 남자라는 말이 귓가에 맴돌아 기분이 더러웠다.

그는 박사학위는 R&D를 혼자 할 수 있는 자격증이라며 쉬운 길로 박사학위를 하라던 말을 되새기며, 그가 공연히 한국 작품을 주제로 박사학위를 하겠다고 어쭙잖게 애국심을 발휘하는 척 김소월 시를 영역하는 헛수고를 하고 있지 않나, 하며 그의 선택에 회의가 들었다.

지도교수와 약속한 2주에 그는 겨우 김소월 시 5편을 영역했다. 그 영역도 마음에 들지 않았다. 시를 번역하는 것이 또 하나의 문학 장르라고 한 말이 새삼 실감되었다.

지도교수는 그가 건넨 번역시를 일별하고 그래도 시집 한 권은 봐야 문학세계를 알 수 있을 것 같다고 했다.

주승훈은 그가 암기하고 있는 김소월 시를 영역했었는데 한 권을 영역하려면 한국에 있는 친구에게 부탁하여 김소월 시집을 우송 받아야 할 것 같다.

그렇게 김소월 시를 영역한다고 어물거리다가 그는 자격시험 준비에 집중하지 못하여 첫 번째 자격시험에 실패했다. 지도교수는 실망을 나타내며 두 달 후 다시 시험을 보자고 했다. 자격시험도 합격 못하는 친구가 장학금 운운했나, 하는 뉘앙스로 말해 주승훈의 자존심을 긁었다.

자격시험에 떨어져서 학위 논문 쓰는 것이 두 달 늦춰졌다.

그는 아르바이트 자리를 옮겼다. 중국집에서 주방장의 갑질을 버텨내지 못하고 그만뒀다. 그는 새 아르바이트 자리를 얻으러 기웃거리며 이렇게 빈대 붙어 살며 학위를 해야 해, 하는 회의가 들어 당장 박사고 뭐고 때려치우고 귀국할까, 하는 생각이 들었다.

그는 슈퍼마켓 창고를 정리하는 아르바이트 자리를 구했다. 오후 5시부터 9시까지 네 시간 근무하는 조건이다. 슈퍼마켓으로 들어오는 물품을 창고로 옮겨 정리하는 일이다. 근육운동이 필요한 일이다. 한 시간 일을 더 하니 수입은 늘었지만, 그의 인생에 부여된 하루 24시간 중 한 시간을 더 그의 전공과 관계없는 밥벌이에 바쳐야 한다.

자동차를 살 형편이 못 되는 그는 학교, 슈퍼마켓, 집을 잇는 동선이 길어 학교와 슈퍼마켓 중간 지점에 집을 얻어 이사했다. 계약 기간 전에 집을 나가려 하니 계산에 밝은 집주인이 칼같이 보증금에서 위약금을 깠다.

옛 아내 부모의 주소로 보낸 편지가 수취인 부재로 반송되었다.

주승훈은 아내와 자식의 거처마저 알 수가 없었다. 궁핍한 생활에 쫓겨 귀국한 아내에게 미안하고 자신이 너무 무능한 거 같았다.

그는 슈퍼마켓에서 무거운 짐을 옮기고 숨을 몰아쉬며 자신의 지친 몰골을 돌아보며 자신이 불쌍한 생각이 들었다.

뭐 하러 좋은 집 놔두고 미국까지 와서 밑바닥 인생을 살며 이 고생을 할까, 의문이 들었다.

그는 두 번째 본 자격시험에도 실패했다. 지도교수는 이번에는 넉넉히 시간을 주겠다며 3개월 후에 다시 시험을 치르자고 했다.

두 번째 시험에 떨어진 주승훈은 자신감을 잃었다.

박사학위를 할 능력이 안 되는 주제에 거창하게 도전한 것 같아 창피하기도 했다. 그의 실패 소식이 한국 유학생 사이에도 퍼져 위로받으며 창피하여 쥐구멍에라도 들어가고 싶었다.

그는 아르바이트하다가 허리를 다쳤다. 학교 의무실에서 진료 받고 소염진통제 약을 타서 먹었으나 쉽게 낳지 않았다. 그는 아르바이트도 나갈 수 없고 허리가 아파 학교 도서관 가기도 어려워서 방구석에 틀어박혀 칩거하며 허무주의 철학자들의 개똥철학을 되씹으며 방황했다. 요리하기도 어려워서 시리얼로 끼니를 때웠다.

당장 돈을 벌지 않으면 호구지책이 문제다. 그는 불편한 허리를 끌고 자격시험 준비를 하며 이번이 3수인데 이번에도 떨어지면 지도교수는 학위를 포기하라고 할지도 몰라 걱정됐다. 지금 몇 푼 아르바이트해서 저축해 놓은 돈이 떨어지면 해외에서 굶어 죽던지 거지가 되어야 한다.

그는 산다는 것에 회의를 느끼며 학위를 할 자신을 잃어갔다. 능력도 안 되는데 버둥거리다가 객사하느니 차라리 귀국해 버릴까, 집 보증금 받고 은행 잔고 다 털면 귀국 비행기 표는 살 수 있는데…. 이놈의 허리는 언제 낫지? 귀국하여 침이라도 맞으면 나을까? 돈도 못 벌고 이렇게 어물거리다가 미국에서 오도 가도 못하고 거지 되는 거 아냐?

그는 패배 의식에 빠져들었다. 그는 비행기 표 살 돈마저 떨어지면 허리가 아파 돈은 더 벌 수 없고 미국에서 거지가 될 것 같아 비행기 표를 살 돈이 남았을 때 박사학위를 때려치우고 귀국하기로 마음을 정했다.

4

주승훈은 김포공항에 내려 바로 마누라를 찾아갈까 했으나, 아픈 허리로 가방을 끌고 갈 수가 없어 바로 고향으로 내려갔다.

주씨 종친들은 미국 유학을 마치고 돌아온 주승훈을 대환영했다. 마을 사람들은 그가 박사학위를 따지 못하고 귀국한 사실을 알 리가 없어 미국 유학을 다녀온 대단한 사람으로 그를 떠받들었다. 그는 비행기 표를 사고 남은 돈을 탈탈 털어 산 비타민과 초콜릿 등을 선물로 나눠줬다. 마을 사람들은 미제 영양제와 과자에 탄성을 질렀다. 그는 바로 사랑방에 꽈리를 틀고 누워 허리를 치료했다.

허리가 좀 낫자, 그는 분희가 하는 이발소를 찾아갔다. 그녀는 아들 하나를 데리고 마을 입구에서 이발소를 했다. 분희는 불쑥 나타난 어릴 때부터 친구였던 족보 항렬로 손자인 주승훈을 깜박 반겼다. 손님이 계속 밀려와서 주승훈은 분희와 이야기를 나눌 수가 없었다.

한 보름 고향의 뜨끈한 온돌방에서 허리를 쉰 주승훈은 허리가 온돌방의 따뜻한 온기에 많이 나아진 것 같아 서울로 올라가서 장인이 병원을 하던 동네를 찾아갔다.

장인이 하던 내과 자리에 정형외과가 들어왔다. 간호사에게 묻자, 원장이 돌아가시고 병원을 팔고 강남으로 이사 가신 것 같은데 어디로 갔는지는 모른다고 했다. 근처 상가 사람들도 아는 사람이 없었다. 아내 박선영이 분명 장모와 같이 살 텐데 행방이 묘연했다.

서울에 온 김에 그는 대학 시절 지도교수, 박기호 교수를 학교로 찾아갔다. 큰맘 먹고 사 온 양주, 조니 워커 병을 들고 갔다.

박 교수는 그가 학위를 마치지 못하고 귀국한 것을 몹시 아쉬워했다.

"자네 같은 수재가 어떻게 박사를 못하고 왔나? 그 재주가 아깝구먼. 봄 학기부터 시간강사해 보지."

"시간강사요? 무슨 과목?"

"2학년, 르네상스 영문학, 3학년, 젠더와 영문학 두 과목, 여섯 시간. 강사료가 적어 6시간 하면 겨우 세끼 밥이나 먹을 수 있을까? 다음 학기가 몇 달 남았으니, 그때까지 강의 준비하고."

박 지도교수가 강사 자리를 제의하며 말했다.

주승훈은 지도교수가 말하는 과목이 전공 필수 과목이 아니라서 좀 아쉽기는 했지만, 지도교수의 배려가 고마워 감사하다고 인사했다.

지도교수는 과 사무원이 필요한 서류를 가르쳐줄 테니 서류를 과 사무실에 내라고 했다.

주승훈은 고문희가 미국 오리건 주립대학에서 학위를 하고 돌아와서 대전에 있는 한 대학에 조교수로 근무하는 것을 알았다. 두 사람은 미국에서는 서로 거주하는 곳이 수천 리 떨어져 있어 만나지는 못했지만 서신교환을 하며 친교를 이어갔다.

주승훈은 유학하러 가기 전 강사를 했던 영어 학원을 찾아갔다. 학원이 번창하여 5층 건물을 통째로 학원 건물로 썼다. 학원 원장은 미국 대학 석사학위를 가진 주승훈에게 즉석에서 강사 자리를 제의하며 내년 1월부터 출강해달라고 했다.

"유학 가실 때 토플을 보셨을 테니 경험이 있으시고 유학생들이 느는 추세라 토플 기초반과 토플 완성반 두 반을 신설하려고 하는데 마침 잘됐습니다. 두 반을 해 보시겠어요?"

"토플반이면 읽기, 듣기, 쓰기, 말하기를 가르쳐야 할 텐데, 교재는 있어요?"

"선생님이 교재를 개발해야 해요."

"교재를 개발하라? 그럼 듣기는?"

"우리 건물 5층에 오디오 시설이 있어 한 50명쯤이 한꺼번에 들을 수가 있어요. 테이프도 준비되어 있고."

"보수는?"

"저희 학원은 보수를 실적제로 합니다."

"실적제?"

"학생 수에 따라 수당을 받는 겁니다. 학원과 강사는 5대 5로 나누는데 선생님은 교재를 개발하시니 더 가져가게 할게요. 인기 좋은 강사는 어지간한 회사 사장보다 수입이 좋아요."

"알겠습니다. 해 보지요."

"그럼 월수금 오후 4시부터 한 시간 반 연속으로 두 강의를 하는 것으로 시간을 짜고 1월부터 강의를 시작하는 것으로 하지요. 교재를 만들어 주시면 저희 학원에서 책을 인쇄하겠습니다."

"그건 그렇게 하는 것이 좋겠네요. 제가 인쇄할 수 없는 거 같고."

"그리고 책 판권은 저희가 가집니다."

"판권을?"

"네. 그 대신 교재를 쓰시니 처음 1년 동안은 실적급을 7대 3으로 하지요. 일반 강사는 5:5인데 아주 좋은 조건입니다."

지적소유권 개념이 없던 주승훈은 원장의 제의를 그냥 받아들였다.

원장은 학생을 모집하며 강사가 미국 대학 석사학위를 가졌고 박사 과정을 마친 경력을 선전 문구에 넣겠다고 양해를 구했다. 주승훈은 내키지 않았지만, 고개를 끄덕였다.

주승훈은 원장을 따라가서 오디오 시설을 점검하고 녹음테이프 내용을 책으로 만든 교재 한 권을 받아 챙겼다.

"내년 1월 4일 개강합니다. 12월 말 학생 모집 상황을 알려드리지요."

내년 봄 학기 대학 강사 자리와 1월부터 학원 일자리를 찾은 주승훈은 서울에서 버틸 돈이 없어 바로 귀향했다.

새 일자리 시작은 두 달 후부터다.

주승훈은 봄 학기부터 모교에 강의를 나간다고 형에게 알렸다. 학원 강사를 한다는 말은 하지 않았다. 시간강사가 뭔지 잘 모르는 형은 아우가 대학교 선생님이 됐다고 기뻐하며 동네 사람들에게 자랑했다.

주승훈은 할아버지가 쓰시던 사랑방에 꽈리를 틀고 대학 강의와 학원 강의 준비를 했다. 겨울이라 형의 일손을 도울 일은 없었다.

오전 내내 방에서 끙끙거리며 강의 준비를 하던 주승훈은 고문희 교수에게 혹시 아내의 행방을 아는지 묻는 편지를 써서 우체통에 넣고, 이발소로 분희를 찾아갔다. 손님이 없어 한가하게 시간을 보내고 있던 분희가 그를 반겼다.

"대학교수 간다며?"

"교수 뭐 비슷한 거. 장사는 잘돼?"

주승훈은 시간강사를 할 거라는 말이 나오지 않았다.

"그냥 우리 창석이랑 둘이 먹고 살 만큼 벌어."

분희가 담담하게 말했다.

어릴 때부터 친구였던 두 사람은 바로 옛날 친구였던 시절로 돌아가서 소곤소곤 이야기를 나눴다.

분희가 미국이 어떤 나라야, 하고 물었으나 가난한 유학생 생활을 하며 미국 생활을 경험할 기회가 거의 없었던 주승훈은 미국에 차가 많고, 도로가 넓고 도로변에 2층 건물이 줄 서 있고, 슈퍼마켓에 가면 없는 물건이 없다는 등의 이야기를 주절거렸다.

분희는 기계에서 커피를 빼먹는다는 말을 잘 이해하지 못했다.

주승훈은 다음 학기 수업 준비한다며 방에서 칩거하며 끙끙대다가 오후 4시경부터 이발소가 한가해지는 것을 알고 그 시간에 맞춰 분희를 찾아가서 시시한 이야기를 나누며 시간을 보냈다.

연말이 되었다.

학원 원장이 주승훈이 강의하기로 한 토플 두 반의 학생 모집이 여의찮다며 걱정하는 편지를 해 왔다. 주승훈은 뭐 첫술부터 배부르랴, 하며 크게 신경 쓰지 않았다.

12월 30일 원장이 1월 4일부터 개강이라며 각반에 20여 명이 지원하여 개강할 거라며 성과급이 크지 않아 미안하다며, 강사료가 적어 포기하려면 바로 전화 주라는 편지를 보냈다.

주승훈은 대학 강사료만으로는 서울서 생활할 수 없을 것 같아 학생 수가 적어 학원 강사가 마음에 차지 않았으나 그냥 하겠다고 했다.

주승훈은 대학 봄 학기가 시작되어 대학에서 시간 강사료를 받을 때까지 학원 강사료로는 생활할 수가 없을 것 같았다. 두 달 동안 서울에서 하숙비를 형님에게 기대야 할 것 같았다. 미국 유학까지 다녀온 처지에 형님에게 하숙비를 달라고 하는 것이 죽기보다 싫었으나 현실은 냉혹하여 다른 선택할 길이 없었다.

그는 유학까지 다녀온 처지에 농사를 짓는다고 고향에 눌러앉을 수는 없고 서울로 가야 하는데 대학 강사료로는 먹고 살 만큼 돈을 벌 것 같지 않아 착잡한 심정으로 1월 4일 학원 출강 시간에 맞춰 상경했다.

수중에 땡전 한 푼도 없는 주승훈은 그의 형편을 털어놓고 상의할 사람이 없다. 분희와 상의하면 마치 분희에게 도와달라는 말로 들릴 수가 있다.

그는 따뜻하게 불을 때놓은 사랑방에 누워 형님에게 어떻게 하숙비를 달라고 해야 하나, 비참한 심정으로 자신을 들볶았다.

주승훈은 그가 살아오며 무슨 잘못을 했나 복기해 봤다.

첫사랑 분희와 결혼했으면 평온한 삶을 살았을 거다. 어디 시골 학교 영어 선생을 하며 평범하게 살았을 거다.

신화를 보면 신들은 할머니 여신이 손자 남신과 결혼하고, 남신이 어머니 여신과 결혼하여 자식 신을 낳고 잘들 산다. 분희와는 항렬상 할머니와 손자 사이지만 실제 할머니 손자와는 거리가 멀다.

  분희를 닮은 박선영에게 휘둘려 유학 가고 선영이 먼저 도망가고, 그도 학위를 마치지 못하고 미국서 도망쳐 왔다. 미국에서는 접시만 닦아도 먹고 살고 학교 다닐 수 있었는데. 한국에 오니 학원 강사에 대학 강사까지 해도 겨우 먹고 산다. 이렇게 언제까지 살아야 하지? 아내와 자식을 찾아도 먹여 살릴 수가 없다. 무능한 남편, 무능한 아버지다.

  그는 지는 한해를 회한의 심정으로 보냈다. 새해가 된다고 밝은 빛이 비취지 않는다!

  주승훈은 1월 3일 형님에게 돈을 빌려 상경하여 대학교와 학원 중간쯤 되는 지점에 아침을 제공하는 하숙집을 구했다.

  다음 날 오후 3시 40분, 그는 학원에 가서 원장 방을 들렀다. 그는 오후 4시부터 토플 기초반, 6시부터 토플 완성반 강의를 한다.

  원장은 커피를 대접하며 우리 잘해 보자고 격려하고 이번 학기는 처음이라 수강생이 20여 명 불과하나 인기를 얻어 다음 학기는 대박을 터트리자고 격려했다.

  원장은 주승훈이 써서 보낸 교재 표지를 예쁘게 꾸민 책자를 주승훈에게 건네며 이미 수강생에게 팔았다고 했다. 주승훈은 읽기, 쓰기, 말하기 교재를 12월 하순에 다 보냈었다. 원장은 지금 경리과에 가서 강사료를 받으시라고 했다. 그 소리에 돈이 궁한 주승훈은 눈이 번쩍 뜨였다.

  주승훈은 원장께 감사하다고 인사하고 바로 경리과에 가서 강사료를 받았다. 형님에게 빌린 돈을 갚기에는 부족했지만, 그가 귀국하고 처음 번 돈이라 귀하게 여겨졌다. 주머니에 현금이 들어오니 주승훈은 힘이 났다. 그는 우선 형님에게 빌려온 돈 절반만 갚기로 했다.

  다음 날 오전 주승훈은 장인이 병원을 하던 동네를 다시 찾아갔다.

  그는 박 내과가 송 정형외과로 바뀐 병원을 찾아가서 간호사에게 전에 병원을 하던 박 내과 사모님이 어디로 이사 갔는지 아느냐고 물었다.

"지금 막 개발이 한창인 강남으로 간다는 말을 들었어요."
간호사가 어눌하게 말했다.
강남 어디로 이사 갔는지는 모른다고 했다.
주승훈은 박 내과 길 건너에 있는 구멍가게, 정육점, 음식점에 가서 박 내과 원장 부인이 어디로 이사 갔는지 확인했다.
구멍가게 주인은 원장이 돌아가시고 혼자 그 큰집에 사시던 원장 부인이 미국 유학 간 딸이 손자 둘을 데리고 귀국하자 집을 팔고 이사 갔다고 말했다. 강남으로 이사 갔는데 어디로 간다는 말은 안 했다고 했다. 주승훈은 그의 아내와 자식들이 장모와 같이 산다는 정보에 안도했으나, 강남 어디에 사는지는 알아내지 못했다.
그는 서점에서 서울 지도를 사 들고 하숙집으로 갔다.
강남은 주승훈에게 생소한 동네다. 그가 대학 다닐 때 뚝섬까지는 놀러 갔었지만, 한강을 건너 강남에 간 적이 없다.
그는 지도를 펴놓고 강남을 공부했다.
관악산 아래 서울대학교가 자리했다. 그가 대학 다닐 때 서울대학교는 문리대, 법대, 의대 등은 동숭동에, 상대는 종암동에, 사대는 청량리에, 공대는 태릉에 있었다. 그런데 관악산 밑으로 다 이사한 모양이다. 우면산, 구룡산, 대모산 등이 강남 개발지와 경계를 이루는 산이다. 주승훈에게 그 산 이름이 낯설다. 영등포구는 귀에 익은 동네지만, 서초구, 강남구, 송파구 등은 낯선 지명이다.
다음 날 오전 주승훈은 남산에 올라 추위에 떨며 팔각정에서 강남을 내려다봤다. 아직 공터가 많았으나 여기저기 아파트가 들어서고, 도로를 따라 큰 건물들이 보였다. 미국에서 익숙한 바둑판 모양의 도로도 내려다보였다.
주승훈은 아내가 강남 어디쯤 살까, 하고 둘러봤으나 아내와 자식들로부터 텔레파시가 전해 오지 않아 어디 사는지 짐작도 할 수가 없었다.

남산에서 내려오며 주승훈은 아내와 자식을 찾아서 어쩌려고, 하고 자문했다. 자신 한 몸 먹을 것도 벌지 못해 형님 신세를 지는 처지에 가족을 찾는다면 그들을 부양할 수가 없다. 당장 머물 집도 없다.

주승훈은 자신을 돌아보며 불쌍한 생각이 들었다.

그는 머리를 쥐어뜯으며 자신을 들볶으며 남산에서 내려왔다.

강의가 없는 토요일 오전, 그는 아내를 찾아 행동에 나섰다. 잠바만 걸친 그는 추위에 어깨를 잔뜩 움츠리고 버스를 타고 지도에서 보고 남산에서 확인했던 대모산 남쪽에 건설된 대단지 아파트 단지를 찾아갔다. 은마아파트라고 했다. 정말 다닥다닥 건물이 들어서 있다. 상가에 피아노 학원이 보였다. 그는 피아노 학원 문을 노크하고 들어섰다. 40대의 여자가 어떻게 오셨어요, 하고 물었다.

"혹시 박선영이라는 분이 이 학원에 선생님으로 있어요?"

"박선영? 없는데요."

"혹시 그분 계신 곳을 아시나요?"

"모르는데요."

"실례했습니다."

주승훈은 학원을 나왔다.

그는 어깨를 움츠리고 걸어서 은마 아파트에 이웃한 진달래 아파트, 개나리 아파트 상가를 돌며 피아노 학원을 들러 아내의 행방을 물었다. 허탕 쳤다. 추위에 몇 시간을 돌아쳤더니 주승훈은 배가 고팠다.

그는 아파트 단지 상가에 있는 라면집에 들어가서 달걀노른자로 장식된 라면을 먹었다. 그는 라면 국물을 마시며 주위에 새로 생긴 아파트를 더 돌며 아내를 찾을까, 날씨도 추운데 어쩔까, 하다가 추위를 이기지 못하고 하숙집으로 돌아갔다.

학원 원장과 저녁을 같이 먹으며 가족을 찾아 은마 아파트 일대를 다닌 이야기를 하자 원장은 아내가 음악학원을 열었으면 세무서에 사업자 신

다 지나가리라　81

고를 했을 거니 세무서에 가서 알아보라고 했다. 민원실에 가면 친절하게 알려준다고 했다.

그는 대학 강의가 없는 날 오전 서초세무서를 찾았다. 민원실에 들러 사정을 이야기하니 개인정보라 알려줄 수 없다고 거절했다. 몇 번을 사정해도 같은 답만 들었다.

주승훈은 아내가 강남으로 이사했다고 하니 강남구로 이사한 것 같은 기분이 들었다. 주승훈은 강남세무서 민원실을 찾고, 작전을 바꿔 민원실에 있는 직원 중 가장 착하게 생긴 여직원을 찾아갔다. 그는 대학 강사 명함을 건네고 그의 사정을 설명하고 아내가 강남구에 학원 등록을 했는지 알아봐달라고 했다. 여직원은 사정은 딱하지만 개인정보 보호차원에서 어렵다고 했다.

주승훈은 학원 개설 주소를 알려주기 어려우면 강남구에 학원을 냈는지만 알려달라고 했다. 잠시 망설이던 여직원은 장부를 뒤적이더니 강남구에 박선영 이름으로 등록된 피아노 학원이 없다며 미안하다고 했다.

그는 송파세무서에 들러 아내의 행적을 찾았다. 송파세무서에도 아내 이름으로 등록된 피아노 학원은 없었다.

송파세무서에서 상담에 응한 50대의 직원이 친절하게 말했다.

"피아노 학원 하시는 분 중 절반은 귀찮은 사업자 등록 안 해요. 또 아예 학원을 열지 않고 집에서 레슨하시는 분도 많아요. 우리 딸도 서울 음대 나오고 이태리 유학 갔다 온 분한테 레슨 받는데 시간 맞춰 그 집으로 가요. 그래서 세무서 뒤져도 찾기 어려우실 거요."

주승훈이 난감한 표정으로 직원을 쳐다보자 직원이 말을 이었다.

"개인 레슨하시는 분이 서울 음대라도 한 사람 합격시키면 입소문이 나서 입시생이 몰려들고 월 천만 원대 수입 올려요. 아내 걱정은 안 하셔도 될 겁니다. 이렇게 다니며 찾기도 어려울 거고."

나이 든 직원이 친절하게 말했다.

주승훈은 강동세무서 가는 길을 묻지 않고 송파세무서를 나서 바로 그의 하숙집으로 갔다.

주승훈은 종로로 가는 버스를 타고 한강 다리를 넘으며, 부양 능력도 없는 자신이 무엇하러 가족을 찾나, 위선이 아닌가, 하는 생각이 들었다. 그는 자신의 무능을 탓하며 휙휙 지나가는 도로변에 죽 이어지는 삶의 현장, 상점의 간판들을 멍청하게 쳐다봤다.

5

봄 학기가 개강했다.

주승훈은 일주일에 2일 오전 대학에서 강의하고, 3일 오후 학원 강의를 간다.

봄 학기에 학원 수강생이 기초반 두 명, 완성반 3명 늘었다. 원장은 수강생이 고착 상태인 것에 가볍게 불만을 표시하며 다음 학기에는 교실 가득 차도록 수강생이 늘었으면, 하는 희망을 말하며 강의를 잘하라고 압력을 넣었다.

주승훈이 강의를 맡은 2학년 르네상스 영문학, 3학년 젠더와 영문학 과목은 주승훈의 학부 시절에도 시간강사로부터 강의를 들었다. 그 강사는 열의는 부족했으나 학점을 후하게 주어 그런대로 인기를 유지했었다.

주승훈은 그가 강의하는 과목이 영문학과 전공 필수 과목은 아니지만, 열과 성을 다해 강의 준비를 하고 성심껏 가르쳤다. 그는 출석은 첫 시간 딱 한 번 부르고 그 다음 시간부터는 출결을 대학생 자율에 맡겼다. 강의를 시작한 지 한 달쯤 지나자 명강의라는 입소문이 나서 도강생이 생겼다.

그는 초등학교 6년, 중·고등학교 6년, 대학 4년, 유학 4년 총 20년 공부하고 이제 겨우 그 한 사람 입을 해결할 수 있는 돈을 번다. 형에게 의지하지 않고 겨우 숙식을 해결할 수가 있다.

대학에서 첫 강사료를 받는 날 그는 남대문 시장에 가서 형 잠바와 형수원피스를 사서 고향에 부쳤다. 첫 월급을 받고 부모에게 내복을 사드리는 관례를 따르는 것 같은 심정이었다.

그는 분희 선물도 사고 싶었으나 공연히 오해받을 거 같아 그만두었다.

그는 송파세무서에서 나이 든 직원의 조언을 떠올리며 아내와 자식을 찾는 노력을 접었다.

봄날 어느 일요일에 그는 강남 아파트 단지를 찾고 어린이 놀이터를 찾아가 이제 4살이 되었을 딸이 놀러 나오지 않나, 서성이다가 이 무슨 쓸데없는, 하며 쓴웃음을 짓고 하숙집으로 돌아왔다. 그는 큰딸이 아버지를 알아볼 수 없을 거고, 아내가 그를 보면 피할 것 같았다.

그의 강의가 인기 있다는 소문을 들은 지도교수는 그가 박사학위를 하지 않고 귀국한 것을 퍽 아쉬워했다.

"곧 조교수 자리가 나는데 주군이 박사를 하고 왔으면 추천하는 건데."

지도교수의 말을 듣고 주승훈은 머리만 긁적였다.

대학은 방학이 있지만 학원은 방학이 없다. 그는 대학이 여름방학을 하자 주말에 이틀만 고향에 다녀왔다.

분희에게 화장품을 선물로 사 갔다. 항렬상 할머니인 분희는 선물을 받고 얼굴을 붉히며 좋아했다.

그는 시간강사의 권위로 수강생 학점을 후하게 줬다. 학교에서 주라는 비율보다 A학점은 20% 더 주고, B학점은 30% 더 줬다. F학점은 한 사람도 안 줬다.

방학 동안 대학 시간강사의 강사료가 나오지 않는다. 그래도 먹고 살아야 한다. 대학교수를 하는지 아는 형님에게 돈을 빌릴 수는 없다. 그는 하숙집에 사정하여 하숙비 반달 치를 외상으로 살았다.

혼자 호구지책도 제대로 세우지 못하는 처지의 주승훈은 가족을 찾는다는 헛꿈을 포기했다.

2학기가 시작되었다. 대학에서는 수강생 수가 늘었지만, 학원 수강생 수는 늘지 않았다. 대학은 수강생 수가 늘어봐야 그의 수입과는 관계가 없다.

새 학기가 시작하자마자 그는 긴 겨울방학을 대비하는 일에 착수했다. 12월, 1월, 2월, 석달 동안 계속되는 겨울방학 동안 대학 강사료가 나오지 않는다.

하숙비를 댈 수가 없다. 형님에게 의지할 수도 없다. 주승훈은 고향에서 미국 유학을 다녀와서 서울에 있는 일류대학 교수를 하는 출세한 사람으로 알려져 있다.

주승훈은 석 달치 미리 받은 학원 수강료로 보증금을 내고 달동네에 월세방을 얻었다. 그는 냄비 등 필요한 식사 도구를 최소한만 샀다. 이불을 살 돈을 아끼기 위하여 고향 가는 버스비가 아까웠지만 고향에 가서 그가 덮던 이불과 요를 챙겨왔다. 형은 이불과 요를 싼 보따리를 버스 정류장까지 져다 줬다.

주승훈은 서울역에서 월세집 근처 버스 정류장까지 버스에 이불 보따리를 싣고 가서 이불 보따리를 짊어지고 그의 월세 집으로 가며 푸 한숨을 내쉬며 산다는 것의 의미를 되새기며 미국 유학까지 다녀와서 이 무슨 꼴이야, 하고 비참한 심정이 되었다. 대학 강사료로 주승훈은 쌀을 사고 구공탄을 사서 쌓으며 겨울 준비를 했다.

고문희의 결혼 청첩장이 과 사무실로 왔다. 고 교수는 일요일 오후 1시에 종로 화신 백화점 근처에 있는 예식장에서 결혼식을 올린다. 주성훈의 지도교수가 주례다. 고문희와는 유학 중 몇 번 서신 교환을 하며 안부를 교환했었다.

주승훈은 결혼식에 갈까 말까 망설였으나 대학 때 그의 자취집에서 신세를 졌고, 지도교수가 주례를 선다는 데 안 갈 수가 없어 가기로 했다. 그는 당장 결혼식에 입고 갈 양복이 없다. 그는 양복 살 돈이 없어 남대문 시장에서 산 싸구려 잠바 차림으로 살아가고 있다. 결혼식에 가면 그의 아내와 연결고리였던 고 교수의 사촌 여동생 이보라를 만날 텐데 그녀에게 초라한 모습을 보이기가 싫었다.

혹시 아내의 소식을 듣는다고 해도 아내에게 달동네 단칸방에서 같이 살자고 할 수는 없다. 먹여 살릴 수도 없다.

주승훈은 소가 도살장에 끌려들어 가는 심정으로 결혼식에 갔다. 영문학과 동창들이 많이 왔다. 동창들은 주승훈이 모교에 교수 자리를 꿰찬 것을 부러워했다. 주승훈은 부러워하는 말을 들으며 속으로 실소를 날렸.

고문희의 사촌 여동생 이보라가 주승훈에게 오히려 박선영의 소식을 물었다. 아내가 친구들과 발길을 끊고 사는 모양이다. 친구들과 소식을 끊고 살아가는 아내를 떠올리며 주승훈은 가슴이 미어졌다.

봄 학기에 주승훈은 그보다 2년 후배가 조교수로 발령받은 것을 알고 하늘이 노래졌다.

후배는 위스콘신 주립대학에서 학위를 하고 왔다. 박사학위를 딴 후배는 조교수 자리를 꿰찼는데, 학위 문 앞에서 학위를 따지 않고 귀국한 주승훈은 시간강사로 빌빌대고 있다.

주승훈은 강사 자리를 때려치우고 싶었으나, 그 자리마저 박차고 그만두면 당장 먹고살 수가 없다.

주승훈은 지독히 추운 겨울을 보냈다.

대학은 방학이 있지만 그의 생계 한 축인 학원은 방학이 없다.

주승훈이 월세를 든 달동네 집은 눈비를 피하는 지붕은 있지만, 보온이 안 된다. 벽이 찬 공기를 막지 못해 외풍이 심했다. 하루 24시간 구공탄을 땠으나 구공탄에서 나오는 열기는 다 어디로 샜는지 방바닥은 겨우 냉기만 면했다.

　주승훈은 아침에 일어나면 10분도 더 걸어가서 공동 수도에서 받아온 수돗물을 담은 바케스에 팅팅 얼어붙은 얼음을 칼로 깨서 얼음덩어리를 냄비에 넣고 연탄불에 녹였다. 물이 끓으면 대야에 붓고 얼음덩어리를 넣어 온도를 맞춰 고양이 세수를 한다. 얼음을 냄비에 넣고 라면을 끓여 먹었다.

　그는 집이 너무 추워 집에 있을 수가 없어 추위를 피해 학원 강의가 없는 날은 대학교 도서관에 가서 책을 읽으며 피한하다가 점심시간이 되면 비교적 음식값이 저렴한 교수 식당에 가서 점심을 해결하고 오후 내내 도서관에서 살았다.

　연탄불이 꺼지면 다시 피우기 힘들어 저녁 6시면 가로등이 껌벅이는 달동네 비탈길을 올라 집으로 가서 저녁을 라면으로 때우고 연탄불을 갈았다. 그는 라면 먹은 그릇을 씻을 생각도 못하고 바로 요를 깔고 이불을 머리까지 둘러싸서 추위를 막는 방패를 치고 잠을 청했다.

　학원 강의가 있는 날은 학원 근처 구립도서관에 가서 피한하고, 점심시간에는 일차 구청 직원이 밥을 먹고 난 후 12시 반부터 일반인에게 제공되는 식비가 저렴한 구청 식당에서 점심을 사 먹었다.

　몸에 근질거리고 냄새가 나는 거 같아 일주일에 한 번 그는 공중목욕탕에 가서 몸을 씻고 목욕탕 구석 자리에서 숨어서 내복을 빨았다.

　추위로 머리가 멍멍해져서 주승훈은 사는 것이 뭐 이리 개 같아, 하고 투덜댈 기력도 없었다.

　그는 도서관에서 철학, 종교, 문학서적을 읽었다. 영어권 문학에 젖어있던 그는 프랑스, 독일, 소련 등 문학을 접하며 견문을 넓혀갔다. 사고의 폭을 넓히는 것은 그의 생계를 윤택하게 하는 데 전혀 도움이 되지 않는다.

　추운 겨울이 지나고 매화가 맨 먼저 봄소식을 전했다.

　주승훈은 라면으로 아침을 때우고 느긋하게 한가한 시간을 즐겼다. 그

추운 겨울 내내 냉골이던 방바닥이 봄이 오자 미지근하게 온기가 올라왔다. 그는 그 조화를 신기하게 생각하며 방바닥에서 전해 오는 온기를 즐기며 피한하러 아침을 먹자마자 도서관으로 도망가지 않아도 되어 마음이 좀 느긋해졌다. 그는 창문에 비추는 햇빛을 보며 그가 방학 동안 썼던 논문의 마지막 결론을 다듬었다.

그는 영국 문학의 백미인 셰익스피어와 러시아 문호 도스토옙스키를 비교하는 논문을 썼다. 셰익스피어의 리어왕과 햄릿, 도스토옙스키의 죄와 벌과 카라마조프 형제에서 다루는 죄와 벌에 대한 그 나름의 해석을 했다.

영국 작품은 권력 다툼을 하며 죄를 지었고, 러시아 작품은 생존을 위한 몸부림을 치다가 죄를 지었다. 영국 작품은 귀족적으로 벌을 내렸고, 러시아 작품은 서민적으로 벌을 내렸다. 그가 두 작가의 작품을 쓴 연대 각국의 정치 상황을 비교하며 생각을 정리할 때 똥 푸시오, 하는 외침이 들려왔다.

달동네 화장실은 재래식이다. 일 년에 몇 번 똥통에 찬 오물을 비워야 한다. 주승훈은 저 남자는 전생에 무슨 업을 지어 저런 직업을 가졌을까, 가정은 있을까, 하고 생각했다.

주승훈의 옆집 아저씨는 수돗물을 날라다 주고 그 삯으로 먹고 산다. 아저씨는 공동 수도장에서 수돗물을 받아서 지게에 지고 날라다 준다. 수입이 얼마인지 모르지만 아내도 있고, 아들도 있다. 아내는 어린 아들을 들쳐 업고 시장 입구에서 채소 장사를 한다. 참 힘들게 살아간다. 그래도 가족이 함께 산다.

주승훈은 너는? 하고 자신의 처지를 돌아본다.

먹물을 한참 많이 먹은 아내는 고생을 견디지 못하고 도망쳤고, 먹물을 많이 먹은 그는 험한 일이 싫어 물방울을 튕기며 학생을 가르치는 일을 하며 정말 가난하게 살고 있다. 겨우 혼자 먹고 살 수 있는 정도의 돈을 벌고, 먹고 사는 것과 아무 관계가 없는 셰익스피어가 어떻고 도스토옙스키가 어떻고 한다.

그는 흰 웃음을 흘리며 집을 나서 난방이 잘되는 도서관으로 간다.

봄 학기가 시작됐다. 주승훈이 강의하는 과목 수강생이 두 배로 늘었다. 수강생이 두 배로 늘었다고 강사료를 더 주지 않는다. 성적 내기만 번거로워진다. 2년 후배로 박사학위를 받고 귀국하여 바로 조교수가 된 정명학은 전공필수 과목을 맡아 강의한다.

주승훈이 먼저 학교에 강의를 시작했는데 선택과목만 강의한다. 학위를 받지 못하여 과목 선택에도 밀린 주승훈은 그것도 불만스럽다.

지도교수가 주승훈의 강의가 인기가 있다며 학위를 하고 왔으면 조교수 자리를 차지하는 건데, 하며 하나 마나 한 입치레를 한다.

주승훈이 지도교수에게 방학 동안 쓴 논문을 보여주자. 아주 좋은 논문이라며 당장 영문학회지에 내자고 했다.

"자네가 제1 저자가 되고, 내가 제2 저자로 하면 어떻겠나. 내 이름이 들어가면 학회에서 우선적으로 실어줄 거야."

지도교수가 천연덕스럽게 글자 한 자도 보태지 않은 논문의 제2 저자 자리를 꿰차려고 한다.

주승훈은 무기력하게 좋다고 했다.

학원 수강생은 늘지 않았다. 그의 수입도 늘지 않는다. 학원 원장은 교실 절반도 채우지 못하는 수강생 숫자에 불만을 표시했다. 개강한 지 일년이 넘었는데 수강생 수가 늘지 않는 것은 강의가 시원치 않나, 하는 투의 말을 하며 주승훈의 자존심을 긁었으나 주승훈은 못 들은 체하며 미안한 표정을 지었다.

주승훈은 학원에서 받은 석 달치 급여로 쌀 반 가마니를 사서 쌀독을 채우고, 연탄 200장을 사서 처마 밑에 가득 쟁였다. 주승훈은 앞으로 몇 달 최소 생계를 위한 준비를 마치고 마음이 푸근해졌다.

주승훈은 지난겨울 피한을 위해 아침부터 도서관을 찾아 읽은 책들이 그의 강의 내용을 더욱 풍성하게 하는 것 같아 기분이 좋았으나 대학에서 강의 내용이 더욱 충실해지고 수강생 수가 는다고 강사료를 더 주는 것이 아니어서 그의 수입은 늘지 않는다. 전임강사나 조교수로 신분 상승의 기회가 생기는 것도 아니다.

지도교수는 영문학회에서 그의 논문이 올해 최우수 논문으로 뽑힐 만큼 우수하다는 평을 들었다고 말했으나, 그 칭찬은 주승훈의 수입에 전혀 도움이 되지 않는다.

세월이 가고 봄 학기가 끝났다. 여름방학이 시작됐다. 주승훈은 주말에 이틀 고향을 찾아갔다. 남대문 시장에 가서 형이 입을 잠바를 사고 형수가 입을 원피스를 샀다. 분희 몫으로 화장품을 샀다.

이틀간 쉬고 서울에 올라와서 학원에 들렀다가 청천벽력 같은 선고를 들었다.

"개강한 지 일 년 반이나 됐는데 수강생이 교실 절반도 못 채워 이번 학기에는 수강과목에서 빼버렸어요."

원장이 아주 쉽게 주승훈의 밥줄을 자르는 말을 했다.

주승훈을 할 말을 잊고 허, 소리만 냈다.

"다음에 기회 되면 연락드리지요."

아무 대답도 못하고 원장실을 나온 주승훈은 버스를 타러 가며 원장 선고의 뜻을 알게 됐다.

그의 수입 절반이 달아나서 달동네에서마저 생활할 수가 없다.

주승훈은 버스를 탈 생각도 못하고 보도를 걸으며 어떻게 살아갈까, 고민했다. 서울에서 대학 시간강사라도 계속하며 살려면 새로운 수입원을 찾아야 한다.

　노가다 판에 가서 막일을 하기는 그의 신체가 너무 허약하다.

　서울역에 가서 짐을 날라다 줘?

　아님, 우리 동네에서 수돗물을 날라다 줘?

　지도교수에게 사정을 말하고 강의 시간을 늘려달라고 해? 그럼 같은 처지의 다른 시간강사의 몫을 빼앗아야 한다.

　몇 정거장을 고민하며 걷던 주승훈은 피로가 몰려와서 습관적으로 대학 도서관으로 가는 버스를 탔다.

　거리의 상가들이 휙휙 지나갔다. 상점마다 먹고 살겠다고 상점 문을 열고 손님을 기다린다.

　생존경쟁에서 한 발 밀린 낙오자가 된 주승훈은 그렇다고 고향에 내려갈 수는 없고, 비참한 심정으로 이 난국을 어떻게 타개할 것인지 고민했다. 그가 신처럼 받들던 셰익스피어도 디킨스도 바이런도 답을 주지 못했다.

　그는 막 버스를 올라타는 노인에게 자리를 양보하고 버스가 달리는 데 따라 손잡이를 잡고 흔들거리며 문득 대학 시절에 신문에 광고를 내서 아르바이트 자리를 잡던 생각이 났다.

　그는 버스를 내려 광화문으로 가는 버스를 갈아타고 광화문에 있는 신문사에 찾아가서 광고를 냈다.

　미국 인디아나 대학 영문학 석사, 박사 과정 수료. 그룹 과외를 원함.

　그는 내일 자 신문에 광고를 내고 허탈한 심정으로 서대문 방향으로 걸었다.

　다음날 하루 종일 전화기 앞에서 기다렸으나 아무런 연락이 오지 않았다.

　다른 방책이 없는 주승훈은 다시 광고를 냈다.

　여고생 다섯 명이 그룹 과외를 신청했다. 빵집에서 다섯 여학생을 만나 면접을 치렀다. 사복을 입은 여학생들은 고3이라 처녀티가 났다. 주 5일방학 동안은 오후 2시부터 2시간 과외를 하기로 했다. 다섯 학생이 나눠 내는 수업료는 그가 학원 수강료로 받던 것보다는 적었으나 그 돈만 있으며 주승훈은 서울 생활을 굶지 않고 꾸려나갈 수 있다.

주승훈은 돈암동 전철역에서 가까운 한 학생, 조혜민 집에서 다음 주부터 수업을 시작하기로 하고 빵값을 내고 학생들과 헤어졌다.

그는 도서관에 가기 싫어 달동네 집으로 바로 가서 라면으로 점심을 때우고 요를 깔고 번득 누워 디킨스의 두 도시 이야기를 다시 읽었다.

대학 다니며 학비를 벌려고 고등학생을 가르치는 것과 성인이 되어 가르치는 데는 기분부터 달랐다. 대학 때는 별생각 없이 돈을 벌며 대학 다니려 아르바이트했지만, 성인이 되어 과외수업을 하며 주승훈은 주눅이 들고 자신이 불쌍한 생각이 들었다.

고3을 어린아이로 생각했었는데 여학생들은 자신들을 처녀라고 생각했다. 엄연한 개체로 성숙한 여인으로 대접을 원했다.

과외를 하는 조혜민의 아버지는 국회의원을 했고, 지금은 전국에 주유소를 가진 석유 공급회사 사장을 하고 있다.

조혜민의 집은 큰 한옥으로 안채와 대문을 들어서면 바로 왼쪽에 있는 사랑채와 안채 사이에 큰 정원이 있다. 사랑채에서 과외를 했다. 한 시간쯤 공부하고 나면 조혜민의 어머니는 꼭 먹을 것을 내왔다. 과일을 깎아서 내왔고, 마실 것도 준비했다.

조혜민의 어머니는 젊어 보였다. 애교 만점이었다. 조혜민의 친어머니가 아니고 조혜민의 입장에서 보면 첩이었다. 조혜민의 친어머니는 양평에 혼자 살며 조혜민의 아버지가 생활비를 보내준단다.

다섯 여학생은 남자 선생님에게 잘 보이려고 서로 은근히 다퉜다. 혹시 어느 한 여학생에게 관심을 보이는 것같이 보이면 시기를 했다.

주승훈은 가르치는 것 외에 여자들의 심리를 살펴야 했다. 군것질하는 시간에 여학생들은 주승훈의 결혼 생활에 흥미를 보이며 질문을 해댔다. 주승훈은 대답을 얼버무렸다.

주승훈의 주식은 라면이다. 쌀은 팔아다 놓았지만, 밥을 지으면 반찬을 만들어야 하고, 먹고 난 후에 설거지할 그릇이 많다. 수돗물을 길어다가 쓰는 처지에 물을 많이 쓰는 식사는 귀찮다. 라면은 냄비 하나와 김치를 담는 그릇만 씻으면 된다.

점심은 저렴한 식당을 찾아다닌다. 중앙 도서관 식당은 점심값이 저렴하고, 구청 식당의 점심값도 저렴하다.

방학 동안 주 5일 과외를 하다 보니 오후는 과외에 매여 그 일정에 맞춰 생활 계획을 세운다. 주승훈은 성북구청 식당에서 점심을 먹고, 천천히 걸어서 조혜민의 집으로 갔다.

조혜민의 아버지는 불교신도회 부회장이었다. 기회가 있어 대화를 나누며 금강경 해설을 주며 읽어보라고 했다. 속리산 법주사 근처에서 자란 주승훈은 자주 절에 들렀으나 불경을 읽은 적이 없었다.

주승훈은 금강경을 읽으며 공의 개념을 접하고, 새로운 사상 세계를 알아갔다.

가을 학기가 시작되자 주승훈의 아르바이트 시간이 바뀌었다. 오후 5시부터 90분간 주 3일로 바뀌고 수업료도 줄었다. 대학에서 받는 강사료와 아르바이트 비용으로 겨우 최소 생활을 꾸릴 수가 있다.

날씨가 추워지면서 주승훈은 건강이 여의찮은 것을 실감했다. 그는 입맛이 없고 자주 피로하여 쉬고 싶었다. 몇 년째 라면으로만 끼니를 때워 영양 불균형이 일어난 모양이다.

그는 병원에 갈 돈이 없다. 만성 피로를 이를 악물고 버티며 대학 강단에 서고, 아르바이트를 했다. 크리스마스가 다가오자 추위가 밀려오고 주승훈이 거주하는 달동네 집은 추위를 막기에 너무 허술했다.

추위와 피로, 무기력증에 내팽개쳐진 주승훈은 대학이 종강하고 대학

수능시험이 끝나 아르바이트도 그만두자 더 이상 버티지 못하고 심신을 치료하러 귀향했다. 달동네 집주인에게 다음 입주자가 들어오면 집세 보증금을 붙여달라고 하고 고향 집 주소를 남겼다.
  고향에 돌아와서 마음이 풀어진 주승훈은 며칠을 앓아누웠다. 소문을 들은 분희까지 병문안을 왔다. 형이 한방 병원에 데리고 가서 진맥하고 기가 허해져서 그렇다는 진단을 받고 보약을 받아와서 데려줬다.

  일주일 여섯 시간 강의하고 받는 강사료로 서울 생활을 할 수 없는 주승훈은 다시 고등학교 학생을 가르치는 아르바이트를 구하기가 싫어 대학 강사 자리를 포기하기로 했다. 주승훈은 건강이 좋지 않아 다음 학기 강의는 어렵다는 편지를 박기호 지도교수에게 썼다.
  그는 고향 산길을 걷고 분희 이발소가 한가해지는 시간에 이발소를 찾아 분희와 대화를 나누며 건강을 회복해 갔다.

6
  섣달 그믐날 오후, 주승훈은 걸어서 법주사를 찾았다. 그는 논두렁 길, 오솔길, 법주사 내 길을 걸으며 앞으로 어떻게 살아갈까 고민했다.
  고향에 내려와서 세끼 밥을 제때 먹고, 따뜻한 온돌방에 자며 형이 해준 한약을 먹어서인지 그는 건강을 거의 회복했다.
  형은 동생이 몸을 추스르면 서울로 올라갈 것으로 생각한다. 그러나 주승훈은 서울로 갈 생각이 없다. 대학 강사 자리는 귀향하여 건강이 나쁘다고 사의를 표명하여 이미 다른 사람을 채용했을 거고, 아르바이트 자리는 다시 구해야 한다. 이미 대학과 학원 일자리를 잃었다.
  서울에서 살려면 아르바이트 자리를 구해야 하는데, 유학까지 다녀온 처지에 고등학생 아르바이트하며 밥값을 버는 것이 너무 처량할 것 같다. 서울로 가면 달동네에서 자취해야 하는데 수도시설도 없어 물을 길어다가 먹어야 하고, 공동 화장실 앞에서 줄서기도 처량하고, 겨울의 추위를 견딜 자신이 없다.

그렇다고 고향에 뿌리를 내리기에는 그의 입지가 너무 어중간하다.

주승훈은 앞이 보이지 않는 미래를 한탄하며 일주문을 지나고, 천왕문을 지나 절 마당에 들어서서 대불을 마주 보고 서서 고개를 들어 대불 얼굴을 올려다보며 새해에 어떻게 살아가야 할지 알려주라고 부처님께 기도했다.

머리에 눈을 잔뜩 뒤집어쓴 부처님은 아무 말 없이 그냥 앞만 보고 서 계신다.

주승훈은 두 손을 모으고 나무관세음보살을 외우며 캄캄한 앞날의 서광이 비치길 빌었다. 그는 대웅전 앞에 서서 열린 문으로 석가모니불을 올려다보며 기도했다.

'나무관세음보살, 어떻게 살아가야 하나요?'

문득 주승훈의 머리에 야산을 개발하면, 하는 생각이 떠올랐다.

주승훈이 사는 마을 가까이에 잡목이 우거진 야산이 있다. 10도 미만의 완만한 경사지가 이어지다가 30도쯤 경사가 가팔라진다. 햇빛이 비치는 동남향 방향이다. 약 7천 평쯤 되는 야산은 주승훈 형님 이름으로 등기된 산이다.

번뜩 주승훈은 그 야산을 개발하여 보은의 명물인 대추나무를 심으면, 하는 아이디어가 떠올랐다. 그는 봄이 오는 3월부터 과수원을 일구는 일을 시작하기로 마음을 다져갔다.

주승훈은 겨우내 아직 몸이 다 회복되지 않은 것 같이 꾸미며, 오전은 사랑방에서 칩거하고, 오후에는 산책하고 나서 분희의 이발소에 가서 노닥거렸다.

형은 아직 몸이 회복되지 않은 동생의 건강을 걱정하며 건강을 챙기는 것이 우선이라고 위로했다. 의대를 졸업하고 인턴을 하는 동생은 바쁘다며 설날 이틀만 고향을 찾고 얼굴을 보였다.
 주승훈은 농촌지도소에 들러 대추나무 작법 책을 구해 읽으며 야산을 개간할 지식을 쌓아갔다. 형에게는 2월 말쯤 그의 계획을 말하기로 했다.
 그가 월세로 들었던 집주인이 보증금을 부쳐왔다. 주승훈은 그 돈은 대추나무 묘목을 살 종잣돈으로 쓰기로 했다.
 주승훈은 매일 오후 추위 속을 걸으며 건강을 챙겼다. 2월이 되자 그는 완전히 건강이 회복된 것을 감으로 느꼈다.
 2월 하순 주승훈은 형님과 막걸리를 한잔하며 그가 법주사에서 세운 계획을 통보했다.
 "형님 제가 이제 거의 건강이 회복된 거 같아요. 형님과 형수님이 보살펴 주신 덕분입니다. 감사합니다."
 "형제간에 뭐 감사하고 말 게 있나. 언제 서울 올라갈 거지?"
 형이 반가운 목소리로 말했다.
 "서울 가서 혼자 살면 또 병이 날 것 같습니다. 서울 안 가고 이곳에서 과수원을 일굴까 합니다."
 "과수원? 농부가 된다는 말인데 배운 것이 아깝잖아."
 "그렇기는 한데 몸이 나빠져서 학교에 사표를 내고 내려왔어요."
 "사표를 내? 대학교수 자리 다시 따기 어려울 텐데 사표를 냈어?"
 형이 크게 실망하는 표정을 지었다.
 "가족은 찾을 수 없고?"
 "서울 강남에 사는 걸 알고 세무서까지 가서 뒤졌으나 찾지 못했습니다."
 "세무서는 왜?"
 "제 처가 피아노 학원을 할 것 같은데 사업자 신고했으면 찾을 수 있을 거 같아서."
 주승훈은 형님 명의의 야산을 과수원으로 가꾸겠다는 계획을 차근히 설명했다. 형은 심란한 표정을 지으며 좋다 나쁘다 말하지 않았다.

형에게 과수원을 일구는 계획을 통보한 주승훈은 농촌진흥청을 찾고 대추나무 식재와 기르는 법을 기술한 책자를 구해 내용을 익혔다.

그는 대추나무만 심을 것이 아니라 야산의 절반은 사과나무를 심으면, 하는 생각이 떠올랐다. 그는 사과나무 기르는 법 책도 얻어 읽었다.

그는 야산 평평한 아래쪽에 대추나무를 심고, 좀 경사진 곳에 사과나무를 심을까 하다가 야산 아래쪽에 사과나무를 심고 위쪽에 대추나무를 심을까도 했다.

과수원을 일구면 경계를 이루는 울타리를 해야 할 거다. 그는 과수원 아래쪽은 탱자나무 울타리를 하고 윗부분은 싸리나무 울타리를 치기로 했다. 과수원 중간 지점에 원두막을 지을 공간을 남기고 과수를 심기로 했다.

봄이 오고 땅이 녹자 주승훈은 야산 아래에 먼저 대추나무를 심을 구덩이를 파기 시작했다. 책에서 본대로 1.2m를 떼어 약 60cm 크기의 구덩이를 팠다.

형은 그가 하는 일에 일절 간섭하지 않았다.

그는 그의 체력을 감안하여 아침 9시부터 2시간 구덩이를 파고 잠시 쉬었다가 점심을 먹고 오후 두 시에 야산으로 가서 다시 구덩이를 팠다. 4시가 지나면 삽을 둘러메고 분희의 이발소로 가서 손님이 없으면 노닥거리다가 손님이 오면 집으로 갔다.

4월 하순, 그는 약 500개의 구덩이를 팠다.

그는 월세 보증금을 돌려받은 돈을 다 털어 대추나무 묘목을 사서 식재를 시작했다. 구덩이를 팔 때는 본체만체하던 형과 형수가 식재를 도왔다.

구덩이에 물을 흠뻑 주고 묘목 뿌리를 좍 펴서 심고 거름을 섞은 흙을 복토하고, 빈틈이 생기지 않도록 가볍게 밟아줬다.

대추나무 500그루를 줄 맞춰 심자 잡초와 허접한 나무만 자라던 야산이

제법 과수원 티가 났다.

　대추나무를 다 심은 주승훈은 사과나무를 심을 구덩이를 이랑 넓이 2m 간격으로 파기 시작했다. 식재는 10월에 할 계획이다. 6월이 되기 전에 사과나무를 심을 구덩이를 다 팠다. 형은 장마에 구덩이가 다 메워진다고 걱정했으나 새로 파는 것보다 무너지면 손보는 것이 쉽다고 우기며 구덩이를 팠다.

　구덩이를 다 판 주승훈은 탱자나무 울타리를 할 자리를 남겨 놓고 산에 가서 싸리나무를 캐다가 울타리로 심었다. 싸리나무가 그렇게 흔하지 않아 그는 진달래, 철쭉나무도 캐다가 울타리 나무로 했다. 그것도 여의찮아 아까시나무도 캐다가 울타리 나무로 심었다.

　10월에 형한테 돈을 빌려 값이 싼 1년생 사과 묘목을 사서 심었다. 묘목을 약재에 한 시간쯤 담가 소독하고 물에 발근재를 타서 구덩이에 흠뻑 붓고, 뿌리를 쫙 펴서 흙을 덮고 가볍게 밟아 빈틈을 없앴다. 가지를 지지대에 끈으로 묶어 나무를 안정시켰다. 지지대는 산에서 지름 3~4cm의 나뭇가지를 쳐서 준비했었다.

　사과나무까지 심자 아직 울타리는 절반도 완성 못했지만 그럴듯하게 과수원이 됐다.

　농촌의 겨울은 정말 한가했다.

　주승훈은 동네 청년들과 어울려 술추렴을 한다든지, 사랑방에 가서 섯다판에 끼기도 하며, 그렇게 혼자 겨울을 보냈다. 오전 오후 한 시간쯤 산책하고 토요일은 법주사까지 눈길을 걸어 일주문을 지나고 대불에 예불하고 대웅전에 들러 석가모니불에게 기도하며 한나절을 보냈다. 눈이 덮인 문장대는 오를 생각도 못했다.

　나머지 시간은 그가 박사학위를 쓰려다가 완성하지 못한 한국시와 영미시를 비교하며 같은 점과 다른 점을 찾는 작업을 했다. 미국인 지도교수에게 보일 필요가 없어 한국시를 영역할 필요가 없어 좋았다.

그는 최남선부터 김정식, 이육사 등 일제 강점기 때 시인과 박목월, 조지훈 등 해방 후 등장한 시인들의 시작품을 분석하고 영미 시인 바이런, 로버트 프로스트, 윌리엄 워드워스 등과 시의 세계를 비교했다. 시의 세계뿐만 아니라 그들이 살아온 환경도 비교했다. 그렇게 책을 쓰다 피곤해지면 분희 이발소에 가서 분희와 노닥거리며 시간을 보냈다.

가끔 그는 그가 일군 과수원을 어슬렁거리며 지난 늦가을에 울타리로 심은 탱자나무 씨앗이 봄이 되면 발아하기를 빌었다.

아침부터 까치가 울어대더니 박기호 지도교수로부터 편지가 왔다.

건강은 회복되었는지 묻고, 무엇을 하는지 관심을 보였다.

주승훈은 그를 챙겨주는 지도교수의 편지를 받고 먼저 안부를 전하지 못한 것이 미안했다. 그는 바로 답장을 썼다. 건강은 회복되었으며, 과수원을 일구고 있다고 썼다.

바로 지도교수로부터 답장이 왔다. 대전 J대학에 강사 자리가 있는데 주 군을 추천했는데 영문학과 학과장, 성주호 교수를 만나보라고 했다. 전화번호도 같이 보냈다.

주승훈은 시간강사 강사료로 대전에서 살 수 없는데, 시간강사 자리를 수락할지 고민하다가 그래도 지도교수가 생각하고 마련해 준 자리인데, 하며 학과장에게 전화했다. 학과장은 한번 대학에 오라고 했다.

주승훈은 학과장과 오후에 약속을 잡고 대학교를 찾아갔다. 보은에서 시외버스를 타고 대전터미널에서 내려 한 20분 걸어 대학에 갔다. 주승훈은 오후에 강의 시간을 잡으면 대전에 거주하지 않고 집에서 다닐 수 있을 거 같았다. 강의가 없는 날은 과수원을 돌보면 된다.

50대 중반의 학과장, 성주호 교수는 자존심이 강하고 독선적으로 보였다. 말투도 거만했다.

"주 교수를 추천한 박기호 교수는 나랑 미국의 같은 대학에서 학위를 했어요. 2년 선배지요. 박 교수가 주 교수를 아까운 인재라고 추천하여 같이 학생들을 가르치고 싶은데 생각이 있으신지?"

"무슨 과목을 가르치지요?"

"Y대학에서 명강의로 날리셨다던데, 2학년 미국 희곡과 3학년 실험 언어학 두 과목 3학점씩 6학점 강의를 맡아 주면."

주승훈은 미국 희곡과 실험 언어학, 하고 중얼거렸다. 대학에서 강의를 들었지만 그렇게 열심히 듣지 않았던 과목이다. 강의하려면 준비를 많이 해야 할 것 같다.

주승훈은 거절하고 싶었으나 미국까지 유학하고 와서 과수원 한다고 농부 노릇을 하는 동생을 측은히 여기는 형의 자존심을 세워 드리고 자기를 추천한 박기호 교수의 성의를 봐서 긍정적인 답을 했다.

"좋습니다. 그런데 강의 시간을 오전에 한 강좌 오후에 한 강좌 넣어주셔야 가능합니다. 강사료로 대전에서 생활할 수 없고 보은 집에서 출퇴근 해야 해서요."

"알았습니다. 그런 편의는 봐 드리지요. 하루 여섯 시간 강의하도록 시간표를 짜라고 할게요. 어느 요일이 좋아요?"

"화요일로 해 주시면…."

"그렇게 하지요. 필요한 서류를 과 사무원에게 며칠 내로 내주세요. 채용 절차를 밟아야 하니까요."

성주호 학과장은 주승훈을 앞에 앉혀놓고 바로 그의 지도교수, 박 교수에게 주승훈을 시간강사로 채용하기로 했다고 전화했다.

주승훈은 채용하기로 했다는 말이 거슬렸으나 못 들은 체했다. 그는 대전까지 왔으니 고문희 교수를 만나보고 갈까, 하고 공중전화에서 전화했으나 고문희 교수가 서울 세미나에 갔다고 하여 만나지 못했다.

주승훈은 형에게 봄 학기부터 J대 강의를 나간다고 하자, 미국 유학까지 다녀온 동생이 과수원을 일군다고 농부 노릇을 하는 것이 주위 눈치가 보여 신경이 쓰였던 형이 아주 기뻐했다.

봄 학기가 시작됐다. 주승훈은 매주 하루 대학 강의를 나가고 나머지 날은 과수원을 가꾸었다.

매화가 피고 쑥이 파릇파릇 돋아나는데 작년 10월에 울타리로 심은 탱자 씨가 발아하는 징후가 보이지 않았다. 주승훈은 호미로 탱자 씨를 심은 곳을 파보았다. 탱자 씨가 심을 때 그대로 그 모양이다. 추워서 얼어 죽었는지 수분이 없어 말라 죽었는지 모른다.

주승훈은 1년생 묘목을 사서 심고 싶었다. 그가 강사료를 받는 3월 말이면 심는 시기가 늦다. 당장 심어야 하는데 주승훈의 수중에는 현금이 없다. 형에게 부탁해서 현금을 확보해야 한다. 형에게 그 돈을 빌려 달라고 하기가 민망하다.

그는 분희를 찾아갔다.

"분희님, 노년을 대비하여 저축을 하세요?"

주승훈은 항렬상 할머니인 분희에게 님자를 붙여서 부른다. 빈말을 할 수 없어 엇비슷한 존댓말을 쓴다.

"그게 내가 꼬부랑 할머니가 되도록 남의 머리 깎을 수가 없을 것 같아 50까지만 이발하기로 하고 아껴 쓰며 적금도 들고 있지. 내가 50이 되면 우리 아들 창석이 대학을 졸업할 나이가 될 거고, 취직하면 지어미 먹여 살리겠지."

"우리 과수원 작년에 심은 탱자 씨가 다 말라 죽었어. 그래서 묘목을 사서 심고 싶은데요."

"대학 강의 나간다며?"

"강사료는 이달 말에 나오는데 그때는 좀 늦는 거 같아서."

"얼마쯤 돈이 있으면 되는데?"

"한 6만 원."
"그거 내가 빌려줄게, 월말에 갚아."
분희가 쉽게 돈을 빌려주겠다고 했다.
"대전 차비도 있어야 할 테니 10만 원 빌려주지."
분희가 주승훈의 처지를 이해하고 대전 교통비까지 합쳐서 빌려준다고 한다.
"이자는 톡톡히 쳐줄게."
가볍게 감격한 주승훈이 들뜬 목소리로 말했다.
"우리 사이에 이자는 무슨 이자? 과수원 첫 열매나 맛보게 해줘."
항렬상 할머니에게 돈을 빌린 주승훈은 묘목 1,000주를 주문했다. 묘목 100포기씩 포장한 우편물이 도착하자, 주승훈은 만사 제쳐놓고 묘목을 10cm 간격으로 심었다.

탱자나무가 냉한에 강하다 해도 동해를 입을까 걱정하며 물은 오전에만 줬다. 아직 울타리가 다 완성되지는 않았지만, 탱자나무 울타리까지 치고 보니 과수원이 그럴듯하게 보였다.

과 사무원이 오늘 저녁에 과 교수 단합대회가 있다고 주승훈에게 알려줬다. 시간에 맞춰 식사 장소에 가니 정 교수와 시간강사들이 죽 식탁에 둘러앉았다. 회식 내내 학과장이 왕처럼 으스대며 자기가 시간강사 계약 기간 연장 결정권이 있다고 큰소리쳤다.

주승훈은 술에 취한 학과장의 과대망상적 태도에 살짝 기분이 나빴다. 2차로 노래방에 가자며 학과장이 앞장섰다. 주승훈은 노래방에 갔다가는 집에 가는 버스를 놓칠 것 같아 사정을 말하고 자리를 뜨려 했다.

"내가 가자는데 새파란 신입이 중간에 빠진다고? 어디서 배워먹은 버릇이야?"
학과장이 주승훈에게 막말을 했다.

주승훈은 뭐 이런 개 같은 자식이 있어, 하고 꽉 화가 치솟았으나 못 들은 척하고 그 자리를 피했다.

그 다음 주 주승훈이 강의 갔더니 과 사무원이 학과장 교수가 보잖다고 했다. 주승훈은 학과장이 지난번 무례를 사과할 거로 생각하고 학과장 방을 노크하고 들어섰다.

"과 행사에 그렇게 개인행동을 하면 어떻게 해요?"

학과장이 앉으라는 말도 없이 속사포를 쐈다.

주승훈은 학과장의 의외의 일격에 놀라 입이 딱 벌어졌다.

"이번에는 처음이라 몰라서 그렇다고 치고 용서할게요. 다음에는 조심하세요. 나가보세요."

주승훈은 군대에서 상사가 부하에게 하는 식의 꾸지람을 듣고 한마디 말도 못하고 학과장 방을 나서며 뭐 이런 개 같은 자식이 있어, 하고 속으로 투덜댔다.

주승훈은 탱자나무 묘목을 심고, 아직 30cm도 안 되는 묘목이 언제 자라 울타리 역할을 할까, 하며 돈이 더 됐으면 2년생 묘목을 사서 심었을 텐데, 하는 아쉬움을 삼켰다.

화요일 오후, 강의를 마친 주승훈은 과 사무실에 들러 출석을 체크했다.

"주 교수님. 내일 학교에 나오셔야 할 것 같아요."

과 사무원이 쭈뼛거리며 말했다.

"무슨 행사 있어요?"

"네, 온동마을 시화전이 있는데 교수님이 내일 봉사하시기로 되어 있어요."

"온동마을이 대전 어디에 있어요?"

"대전에 있는 마을이 아니고 문학 동아리 이름입니다."

"문학 동아리? 그게 우리랑 무슨 상관이요?"

"학과장님이 그 모임 회장이세요. 학과장님이 시인인 것은 아시지요?"

"시인이신가? 그런데 왜 우리가 그 모임 뒤치다꺼리를 해요?"

"저는 그건 모르겠고 주 교수님은 내일 오전 10시까지 문화회관 갤러리로 가시면 됩니다."

주승훈이 무슨 상황인가 잘 이해가 되지 않아 어리둥절하고 있을 때 시간강사를 하는 서 교수가 출근부에 사인을 하고 나가면서 설명해 드리지요, 하며 앞장서서 과 사무실을 나섰다.

서 교수는 국내 대학에서 박사를 하고 대전에 있는 3개 대학에서 시간강사를 하며 생계를 번다.

"온동마을은 대전에 사는 시인, 소설가, 수필가 등 문인들의 친선 모임인데 멤버가 한 30명 돼요. 여자분이 많고, 우리 학과장이 몇 년째 회장을 하고 있는데, 일 년에 한 번씩 시화전을 해요. 그때마다 우리 학과장이 자기 회원들에게 가오 세우려고 우리 힘없는 비정규직을 봉사활동에 동원해요."

"뭘 하는데요?"

"시화전 보러 오시는 분에게 팸플릿도 나눠주고, 시인들이 가져다 놓은 시집도 나눠드리고 해요."

"그거 시화전 출품한 작가분이 하면 되겠네. 왜 우리 학교 선생님을 동원해요?"

"그거 힘은 안 들지만 시간이 들어요. 그래서 작가분들이 좀 꺼리는 모양이에요. 우리 학과장이 끗발 있다고 자랑하는 거지요."

"그거 강사 계약서에는 없는 노동인데 일당이라도 줘요?"

"에이 순진하시다. 무슨 일당."

"부당한 지시 같은데. 왜 그 말을 들어요?"

"그거…, 우리 계약 기간이 2년이잖아요? 자기 말 안 듣는 강사는 계약

연장 안 해 줘요."

"계약 연장을 강의 잘 하나로 결정하지 않고 그런 것으로 결정한다고요?"

"그치가 우리 약점을 잘 알아요. 몇몇 대학 보따리 장사하며 먹고 사는데 대학 강사 자리 잘리면 먹고사는 데 영향이 크지요. 그래서 울며 겨자 먹기로 자존심 접고 봉사 나가는 거요. 주 교수님, 힘 드는 것도 아니고 자존심 잠깐 접으면 되니 봉사 나오시지요. 주 교수님 회식 때 2차 노래방 안 가서 크게 찍히셨는데."

주승훈은 서 교수의 말을 듣고 어이가 없었다.

비정규직에게 갑질!

학과장의 버릇을 가르쳐야겠다. 내일 시화전에 나가 현장을 확인하고 대책을 세우자. 주승훈은 전의를 불태웠다.

그는 대전 A일보에 근무하는 항렬로 그의 조카뻘이 되는 동향의 주성집 기자에게 내일 12시 문화회관에서 만나서 그 근처에서 점심 같이하자고 전화했다.

주승훈은 다음날 강의가 없는데도 아침 일찍 버스를 타고 대전으로 갔다.

오전이라선지 시화전 관람객이 거의 없었다. 주승훈은 파리 날리는 전시장에서 무료하게 앉아 있다가 전시장을 돌며 전시한 시를 읽으며 시간을 보냈다. 그는 전시된 시를 다 읽고, 몇 편의 시는 저런 것도 시라고 얼굴 두껍게 전시회에 냈나, 하며 속으로 평하기도 했다.

전시장을 둘러본 주승훈은 할 일이 없어 우두커니 앉아 빈방을 지키며 비정규직인 시간강사를 자기 부하로 여기는 학과장의 폭거를 이해할 수가 없어 고개를 갸웃하며 그렇게라도 자기를 과시하려는 학과장이 불쌍하다는 생각이 들었다.

12시가 다 되어 신사복을 빼입은 주성집 기자가 전시장에 나타나서 너스레를 떨었다.
"어 아재, 시화전에 다 오시고 좋은 취미 가지셨습니다."
"어 왔어? 이왕 왔으니 한 번 둘러봐."
주승훈이 조카뻘 되는 주 기자를 반겼다.
주 기자는 시화전에 별 흥미를 보이지 않고 10분도 안 돼서 다 봤다며 주승훈에게 왔다. 두 사람은 바로 중국집으로 갔다. 항렬상 삼촌뻘인 주승훈이 탕수육과 고량주를 주문했다.
한낮에 마신 고량주가 바로 두 사람을 취하게 했다. 주승훈은 조카뻘 되는 기자에게 학과장 교수의 갑질을 까발렸다. 주 기자는 아재뻘인 비정규직 교수의 푸념에 그런 악덕 교수가 다 있어, 하며 심판받아야 한다며 주승훈의 불평에 박자를 맞췄다.
주승훈은 주 기자에게 대전 큰 신문사 기자이니 봉급이 많겠네, 하고 물었다. 주 기자는 나의 봉급이 말단 공무원 봉급의 1/4도 안 된다며 한탄했다.
"그러면 어떻게 가정을 꾸리고 살아가지?"
"그러니 사는 것이 어렵지요."
주승훈은 주성집 기자의 말을 듣고 기자라고 양복은 번드레하게 빼입고 다니는데 어떻게 먹고 사나, 하고 살짝 조카가 불쌍하게 여겨졌다. 대전에서 제일 큰 신문사 기자 월급이 그렇게 적으면 대전에 신문사가 여럿 있는데 중소 신문사 기자는 월급이 더 적을 텐데 등쳐서 먹고 사나, 했다.
주승훈은 3시에 서 교수와 교대하고 보은 집으로 내려갔다.
주 기자는 서 교수에게 자기 신분을 밝히고 봉사 나온 경위를 묻고, 나이 지긋한 대학교수님이 재임용 권한을 악용 허세를 부리는 학과장 교수의 횡포에 별수 없이 동원되어 봉사 나온 기분이 어떤지 물었다. 주 기자는 주승훈에게 들은 횡포를 서 교수가 털어놓도록 유도하는 질문을 했다.
주 기자가 취재를 마치고 자리를 뜨자 서 교수는 학과장 교수에게 신문

기자가 다녀간 사실을 전화로 보고했다. 학과장은 서 교수의 보고를 반기며 알아서 처리하겠다고 했다.

　다음날, 주 기자는 다시 시화전에 찾아와서 봉사를 나온 비정규직 교수를 인터뷰했다.

　비정규직 교수 3명을 인터뷰한 주 기자는 학과장의 횡포가 도를 넘었다고 판단하며 어떻게 기사를 쓸까, 구도를 잡았다. 그는 문득 일류대학도 아니고 대기업 오너도 아닌 일개 교수의 갑질을 기사화한다고 얼마나 독자들의 흥미를 끌까 가늠해 봤다.

　3류 소설 같은 이야기에 독자들이 별 흥미를 느끼지 못할 것 같았다. 그는 이 상황을 다른 방향으로 써먹기로 마음을 정했다.

　월요일, 주 기자는 성주호 학과장 교수에게 인터뷰를 신청했다. 오후 3시에 시간을 잡았다.

　그는 학과장을 만나기 전에 교학처장을 만나 어느 학과장이 비정규직 교수들에게 갑질이 심해 취재하러 왔다고 운을 뗐다. 총장을 인터뷰하려 했는데 총장이 교육부에 출장 가서 못 만났다고 덧붙였다. 교학처장은 총장까지 갈 것 없고 어느 과 학과장인지 알려주면 자기가 알아서 처리하겠다고 했다. 주 기자는 여유롭게 웃으며 차차 알려주겠다고 했다.

　주 기자는 3시에 학과장의 방을 찾았다. 학과장은 커피를 손수 타서 내놓으며 최대한 낮은 자세를 취했다.

　"총장실에 들렀더니 총장이 마침 교육부 출장 가서 못 만나고 교학처장만 만나고 왔어요."

　주 기자가 자기는 총장도 마음대로 만날 수 있다고 신분을 과시했다.

　"기자님이야 총장님도 어려워하시지요."

　학과장 교수가 최대한 주 기자의 비위를 맞췄다.

　"바쁘실 테니 바로 본론으로 들어가지요. 이틀간 온동마을 시화전에 갔었어요. 동호회 모임인데 이상하게 이 대학 영문학과 시간강사 하시는 분들이 봉사를 나와 계셨어요. 인터뷰해 보니 학과장 교수님이 온동마을 동호회 회장이시던데 재임용 끗발을 이용하여 비정규직 시간강사를 강제로 동원하셨던데 이거 너무 심한 갑질 같은데 해명할 말씀 있으신지?"

주 기자가 느글거리는 말투로 말했다.

"갑질이라니요? 교수님들이 영문학을 전공하여 문학을 좋아하셔요. 자발적으로 지원하여 봉사 가신 겁니다."

학과장이 게거품을 품고 변명했다.

"그래요? 자발적이라고요? 인터뷰한 내용과 다른데, 총장님 출근하면 뵙고 기사화하겠습니다."

주 기자는 이틀간 학과장이 그에게 무마를 위해 성의를 표할 시간을 줬다. 주 기자가 다녀간 후 학과장이 인맥을 동원하여 A일보 편집국장에게 줄을 대고 주 기자의 기사를 막아달라고 청탁했다. 편집국장은 동업자의 편을 들어 기자가 기사 쓰는 것을 자기는 막을 권한이 없다고 손사래 쳤다.

주 기자는 그의 반년 치 월급을 받기로 하고 기사화하지 않기로 했다. 학과장의 갑질이 신문에 나오나 기다리던 주승훈은 기사가 나지 않자 어떻게 된 건지 확인하려 주 기자에게 전화했으나 주 기자는 그의 전화를 받지 않았다.

주승훈은 대학에서 학생들을 가르치는 것보다 과수원에서 그가 심고 가꾸는 나무들과 사는 삶이 더 행복했다.

봄이 오자 그가 울타리용으로 옮겨 심은 진달래가 개화하여 과수원 한 편을 빨갛게 장식했다. 그가 심은 대추나무, 사과나무에서 파란 싹이 돋아나는 것이 그렇게 신비할 수가 없었다. 겨울에도 키가 크는지 대추나무와 사과나무가 한 뼘도 더 큰 거 같다.

그는 울타리로 심은 싸리나무 중 죽은 나무는 뽑아내고 산에서 새 나무를 캐와 심었다. 과수원은 참 손 볼 일이 많았다. 그는 체력이 허락하는 한 과수원에서 그가 심은 나무를 돌보며 시간을 보냈다. 가을이 되면 대추나무에 첫 열매가 열릴 거다.

학과장은 2주째 아무 일이 없는 듯 조용했다. 시화전이 끝나고 3주가 지나도 신문 기사는 나지 않았다. 주승훈은 주 기자와 연락하지 못했다.
월요일 오후 3시, 학과장이 영문학과 교수를 전원 집합시켰다. 강의가 없었지만 주승훈은 별수 없이 회의에 참석하러 학교에 갔다.
학과장 방 옆 회의실에 정규직, 비정규직 교수가 죽 둘러앉았다.
"지난 온동마을 시화전에 자원봉사하며 수고하신 선생님들 감사합니다. 회의 끝나고 5시부터 회식을 하며 노고를 풀어드리겠습니다. 모두 참석 바랍니다."
정규직 교수 두 명이 선약이 있어 회식에 참석 못한다고 불참 통보했다. 비정규직 교수들은 서로 눈치만 봤다.
"지난번 시화전 때 문학을 사랑하는 우리 교수님들이 자원하여 봉사했었는데 이상하게 알려져서 신문기자가 찾아왔었어요. 오해를 풀어 잘 넘어갔지만 여기 교수 중 어느 분이 제보하지 않았나 싶어요. 그래서 과 단합을 해치는 교수를 축출하기 위하여 2년 계약 기간으로 되어 있는 시간강사 계약 기간을 1년으로 하고 매년 11월 고과를 매겨 고과에서 탈락하는 시간강사는 12월에 퇴출 통보하겠습니다."
학과장은 힘없는 비정규직 교수의 목을 비트는 선언을 했다.
주승훈은 학교 규정이 시간강사는 2년 계약하기로 되어 있는데 영문학과만 1년마다 계약 갱신하는 것은 학칙 위반인데, 하고 의견을 말하려다가 그러잖아도 회식 때 2차를 가지 않아 미운털이 박혔는데 뭐 잘난 체할 것 있어, 하며 눈치를 봤다.
비정규직 교수 누구도 학과장 말에 이의를 달지 못했다.
"성 교수님 그거 학칙 위반인데요."

여자 부교수 이성심이 안경 속의 눈알을 반짝이며 말했다.

"이 부교수, 뭐가 학칙 위반이요. 학과장이 그렇게 하겠다는데."

"우리 대학 학칙에 시간강사는 2년 텀으로 계약하게 되어 있어요. 그걸 각과에서 마음대로 고칠 수는 없어요. 총장이 결재한 사항을 과에서 고치면 학칙 위반이 됩니다."

"학교 규칙? 영문학과는 학과장인 내가 알아서 해요."

학과장의 방침에 이의를 제기하자 성주호 학과장이 벌컥 화를 냈다.

이성심 부교수는 분위기가 어색해지자, 전 선약이 있어 먼저 갑니다, 하고 회의장을 빠져 나갔다. 잠시 회의 자리에 머물던 정규직 교수들은 약속이 있다며 다 자리를 떴다.

정규직 교수들이 다 회의장을 나가자, 학과장은 그의 교육철학을 설파하기 시작했다. 불쌍한 비정규직 시간강사들만 남아서 몇 번째 들은 그들의 밥줄을 쥐고 흔드는 학과장의 요설을 한 시간도 넘게 들었다.

주승훈은 1차 회식에는 참석했으나 당연히 2차 노래방에는 가지 않았다.

주승훈은 원두막 건설을 시작했다. 그는 산에 가서 기둥이 될 만한 나무를 베어 지게에 지고 내려올 수가 없어 나무 끝에 밧줄을 걸고 땀을 뻘뻘 흘리며 질질 끌고 내려왔다. 그는 형의 도움을 받아 과수원 위쪽 사과나무들 사이 공간에 원두막을 지었다.

여름이 되고 날씨가 따뜻해지자 주승훈은 모기장을 치고 아예 원두막에서 잤다. 그는 하늘의 별을 보며 영시를 읊으며 자연과 교류했다.

주승훈은 무럭무럭 자라는 과수의 영양을 공급하기 위해 열심히 꼴을 베어 퇴비를 만들었다.

2학기, 비정규직 시간강사의 계약 기간을 1년으로 단축하지 못한 학과장은 충실하게 강의를 시행해야 한다는 명분을 내세워 3학점 강의를 하루에 몰아서 하도록 강사 편의를 봐줬던 제도를 바꿔 하루에 1시간씩 3일에 나눠서 하도록 했다.

주승훈은 쥐꼬리만 한 강사료를 받으며 주 3일 출근해야 했다.

7

주승훈은 학과장의 갑질이 아니꼬워 당장 시간강사를 때려치우고 싶었으나 과수원을 관리하려면 돈이 들고 그 돈을 일일이 형님에게 타서 쓸 수도 없고, 형이 유학까지 다녀온 동생이 대학 강사라도 나가는 것을 대견하게 여기고, 그를 소개해 준 박기호 지도교수의 성의를 저버릴 수가 없어 자존심을 접고 강사 자리를 버티고 지켰다.

그는 학과장이 주최하는 단합대회에 2차는 의례 빠졌고, 회의 도중 학과장의 잔소리가 길어지면 화장실 가는 척하고 슬쩍 빠져나왔다. 다음 해 온동마을 시화전 자원봉사도 나가지 않았다.

과수원을 개척한 지 2년차 가을에 대추 첫 수확을 했다. 생산량은 많지 않았으나 알이 굵고 당도가 높아 좋은 상품이 나올 가능성을 보여줬다. 내년에 첫 사과도 수확할 거다.

주승훈은 그가 심은 과일나무가 쑥쑥 자라고 열매를 맺고 하는 것이 대견했다. 그는 모양을 갖추어 가는 과수원을 보며 행복했다.

그는 가족을 찾을 생각도 못하고 어디선가 고생하며 살 아내와 자식이 걱정되었다.

2년 계약 기간이 끝났다. 당연히 그는 계약 연장 대상에서 제외되었다.

이제 시간강사 자리라도 줄 대학이 없어 그는 완전히 과수원을 가꾸는 자연인이 되었다.

그는 온종일 과수원에서 나무를 가꾸며 세월을 보냈다. 땅은 그가 노력한 만큼 수확으로 보답했다. 그는 일주일에 한두 번 첫사랑, 항렬상 할머니인 분희의 이발소에 들러 분희랑 대화를 나누는 시간을 즐겼다.

고문희는 대전에 있는 대학에서 모교 교수로 자리를 옮겼다. 그는 가끔 대학 다닐 때 바이런 시를 읊조리던 주승훈이 생각났으나 연락처 주소를 몰라 연락할 수가 없었다. 동문들은 대학 때 고 교수와 주승훈이 친했던 것을 알고 주승훈 소식을 고 교수에게 물었으나 고 교수는 답할 수가 없었다.

추석 무렵 주말, 고 교수는 승용차를 몰고 고향 괴산에 성묘하러 갔다. 2시가 되기 전에 성묘를 마쳤다. 그는 문득 괴산에서 주승훈이 사는 보은이 한 시간 거리도 안 되는 것이 생각났다. 고 교수는 여기까지 왔으니 승훈이나 찾아볼까, 하고 생각했다.

그는 속리산 쪽으로 차를 몰았다. 고 교수는 대학 다닐 때 주승훈이 보은주씨 집성촌에 산다는 말을 들은 기억을 떠올리며 보은군청에 가서 주씨 집성촌이 어디인지 물었다. 군청 직원이 친절하게 산외면 아시리라며 가는 길을 알려줬다.

마을 입구에 이발소가 있었다. 고문희는 이발소 앞에 차를 세우고 이발소 여주인에게 주승훈의 집을 물었다.

"주 박사요? 집은 이 길로 죽 가다가 보이는 기와집인데 지금 과수원에 있을 거요."

고문희는 50대의 여자 이발사가 어디서 많이 본 느낌이 들었다.

"과수원이요?"

"네. 20여 년 전부터 과수원을 개간하여 하고 계세요."

여자 이발사가 고 교수를 빤히 쳐다보며 말했다.

고 교수는 주승훈이 과수원을, 하고 중얼거리며 차를 몰고 마을 뒷산에 있다는 주승훈의 과수원으로 갔다.

낯선 승용차가 과수원 앞에 멈춰 서자 주승훈이 같이 사과를 따는 인부에게 누구지, 했다. 신사복을 입은 사람이 차에서 내려 두리번거리자 승용차와 가까이에서 작업을 하던 농부가 누구 찾아오셨어요? 하고 물었다.

고 교수가 주승훈 씨 찾아왔어요, 하자 농부가 산 위를 향해 주 선생님 누가 찾아왔어요, 하고 소리쳤다.

주승훈이 나를 찾아와, 하고 중얼거리며 산에서 내려왔다.

주승훈은 밀짚모자를 쓰고 잠방이를 입고 농부 복장을 하고 장갑을 끼고 있었다.

몇십 년 만에 만난 두 사람은 바로 상대방을 바로 알아봤다.

"니가 승훈이냐?"

고 교수가 주승훈의 손을 잡고 흔들며 떨리는 목소리로 말했다.

"문희야, 어인 일로 여기까지?"

주승훈도 고 교수의 손을 잡고 흔들었다.

수다스럽게 재회를 마친 두 사람은 원두막으로 올라갔다.

"일품농원이 이 과수원 이름이냐?"

"응, 법주사 가다 보면 정2품송이 있다. 소나무도 정2품인데 내가 일군 과일나무는 당연히 그보다 높은 품계를 줘야지. 또 최고 품질의 과일을 생산한다는 뜻도 있고."

두 사람은 사과를 열심히 수확하는 광경을 내려다보며 순서도 없이 침을 튀기며 어떻게 살아왔는지 묻다가 친구들 소식도 나누다가 했다.

"승훈이 너는 모교 강사 자리를 왜 헌신짝처럼 내던지고 낙향하고 박 교수가 알선한 J대학 강사 자리도 걷어찼냐?"

"그 이야기는 더 하기 싫다."

주승훈은 달동네에서 고생하던 때와 J대학에서 학과장의 갑질을 언급하기 싫어 단호한 목소리로 말했다.

"참 조장래가 여기 가까운 옥천고등학교에 있다. 시인으로 등단하여 한국문인협회 옥천지부장을 하며 매년 향수 지은 시인 있지, 정 뭐드라. 그 시인 문학제를 주관하며 한 번 오라고 하는데 못 가봤다. 바로 이웃이니 너 가서 격려해 주라."

"조장래가 시인이야? 그 친구 퍽 내성적이었는데 문학제를 주관한다고?"
 고 교수는 영문과 동기 중 두 사람이 대학교수를 하고, 중·고등학교 교사가 제일 많고 무역회사에서 뛰는 친구도 있다고 알려줬다. 대학교수 하는 친구가 제일 출세한 축에 들고, 약 30%는 소식이 끊겼단다. 주승훈도 소식이 끊긴 동문 축에 든다.
 주승훈은 나도 학위를 하고 왔으면 교수가 되어 출세한 축에 들었을 텐데, 교수가 되는 것이 출세한 것인가 속으로 생각하며, 나는 자연인으로 성공했는데, 하며 자신이 살아온 길에 자부심을 느꼈다.
 고 교수가 아내, 박선영의 거취를 묻자 주승훈은 얼굴을 붉히며 어디 사는지 모른다고 항복하듯 말했다.
 주승훈은 농주도 한잔하며 저녁 먹고 자고 가라고 했으나, 고 교수는 내일 조찬 강연이 있어 자고 갈 수 없다며 야간 운전이 어려우니 가야겠다며 저녁도 먹지 않고 서로 연락하자고 인사를 남기고 떠났다.
 주승훈은 고 교수의 차 트렁크에 그가 기른 사과 중 상품을 골라 한 상자를 실어줬다.
 고문희는 주승훈이 왜 이 멀리까지 나를 찾아온 거야, 하고 물었을 때 답을 하지 못했다. 정말 쫓기고 바쁜 생활을 하며 30년이 넘도록 행방을 모르던 친구를 왜 찾아갔을까, 그 스스로 생각해 보았다.
 서울로 가는 고속도로를 달리며 왜 내가 그 시골까지 찾아 나섰나, 다시 생각해 보았다. 그러다 주승훈이 대학 시절 즐겨 외우던 Jhon Donne의 시가 생각났다.

    아무도 외딴섬일 수 없다
    모든 사람은 대륙의 한 파편이며, 인류의 한 부분이라
    나는 인류에 속해 있어, 누구의 죽음이 나를 사라지게 한다
    그러니 누구를 위하여 종은 울리나 알고자 사람을 보내지 마라.

No man is an island, entire itself

Every man is a piece of the continent, a part of the man.

Any man's death diminishes me, because I am involved mankind.

and therefore never send to know for whom the bell tolls for thee.

고문희는 마음속으로 외쳤다.

그래 우리는 서로 연결된 인류다.

한 사람 한 사람이 다 인류에 속한 존재이고 대륙의 한 부분이다.

주승훈도 우리의 일부였는데, 소식이 끊기고 오랫동안 무소식이다 보니 나의 한 부분이 사라진 허전함이 있었고, 궁금하고 아쉽고 내가 허전하여 그를 찾게 만들었나 봐. 어느 누가 죽더라도 그것은 나의 손실이다. 그래서 시간을 내서 주승훈 너를 찾은 거다. 다시 말해 잃어버린 나를 찾아온 거야, 하는 말을 해 주지 못한 것이 아쉬웠다.

주승훈은 존돈의 시를 외우면서 헤밍웨이 작품 〈누구를 위해 좋은 울리나〉의 제목도 그 시에서 나온 거라고 말해 주었지, 그 친구 참 해박한 친구였는데….

고문희는 주승훈이 존돈의 시를 읊으며 그의 세계관을 말했던 거 같았다. 온 인류는 하나요, 인류는 지구의 한 부분이다. 그래서 그는 인간의 본향인 땅으로 돌아갔구나. 고문희는 본향인 땅으로 돌아가 과수원을 하는 주승훈을 보고 서울로 돌아가며 감회가 깊었다.

고문희는 몇 년 있으면 정년인데 어디로 돌아가서 인생을 아름답게 마무리할까, 생각했다.

주승훈은 고 교수가 다녀간 후 영미 시에 빠져 살던 대학 시절과 시간강사를 하던 아픈 시절을 뒤돌아보며 이상과 현실, 진실과 거짓, 정신적 가치와 물질적 가치 사이의 거리, 자존심과 현실 적응의 갈등 등을 떠올리며 그의 자연으로의 복귀가 아주 잘한 것 같았다. 남의 나라 시를 가르치는 것보다 고향 땅에 돌아와 흙에 묻혀 산 것이 더 보람 있는 일 같았다.

  고문희 교수는 새해가 되면, 봄이 오면, 여름이 오면, 가을이 오면 주승훈에게 전화하여 안부를 물었다. 과수원에 매어 사는 주승훈은 고 교수의 전화를 바로 받을 수가 없었으나 전화 왔다는 전언을 듣고 집으로 달려 내려와서 학교 그의 연구실에서 기다리는 고 교수와 통화했다.
  가을이 되자 주승훈은 사과 수확 철이 다가와 바빴지만 고문희 교수가 말한 조장래 시인이나 만나볼까, 하고 옥천에서 개최되는 옥천 지용제를 찾아갔다.
  보은에서 바로 옥천으로 가는 버스 편이 없어 그는 몇 시간 자전거를 타고 갔다. 농부의 옷을 입고 갈 수는 없어 몇십 년 전에 입었던 바지와 잠바를 찾아서 입고 갔다.
  그는 문학제가 열리는 정지용 생가로 갔다. 식전 행사로 농악대의 사물놀이가 한창 진행 중이다. 주승훈은 '農子之 天下大本'이라는 플래카드가 휘날리는 아래에서 신나게 한판 놀이를 펼치는 농악놀이를 보며 '詩끌벅적'이란 구호를 내건 연단을 올려다봤다.
  몇 10년 만이지만 얼굴이 익은 조장래가 연단을 오가며 행사 지휘를 하는 것이 보였다. 주승훈은 조장래에게 인사를 가려다가 지금 대회 준비에 한창 바쁜데, 조금 있다 인사하자, 하고 농악을 구경했다.
  농악대가 무대 아래에서 물러가자, 사회자가 지용제 개막을 알리며 옥천문인협회 조장래 회장의 개회 인사가 있겠다고 알렸다. 울려 퍼지는 가곡, 향수의 가락에 맞춰 조장래가 무대 중앙에 마련한 연설대 앞에 서서 꾸벅 인사를 하고 인사말을 시작했다.
  "지용문학제는 우리 고장이 낳은 시성 정지용 선생님을 기리기 위하여 생가 일대에서 해마다 가을에 열리고 있습니다. 몇 년째 충청도 최우수 축제로 뽑히고 있으나, 앞으로 더욱 성장하여 우리나라, 아니 세계에서 손꼽는 축제로 커가도록 가꾸겠습니다."

  학창 시절 내성적이었던 조장래는 당당한 자세로 연설했다. 박수갈채를 받으며 연단에서 물러난 조장래는 연단 뒤편 중앙에 앉았다. 이어서 옥천군수의 축사가 이어졌다.
  주승훈은 의례적인 군수의 축사는 귓등으로 들으며 가곡 '향수'를 속으로 부르며 가사를 떠올렸다.
  그는 질화로에 재가 식어지면 빈 밭에 밤바람 소리 말을 달리고 아버지 짚벼개를 베고…, 하고 중얼거리다가 문득 박사학위 논문을 쓰려고 김소월의 시를 영역하던 때가 떠올랐다.
  질화로나 짚벼개를 영어로 직역하면 서양 사람들이 그 정감을 이해할까? 짚베개, 하면 구약성경에 나오는 야곱이 돌베개 베고 잠잔 것을 떠올리려나. 그때 몸이 성했으면 한국 시인 시를 영역한다고 세월을 보냈을 거고, 접시 닦는 시간이 더 늘어났을 거다.
  모교에서 시간강사 자리를 계속 붙잡고 있었으면 달동네에 살며 생계를 위해 학원 강사 자리를 얻어 빌붙어 살았던지 고등학생 아르바이트를 하며 세월을 보내며 늙었을 텐데, 귀향하여 자연과 벗하며 자연인으로 사는 이런 행복을 몰랐을 거다.
  주승훈은 바쁜 조장래를 만나 시간 빼앗을 거 없잖아, 그냥 가자, 하며 집을 향해 자전거 페달을 밟았다. 가을 길이 주승훈을 반겼다. 길가에 핀 들국화, 코스모스가 하늘거리며 그와 동행했다.
  그는 가곡 향수를 흥얼거리다가 그가 즐겨 읊었던 바이런 시 〈이제 더 이상 헤매지 말자〉에 가곡 향수의 곡을 붙여 흥얼거렸다.

  이제 더 이상 헤매지 말자, 이토록 늦은 한밤중에
  아직 가슴속엔 사랑이 깃들고 아직도 달빛은 환히 빛난다.
  So well go me more a roving. So late into the night,

Though the heart be still as loving and the moon be still as bright.

　자전거를 타고 가을을 벗하며 집으로 돌아가며 주승훈은 조장래를 만나지 않은 자신의 마음이 아직도 세속에 연연하나, 하며 혼자 픽 웃었다.
　산 입구 여기저기에 산불조심, 자연보호 입간판이 서 있다.
　그는 문득 성철 스님의 일화가 떠올랐다.
　어느 날 성철 스님이 제자를 데리고 가야산 자락 산책을 나가셨다. 산자락이 서 있는 산불조심, 자연보호 간판을 보고 제자들에게 심조불산, 호보연자가 무슨 뜻인고, 하고 물었다. 제자들은 부처님을 뜻하는 불자가 들어있고 호법을 의미하는 호자가 들은 사자성어의 뜻을 음미했으나 알 길이 없었다.
　산불조심, 자연보호를 거꾸로 읽은 사자성어의 뜻을 알려고 애쓰는 제자들을 보며 성철 스님이 산자락에 서 있는 입간판을 가리켰다. 큰 스님의 농담을 알아챈 제자들은 망연자실했다.
　주승훈은 자전거를 타고 휙휙 지나가는 가을 풍경을 보며 자신이 심조불산 호보연자의 뜻을 찾으러 헤매지 않았나, 하며 살아온 삶을 뒤돌아봤다. 한국시와 영시를 비교하여 학위 논문을 쓰려고 하던 일이 그런 것이 아니었나, 하며 픽 웃었다.
　주승훈은 자연인으로 살아가며 나뭇잎에 반짝이는 햇빛, 빨갛게 익어가는 열매를 보며 그 싱그러움과 생명력, 아름다움을 느끼며 한 편의 시를 읽는 것 같은 신선함을 맛보며 살아가고 있다.

　그리고 세월은 막 흘러갔다.
　고문희 교수가 어느 여름날 주승훈에게 전화해 왔다.
　"나 9월 30일부로 정년 퇴임한다. 제자들이 내가 쓴 미출판 원고를 모아 책을 출판해 준단다. 문득 니 생각이 나서 전화했다. 니 허구 헌 날 시골에서 그냥 놀지는 않았을 거지. 천재적인 머리로 시나 논문을 써놓은 것이 있을 텐데 원고 보내주면 같이 출판하자. 원고 보내주라."

"뭐, 벌써 정년퇴직? 나는 정년퇴직이 없다. 죽는 날까지 흙과 더불어 살 거다."

주승훈이 담담하게 말했다.

"부럽다. 일품농장 잘 가꾸어졌더라. 잔말 말고 원고 있으면 보내주라니까."

"나 책 안 쓴다. 옛날같이 술 한잔하고 시 읊지도 않고."

"그래도 그냥 혼자 외롭게 보내지는 않았을 거잖아. 뭐 있을 거 같은데."

주승훈은 박사학위 논문으로 쓰려고 했던 한국시와 영문시를 비교하는 논문을 쓰다가 종결을 짓지 못했다. 그거라도 마쳤으면 출판하자고 할 수 있을 텐데….

"특별한 거 없는데."

"특별한 거 아니라도 괜찮다. 우리가 왔다 갔다는 흔적을 남기는 건데."

고 교수가 끈질기게 원고를 요구했다.

"참 시간강사 시절에 재임용 점수 채우려 〈에비시니어의 황자 래설리스 이야기〉를 번역한 것이 있는데 그 원고가 제대로 있는지 모르겠다."

"그렇지, 니가 빈손일 리 없지. 그 원고 찾아서 보내주라."

고 교수의 부탁이 진지했다.

"찾아보고 있으면 보내줄게, 어느 출판사가 그런 번역서 내주겠어?"

"그건 나한테 맡겨."

고문희가 자신 있게 말했다.

그날 과수원 일을 마친 주승훈은 집에 돌아와서 저녁을 먹기 전에 다락에 처박아 놓고 잊어버렸던 서울서 고향으로 내려오며 챙겨왔던 종이 상자를 꺼냈다. 먼지가 풀썩 나고 상자에 곰팡이가 슬었다. 상자 속에 앨범도 있고, 학위증서도 있다. 주승훈은 학위증서를 보다가 천장을 올려다보며 만감이 교차했다.

누렇게 퇴색한 200자 원고지 뭉치가 있었다. 원고 뭉치를 들자 먼지가 풀썩 났다. 종이가 다 삭아서 손을 대면 부서질 것 같았다. 그는 조심스럽게 원고 뭉치를 방바닥에 내려놓고 이런 상태로 보내줄 수 없는데, 고문희에게 원고가 없다고 할 걸, 했다.

다음날 고문희가 다시 전화해 왔다. 주승훈은 진지하게 인격적으로 대하는 고 교수에게 거짓말을 할 수가 없어 사실대로 말했다.

"그거 그대로 잘 싸서 보내줘. 출판사에서 알아서 다 해줄 거야."

고문희 교수가 정감 어린 목소리로 말했다.

주승훈은 다른 말을 할 수가 없어 그러겠다고 했다.

고문희 교수는 친구의 원고 뭉치를 받아 여러 번 그의 책을 내준 출판사에 보냈다. 출판사에서는 힘은 들지만 책을 만들 수 있겠다고 했다. 출판사 사장은 원고 내용이 독자들의 흥미를 끌 수 있는 것이 아니라 자비 출판해야 한다고 어렵게 말했다.

고문희 교수는 출판비가 걱정되었다. 주승훈에게 출판비를 내라고 할 수는 없을 거 같다. 고문희 교수는 자기는 그래도 대학에서 학장까지 하고 정년퇴직하고 퇴직 후 연금도 받는데, 주승훈보다 그가 더 잘살아 온 것 같았다. 오랜 친구에게 출판비를 인심 쓸까, 하며 출판을 진행시켰다.

고 교수는 주승훈 지도교수 박기호님에게 책 권두언을 부탁했다. 구순을 넘긴 지도교수는 주승훈이 살아있냐며 기꺼이 권두언을 써주겠다고 했다.

옛날 주 교수로부터 강의를 들었다는 제자가 고 교수를 찾아와서 주 교수에게 젊은 날 꿈을 배웠다며 주 교수가 책을 낸다는 말을 박 교수로부터 들었다며, 그 때 강의를 들었던 20여 명 제자가 돈을 모아 출판비를 대겠다고 했다. 책이 나오면 출판기념회도 열어드리겠다고 했다.

출판비 부담을 던 고문희는 바로 주승훈에게 전화했다.
"승훈아, 니 원고 정리하여 책을 내기로 했다."
고문희의 목소리가 고무적이었다.
"그래, 그 다 삭은 원고를 정리했다고?"
"그리고 권두언은 박기호 지도교수가 써주시기로 했다."
"책 내는 것을 박 교수에게까지 알렸어?"
"니 제자들이 니 책 내는 데 출판비 대겠단다."
"제자들이? 시간강사도 제자들이 스승으로 모시나?"
"니 책 나오면 제자들이 출판기념회도 해주겠단다."
"출판기념회? 어떻게 하는 건데."
"거창하게 호텔 빌려서는 못할 거고, 한 30인 들어가는 식당 빌려서 할 거다. 니 제자 20여 명, 내가 동창들 연락하면 10여 명 나올 거고, 9순이 지난 박 교수님도 나와 축사해 준다고 했다."
 주승훈은 고 교수의 말을 들으며 감사해야 하는지 거절해야 하는지 헷갈렸다.
 생존경쟁에서 밀려나 퇴장한 무대에 나이 든 나를 다시 세우겠다고?
 그 무대에 다시 서고 싶지 않은데…. 주승훈이 답을 망설이는 사이 고문희 교수가 또 연락하겠다고, 하며 전화를 끊었다.
 고문희의 전화를 받고 주승훈은 그 졸저를 제자들의 도움까지 받으며 출판할 것인가 고민했다. 출판기념회는 정말 싫었다.
 주승훈이 망설이는 사이 세 개의 안으로 된 표지 디자인 중 하나를 고르라고 카톡으로 초안을 보내왔다. 주승훈은 저자 주승훈 이름이 박힌 표지 초안을 보며 기분이 묘했다. 의외로 살짝 기분이 좋아졌다. 고문희에게 주승훈은 3개의 표지시안 중 2안이 좋다고 알려줬다.
 고문희는 2주 후 책이 나온다며 우선 500부만 인쇄할 거니 책을 보낼 분 주소를 정리해서 보내주라고 했다.

출판기념회는 책이 나온 다음 날 하겠다며 일시와 장소를 알려줬다.

주승훈은 고문희에게 애쓴다고 공치사했다.

주승훈은 책을 보낼 사람을 손꼽아봤으나 바로 이름이 떠오르는 사람이 없었다.

고문희 교수가 책이 나왔다며 미리 약속한 대로 내일 출판기념회를 저녁 6시, 강남 삼성역 5번 출구로 나와 200m 거리에 있는 한식집 미리내에서 연다고 다시 확인해 줬다.

주승훈은 초판 500권을 한다는 것을 200권으로 줄이라고 말했었다. 일품 과수원을 가꾸며 자연인으로 살아가는 주승훈은 사람과 교제 폭이 좁다. 같이 과수원을 가꾸는 농부들에게 그의 책은 벽지로도 쓸모가 없다. 그는 다른 사람들과 교분을 트지 않고 흙과 살아왔다. 200권 책을 소화할 지인도 없다.

주승훈은 출판기념회에는 가야 하는데, 입고 갈 옷이 없다. 양복에 넥타이를 매야 할 것 같은데 양복도 넥타이도 없다. 그런 복장이 필요 없는 세상을 살아왔다. 그렇다고 농사지을 때 입던 옷을 입고 밀짚모자를 쓰고 상경할 수는 없다.

하루 입자고 양복을 살 수도 없다. 형님 옷이라도 빌려 입으면 싶었지만 형님도 빤빤한 외출복이 없다.

주승훈은 입성에 신경을 쓰는 자신이 우스워 허허 웃었다. 30년도 더 된 잠바를 걸치고 상경하며 주승훈은 인사말을 해야 한다는데 무슨 말을 해야 하는지 도통 인사말의 순서도 떠오르지 않았다.

그냥 살면 되는데 공연히 책을 낸다고 하여 출판비 대는 제자들에게 신세 지고, 또 오늘 밥값까지 신세 지네. 원고가 없다고 할 걸, 하며 버스 차창 밖을 휙휙 지나가는 여름 들판을 내다봤다.

미리내 식당은 쉽게 찾을 수가 있었다. 식당 앞에 서 있던 고문희 교수가 반갑게 주승훈을 맞았다. 고 교수는 박기호 교수를 기다린다고 했다.

저만치서 허리가 구부정하고 하얀 머리의 할아버지가 지팡이를 짚고 힘겹게 걸어왔다. 고 교수가 달려가서 할아버지를 맞이했다. 그 할아버지가 지도교수인 것을 알아본 주승훈도 달려가서 옛 스승을 맞이했다. 서로 손을 잡고 반기며 인사를 나눴다. 주승훈은 지도교수의 외모에서 세월을 느끼며 나도 저렇게 늙었나, 하며 감회에 젖었다.

예약된 행사가 열리는 방에 들어서자 여러 신사가 달려 나오며 박 교수, 고 교수와 주승훈을 반겼다. 주인공인 주승훈만 빼고 모두 신사복을 입고 나왔다. 모두 신사복을 입은 것을 보고 주승훈은 자신의 입성이 어울리지 않는 것 같아 주눅이 들며 고개를 들어 플래카드를 올려다봤다.

주승훈 교수 출판기념회, 다음 줄에 〈애나비시니어 왕자 셀리스 이야기〉 밑에 오늘 날짜와 제자 일동이라는 글귀가 보였다. 출판기념회 하객은 동창 10여 명과 제자 20여 명이었다. 동창들은 은퇴한 백수들이다.

시끄럽게 인사를 나누고 상석에 주인공이 앉고 그 양옆에 박 교수와 고 교수가 앉았다. 자리가 정리되자 시간강사 시절 유난히 주승훈을 따랐던 바이런 시를 즐겨 낭송했던 박도출이 사회를 봤다. 그는 고등학교 영어 선생을 하고 있다.

"자리를 정리하겠습니다. 모두 자리에 착석해 주십시오."

장내가 정리되자 박도출이 개회를 알렸다.

"우리 존경하는 주 교수님의 출판기념회를 하기 전에 술 한잔하시면서 즐겨 낭송하시던 바이런의 시 한 수 낭송하겠습니다."

바이런을 낭송하는 박도출의 목소리가 우렁차다.

우리의 삶은 이중적입니다.
잠에는 고요한 세계가 있고
죽음의 존재로 잘못 명명한 것들 사이의 경계가 있습니다.

깨어 있는 수고의 무게를 덜어주고
우리의 존재는 나눔니다.

낭송이 끝나자 박수가 터졌다.

"이거 제가 박수를 받으면 안 되는데…, 그럼 주승훈 교수의 저서에 권두언을 써주신 박기호 학장님의 축사가 있겠습니다."

박도출이 핸드 마이크를 박 교수에게 넘겼다.

"이렇게 살아서 선생과 제자로 만났던 여러분을 만나 뵈니 반갑습니다. 우리 주 교수는 제가 아끼던 제자로 천재성이 보였는데, 그 재주를 우리 영문학 발전에 쓰지 못한 것이 못내 아쉬웠는데 이렇게 책을 낸다고 하여 기쁜 마음에 노구를 끌고 왔습니다. 이것을 계기로 주 교수가 그의 재능을 마지막 발휘하여 우리 영문학계에 빛이 되길 바라며 축하의 맘을 담아 짧게 인사드립니다."

박수를 받으며 박 교수가 자리에 앉았다.

"다음은 고문희 학장님의 축사가 있겠습니다."

고 교수는 간단히 책을 출판하게 된 경위를 설명했다.

"다음은 오늘의 주인공 주승훈 교수님의 소감을 듣도록 하겠습니다."

박도출이 마이크를 주승훈에게 가져다줬다.

몇십 년 만에 여러 사람 앞에 선 주승훈은 어색하고 쑥스러웠다. 그는 버스를 타고 오며 생각한 소감을 짧게 말했다.

"이렇게 제 졸고를 책을 내주시고 출판기념회를 해 주신 모든 분께 감사합니다. 9순의 나이에도 마다하지 않으시고 권두언을 써주시고 여기까지 나와 주신 제 지도교수님 박기호 학장님께 깊이 감사드리며, 책을 내도록 주선해 주신 오랜 친구인 고문희 교수에게도 감사드립니다. 저희 고향 집은 속리산 법주사에 가까이 있어 자주 법주사를 들릅니다. 고승께서 제게 장단상교라는 말을 들려주셨습니다. 스님이 제자에게 길이가 한 1m

되는 막대기를 보이며 이 막대기를 톱이나 도끼를 쓰지 않고 짧게 만들어 보라는 숙제를 내줬습니다. 제자들은 머리를 싸매고 답을 찾았으나 찾지 못했습니다. 지나가던 걸승이 고승에게 머리를 숙이고 제가 답을 드리겠습니다, 하고 밖에 나가 길이가 2m쯤 되는 막대기를 들고 들어와서 길이가 1m인 막대기 옆에 세웠습니다. 1m 되는 막대기는 저절로 짧은 막대기가 되었습니다. 우리가 살아가며 성공하고 안 하고는 상대적인데 우리는 높이만 보며 자신이 부족하고 실패했다고 들볶습니다. 1m 길이의 막대기는 그 나름의 쓸모가 있고, 2m 길이의 막대기는 그 나름의 쓸모가 있습니다. 우리가 행복하게 사는 방법은 자신이 처한 처지에 최선을 다하며 작은 덕이라도 베풀며 감사하는 마음으로 살아가는 겁니다. 모두 2m 길이의 막대기가 될 필요는 없습니다. 저는 자연인으로 돌아가서 흙과 과수나무와 살며 저 나름대로 행복을 찾고 살고 있습니다. 속리산 오실 기회가 있으면 저희 일품 과수원에 꼭 들러주세요. 저에게 행복을 안겨준 여러분, 감사하는 하루를 사기기 바랍니다."

주승훈이 소감을 마치자 박수와 함께 참석자들은 한숨을 쉬었다.

"그럼 공식 행사는 이것으로 마치고 술을 드시면서 담소 나누시고 교수님의 사인을 받고 싶으신 분은 책을 한 권씩 가져오셔서 사인을 받으시기 바랍니다."

우레 같은 박수 소리에 이어 실내가 왁자지껄 생기가 돌았다.

술이 한 순배 돌고 기념회장이 화기애애하고 따뜻해졌다.

항상 농주만 마시던 주승훈의 입과 위장이 소주와 맥주에 민감하게 반응하며 몇잔 술에 취기가 돌았다.

"사회자님, 주 교수님께 한 가지 질문이 있는데 해도 됩니까?"

박도출이 주승훈을 쳐다보며 눈으로 물었다. 주승훈은 고개를 끄덕여 질문하라고 했다.

"주 교수님은 학식도 풍부하고 깊이도 있었는데 어떻게 미국까지 유학

가시어 코스워크까지 다 마치고 학위를 하지 않고 오셨는지?"

박도출이 주승훈의 눈치를 봤다. 주승훈이 마이크를 달라고 했다. 참석자들이 흥미를 보이며 주승훈의 말을 기다렸다.

"저에게는 먼 옛날 가슴 아픈 일인데 추억 삼아 말씀드리지요. 저는 집 형편이 유학 가기는 어려웠어요. 유학 가서 바로 접시 닦는 아르바이트를 하며 먹고 사는 것과 학비를 해결했어요. 코스워크를 끝낼 때쯤 슈퍼에서 짐을 나르는 일을 했는데 허리를 다쳤어요. 알바를 더 할 수가 없었어요. 몸을 추스르기 위해서는 잘 먹고 쉬어야 하는데 그럴 형편이 못 되었어요. 혼자 월세 집에서 쉬려니 당장 먹고살 것이 문제였지요. 다음 학기 등록하려고 모아둔 돈이 떨어지면 오도 가도 못하는 거지가 되어야 했어요. 그래서 비행기표 값이라도 남았을 때 귀국하자고 하고 귀국했지요."

주승훈이 담담하게 과거사를 이야기하자 장내가 숙연해졌다.

더 질문하려는 축하객에게 신문기자 회견도 아니고 이 좋은 날 그만합시다, 하고 박도출이 질문을 막았다.

출판기념회를 마치고 고문희 집에 가서 밤을 지낸 주승훈은 다음 날 오전 귀향하며 갚을 길 없는 신세를 졌네, 하며 그가 도와준 면면을 떠올렸다.

대학을 정년퇴임한 고문희와 자연인으로 살아가는 주승훈은 그 후에도 한 달에 한 번꼴로 안부를 묻는 전화를 주고받았으나 병원에 드나드는 횟수가 늘더니 10년이란 세월이 흐르고 그 전화도 끊겼다.

두 사람은 영욕을 뒤로하고 자연으로 돌아갔다.

04
폭우

1

1학기 말 시험 마지막 날, 원자로 이론 시험을 친다.

학생들은 9시까지 등교하여 강의실에서 교수를 기다렸다.

창밖에는 장대비가 쏟아졌다. 어제부터 하루 종일 내린 폭우로 우리나라 여기저기에서 수해 피해가 보도되고 있다. 낙동강이 범람하고, 서울 마포지구가 침수되었단다.

9시 정각에 이병수 교수가 안경을 손으로 밀어 올리며 강의실로 들어섰다.

이 교수는 교탁에 서서 고개를 까닥이며 출석한 학생 수를 세었다.

"전원 출석했군, 그럼 시험 문제를 내겠다."

이 교수가 칠판을 향해 돌아섰다.

원자력공학과 입학정원은 20명. 손만영 육군 대위가 청강생으로 강의를 듣고 있어 21명이 시험을 친다.

원자력공학과는 3년 반 전 신설되었다. 신학문을 배운다는 호기심으로 전국의 수재들이 지원하여 공대 11개 과중 가장 커트라인이 높았다.

이 교수가 칠판에 시험 문제를 썼다.

'원자폭탄 개략설계'

시험 문제를 본 학생들은 황당하다는 표정을 지었다.

"여러분은 원자력과 마지막 학년 학기말 시험을 치르고 있다. 원자력은 원자력 발전이라는 평화적 목적으로 쓰이고 있지만, 처음 그 모습을 드러낸 것은 원자폭탄이라는 파괴적인 모습이었다. 원자력을 전공한 대학생으로 원자력 에너지가 인류에 쓰인 최초의 모습을 더듬어 보는 것도 필요할 것 같아 이 시험 문제를 낸다. 서로 토의해도 되고 도서관에 가서 책을 찾아보고 답을 내도 된다. 지금 아홉 시니 오후 3시까지 답을 찾고 반장은 3시에 답안지를 모아 과사무실에 가져다 놓길 바란다."

이 교수는 느긋한 목소리로 말하고, 상상력을 발휘해 보라고 하며 강의실을 나갔다.

잠시 말을 놓고 답안을 쓸 방향을 잡지 못하고 멍하니 앉아 있던 학생들은 과대표, 김창성의 말에 정신이 돌아왔다.

"원자탄을 만들려면 고농축 우라늄 약 20kg, 플루토늄 8kg이면 임계질량인데 그것을 어떻게 배열하여야 하는지 그려내라 하시는 거 같다. 어떻게 배열하는지 머리를 짜보자."

"원자탄이 어떤 모양일까? 내 생각에는 구형일 것 같은데."

내가 반장 말을 받았다.

"그래, 나도 그렇게 생각한다. 그런데 구형을 딱 붙여놓으면 임계질량이 되어 터질 테니 몇 조각으로 쪼개서 운반하여 터트릴 때 합칠 것 같다."

반에서 가장 성적이 좋은 조지복이 말했다.

학생들은 원자탄의 모형에 대하여 설왕설래했다.

"이렇게 코끼리 다리 잡듯 떠들 것만이 아니라 우리 분담하여 자료를 찾자. 한두 사람은 도서관에 가서 자료를 찾고, 손 대위님은 군대에 아는 분에게 전화하여 물어보고 하자."

한참을 원자탄 모형에 대하여 설왕설래한 후 반장이 제안했다.

모두 좋다고 동의하여, 나와 조지복은 도서관에 가서 자료를 찾는 일을 맡았다.

우산을 받았으나 도서관에 도착하자 장대비에 바짓가랑이가 다 젖고 신발이 물에 젖어 질척거렸다.

나는 우선 도서 목록을 뒤졌다. 원자력 평화적 이용에 관한 책자는 몇 권 보였으나 원자탄에 관한 책은 딱 한 권 있다. 책 제목이 '원자탄 만들기'였다. 나는 서가에 가서 그 책을 꺼냈다. 저자가 과학자가 아니고 신문기자다. 책이 350페이지쯤 됐다. 나는 그 책을 훌훌 넘기며 내용을 확인했다.

2차 세계 대전이 발발하고, 아인슈타인 박사가 미국 루스벨트 대통령에게 원자탄 개발을 권유하는 서신을 보낸 사실부터 기술했다. 루스벨트 대통령은 원자탄 개발 계획을 맨해튼 프로젝트라고 명명하고, 그 책임을 글로브스 대령에게 맡겼다. 그는 바로 준장으로 진급했다.

글로브스는 오펜하이머 교수를 기술 책임자로 임명하고 뉴멕시코주 산타페이 근처의 해발 1,700m 고원 로스 알라모에 연구 단지를 조성하고 핵무기 개발에 착수했다. 고농축 우라늄을 얻기 위해 켄터키주 오크리지에 농축공장을, 플루토늄을 얻기 위해 워싱턴주 리치랜드에 플루토늄 생산용 원자로와 재처리시설을 건설했다.

루스벨트와 처칠은 미국과 영국이 핵무기 개발에 협조하기로 하고, 영국은 과학자를 미국에 파견하는 것으로 합의했다. 독일은 노르웨이 중수공장이 연합군 유격대에 파괴되고 수송중이던 중수마저 해상에서 배가 격침당해 원자로 냉각재를 잃어 핵무기 개발에 차질을 빚는다.

일본은 전쟁 기간 내 핵무기 개발이 어렵다고 판단하고 핵무기 개발에 큰 힘을 쏟지 않는다. 소련 스탈린은 비밀경찰 수장 베리아를 수장으로 하여 핵무기 개발에 박차를 가한다. 베리아는 쿠르차토프를 핵무기 개발

책임자로 임명한다.

 러시아는 자력으로 핵무기를 개발하는 한편 미국 핵무기 개발 정보를 빼내는 스파이 활동을 치열하게 전개한다. 핵무기 개발에 참여한 공산주의를 지지하는 영국 과학자 한 명과 미국 과학자 한 명이 러시아 간첩으로 포섭되어 핵무기 개발 정보를 소련에 넘긴다.

 핵무기 설계 관련 이야기는 없고 책의 상당 분량이 스파이 활동에 할애됐다. 간첩에 넘긴 자료에 플루토늄은 우라늄과 핵 특성이 달라 플루토늄 탄은 우라늄 탄과 설계가 다르단다. 우라늄 핵폭탄은 총신 타입(gun type)인데 플루토늄 탄은 내폭형(explosion type)이라고 한다.

 나는 총신형이 어떤 형태인지 감이 잡히지 않았다. 권총, 소총, 대포를 상상하며 총신형이 어떤 형태일지 상상해 본다. 나는 내폭이 무슨 뜻인지 잘 몰라 국어사전을 찾았다. 국어사전에 내폭 단어가 없다. 원자탄 설계에 대한 서술이 있겠지, 하며 계속 책을 읽었다.

 1945년 7월 16일 뉴멕시코 사막에서 트리니티라는 작전명으로 최초의 핵실험 장면이 상세히 나오고, 원자탄 운반 경로와 히로시마에 투하된 우라늄 탄, little boy와 나가사키에 떨어진 플루토늄 탄, fat man의 피해가 상세히 기술되어 있다. 2차 대전 후에 간첩 활동을 했던 두 과학자의 체포 장면으로 책이 끝난다.

 나는 한 시간도 넘게 책을 읽었으나 원자탄 설계에 대한 힌트를 찾지 못한다.

 창밖에 줄기차게 비가 내렸다.

 나는 강의실로 가기 위하여 벗어놨던 양말과 신을 신었다. 축축했다. 기분이 찝찝하다. 조지복은 더 자료를 찾겠다고 도서실에 남았다.

 우산은 받았으나 겨우 머리만 비를 피하고 옷이 다 젖은 상태로 강의실에 들어섰다. 급우들이 기대에 찬 눈으로 나를 쳐다봤다.

 "자료가 없다. 우라늄 탄은 총신 타입이고, 플루토늄 탄은 내폭형이라는 것 외에 아는 것이 없다."

내가 항복하는 심정으로 말했다.

"그건 손 대위가 육군화학학교 교수하는 친구에게 물어서 알아냈다. 그 교수도 그 용어만 알지 설계에 대해서는 모른다고 했단다."

반장이 말했다.

폭탄 타입만 알게 된 학생들은 자기 나름대로 상상한 설계도를 칠판에 그려 본다.

원자탄을 운반할 때 임계를 막기 위해 몇 조각으로 나눠 운반하고 폭탄이 투하될 때 외부의 힘으로 조각을 합칠 거라는 데 의견일치를 보았지만, 진짜 설계 모형은 중구난방이다.

11시 반, 이병수 교수가 빵과 우유를 잔뜩 사서 과 사무원과 나눠 들고 교실로 들어섰다.

"비가 와서 점심 먹으러 가기 어려울 것 같아 빵을 사 왔다. 이거 점심으로 들고 계속 고민하기 바란다. 잘들 풀리고 있지? 3시까지 답안지 제출하도록."

이 교수가 여유를 부리며 학생들을 격려하고 강의실을 나갔다.

학생들은 창밖에 쏟아지는 비를 보며 빵을 우적우적 먹었다.

토론하는 데 지친 학생들은 모두 입을 닫고 두 시가 넘자, 창밖의 빗줄기를 보며 더 토론해 봐야 뾰쪽한 답이 나올 것 같지 않아 자기 나름대로 답안지를 써서 반장에게 제출했다.

"정말 억수로 비가 온다. 학기말 시험도 끝났고 이제 방학이니 우리 한강에 가서 홍수 구경이나 하자."

반장이 시험지를 다 모아들고 말했다.

"홍수 구경을 가자고?"

내가 물었다.

"이렇게 비가 오면 한강 물이 넘치고, 상류에서 가재도구도 떠내려오고 돼지도 떠내려온다. 구경할 만하다."

다섯 학생이 반장의 제의에 동조했다.

우리는 빗속을 뚫고 버스를 타고, 전철을 타고, 걷고 하여 한남동 한강 변으로 몰려갔다.

2

다섯 학생은 억수로 비가 쏟아지는 데도 우산으로 겨우 머리에 비 맞는 것을 피하며 한강 둑에 섰다. 신발과 바짓가랑이가 다 젖었다.

한강 물이 포효하며 흘러갔다. 파도치며 넘실거리며 한강 둑을 거의 넘을 듯 호기를 부리며 달려갔다.

거센 물결에 휩쓸려 가재도구가 떠내려오고 뿌리째 뽑힌 나뭇가지가 흔들거리며 떠내려왔다. 비를 맞은 생쥐 모양이 된, 남의 불행을 구경하는 인파가 수백 명은 됐다.

용감한 장년 한 명이 우산도 쓰지 않고 흠뻑 그대로 비를 맞으며 긴 막대기로 떠내려가는 가재도구를 건져 올렸다. 그 광경이 꼭 곡예를 하는 것 같았다.

돼지가 허우적거리며 떠내려왔다. 구경꾼들이 돼지가 떠내려온다고 소리를 질렀다. 장년이 막대기로 돼지를 건지려 했다. 쉽게 돼지가 막대기에 걸리지 않았다. 장년은 둑을 따라 내려가며 돼지를 건지려 했다.

물 구경 나온 시민들이 응원의 환성을 지르며 장년을 따라 둑 하류로 내려갔다. 돼지를 곧 막대기로 끌어올릴 듯 끌어올릴 듯했으나, 막대기에 끌려 거의 둑까지 끌려오다가 밀려오는 나뭇등걸이 돼지를 밀며 떠내려갔다. 구경꾼들이 탄성을 질렀다.

학기말 시험을 마치고 홍수를 구경 왔던 학생들도 와, 탄성을 질렀다.

휘몰아치는 빗줄기에 우산이 무용지물이 된다. 온몸이 흠뻑 젖는다.

반 시간도 넘게 물 구경했다. 젊은 학생들은 빗물에 젖은 몸에 한기가 왔다. 입술이 파랗게 변했다.

"어, 으스스 춥다. 이렇게 젖은 몸으로 차타기는 그렇고 우리 막걸리나 한잔하고 가자."

반장이 으스스 떨며 말했다.

"좋다. 막걸리나 한잔하자. 더 비가 계속 오면 둑을 넘을 것 같은데 그럼 큰일이다."

내가 반장의 말에 동의했다.

학생들은 골목길로 들어서서 잔뜩 움츠리고 선술집, 월매에 들어갔다.

3

월매집에 몇 개의 방이 있다.

30대 통통한 몸매의 주모가 학생들을 한 방으로 안내했다.

그들은 물에 젖은 신발을 벗어 물이 빠지도록 벽에 기대어 세워놓고 방에 들어갔다. 그들은 젖은 양말을 벗어 물을 짜고 마루에 죽 널었다.

"두부찌개 넉넉히 하고 막걸리 두 주전자 줘요."

반장이 주문했다. 주문받은 주모는 네, 하고 사라졌다. 여자가 사라지자 모두 바지를 벗어 물을 짜고 벽에 박혀 있는 못에 죽 걸었다. 비에 젖은 웃옷도 문고리와 달력이 걸린 못 등에 걸었다. 젖은 팬티마저 벗고 싶었지만 차마 벗지 못했다.

물에 젖은 옷을 벗자 으스스 추위가 왔다. 입술이 파랗다. 돌아가며 에취, 하며 기침한다. 양팔을 끼고 손바닥으로 팔을 문지르며 추위를 쫓는다.

주모가 큰 양푼에 가득 두부찌개를 끓여서 들고 왔다. 방 윗목에 놓였던 상을 펼치고 그 위에 찌개를 올려놓고 주모가 학생들 감기 걸리겠다. 불을 좀 넣어줄게, 하며 방을 나갔다. 주모가 막걸리 주전자를 들고 방에 들어서며 방에 불을 넣었으니, 좀 있으면 따뜻해질 거야, 신발은 부뚜막에 올려놨으니 빨리 마를 거야, 했다.

학생들은 양은그릇에 막걸리를 가득 따르고 건배, 하고 죽 마셨다. 차가운 술이 위장에 도착하자 짜르르 신호가 오고, 온몸에 한기가 밀려왔다. 학생들은 어이 추워, 하며 어깨를 움츠리고, 손바닥으로 팔을 문질렀다.

학생들은 뜨거운 찌개로 위장을 데우며 방금 보고 온 홍수 장면을 신나게 떠들었다.

바로 두 주전자 술이 비었다. 다시 막걸리 두 주전자를 주문했다.

주모가 주전자를 들고 들어와서 내 옆자리에 앉았다. 지분 냄새가 확 풍겨왔다.

"어, 이거 불공평한데. 우리는 팬티 바람인데 주모만 다 입고 있으면."

학생 1이 걸걸한 목소리로 말했다.

"아이 망측해라. 나더러 대낮부터 벗으라고."

주모가 질색했다.

"대낮 아니면 벗을 거야?"

학생 2가 허허거리며 말했다.

주모가 어린 것들이 못하는 소리가 없어, 하며 방을 나갔다.

"그렇게 주모 쫓아낼 거 없잖아."

반장이 투덜댔다.

다시 술이 한 순배 돌았다.

술배가 차올랐다.

"야, 며칠 전 고대 다니는 고등학교 동창과 술을 했는데, 그 녀석 신나게 4.19 날 데모한 거 자랑하더라. 나야 데모에 끼지 못했으니 할 말이 없었지."

학생 1이 그윽, 하고 트림하며 말했다.

"우리가 데모 안 하려고 해서 못했니. 학교가 시내에서 너무 멀어서 못했지."

학생 2가 억울하다는 투로 말했다.

"그날 학생회에서 학교에 직원 출근 버스를 내주라고 했으나 학교에서 내주지 않아 학생회에서 12시까지 청량리 역전으로 모이라고 하여 학교에서 중랑천을 따라 한 시간 넘게 걸어 중랑교에 갔더니 시내버스가 안 다녀 거기서 또 걸어서 12시 넘어 청량리 역전에 도착했더니 학생회의 간부도 없고 하여 배도 고프고 하여 순댓국집에서 순댓국 한 그릇 먹고 나와 찾았는데 학생회 간부 코빼기도 안 보이더라."

학생 2가 투덜댔다.

태릉에 자리한 공대에서 기숙사에 거주하지 않는 학생들은 30분에 한 대 청량리 역전에서 떠나는 시내버스를 타고 통학한다. 4.19날 아침에 학생회에서 학교 측에 시위 나가게 교직원 출근 버스를 내주라고 요구했으나, 학교 측은 거절했다.

"나도 걷고 걸어서 청량리에 도착했는데 우리 학생들은 없고 하여 광화문으로 가려 하니 전철도 안 다니고, 시내버스도 안 다녀 광화문까지 걸어가는 거 포기했다."

반장이 말했다.

"우리야 지리적으로 데모에 참석할 수가 없었지. 그래도 친구들 만나 4.19 떠들면 쪽팔린다."

학생 3이 항복하듯 말했다.

방바닥이 미지근해졌다. 알코올이 추위를 서서히 쫓아냈다.

"4.19 데모는 그렇고 이제 반년 있으면 졸업인데 취직할 데는 없고 어떻게 한다."

취기가 오르기 시작한 학생 3이 심각한 표정으로 말했다.

"원자력 하는 기관은 원자력연구소뿐이 없는데 거기는 이미 다 찼고, 국내에 취직할 곳이 없으니 유학이나 가련다."

학생 2가 심각한 표정으로 말했다.

"유학? 그거 돈이 있어야 가지. 새로 생긴 최신 학문하는 과라고 하여 들어왔더니 취직할 데도 없고 개밥에 도토리 됐다."

내가 투덜댔다.

1959년에 처음 문을 연 원자력공학과는 최신 학문을 배운다고 하여 전국의 수재들이 다 모여 커트라인이 한참 높았었다.

다섯 학생 중 세 사람은 유학 가겠다고 하고, 한 사람은 졸업 후 취직이 잘 되는 기계과에 편입하겠다고 했다. 나는 그럴 형편도 못되어 입을 닫고 그들의 한탄을 들었다.

방바닥이 따뜻해졌다. 술이 더 빨리 오르는 것 같다.

주모는 아예 나와 반장 사이에 끼어 앉아 홀짝홀짝 술을 받아 마셨다. 주모에게서 풍겨오는 싸구려 화장품 냄새가 내 관능을 자극했다. 슬쩍슬쩍 부딪히는 어깨와 다리에서 전해 오는 주모의 온기가 나를 감질나게 했다. 그녀에게서 오는 따뜻함은 더운 날씨가 주는 짜증과 다른 아련한 아쉬움이 전해졌다.

취직 걱정을 한참 하던 학생들은 오늘 본 시험 문제에 시비가 붙었다.

"이 교수 강의는 개떡같이 하며 무슨 시험 문제를 그런 것을 내?"

학생 3이 투덜댔다.

"그러게 말야. 그걸 시험 문제라고 내?"

학생 1이 맞장구쳤다.

"개략 설계하여 내라고 하여 그림은 그려냈는데 그게 폭발할지 모르겠다."

내가 투덜댔다.

"이야기 들어보니 공대 학생 같은데 어느 공대요?"

주모가 대화에 끼어들었다.

낮술을 마신 주모 얼굴이 발갛게 홍조를 띠었다.

"어느 공대? 들어가기 힘든 공대요."

반장이 대답했다.

"그럼 서울 공대?"

"서울 공대가 들어가기 힘든 데요?"

학생 3이 게슴츠레하게 눈을 뜨고 주모를 쳐다보며 말했다.

"아, 서울 공대 학생이네. 천재들이네."

"겨우 천재요. 그래도 만재는 되어야지."

학생 2가 기고만장하여 떠벌였다.

"천재 좆 맛은 어떨까?"

주모가 게슴츠레 눈을 내리깔며 말했다.

넙죽넙죽 학생들이 권하는 술을 받아 마신 주모의 얼굴이 발갛게 익었다. 앞섶이 풀어져서 젖무덤이 반쯤 드러났다.

순진한 총각들이 30대 주모의 거침없는 말에 눈이 커졌다.

"천재들하고 하면 천재가 나오나? 누가 씨 좀 뿌려줄 거야?"

주모가 게슴츠레하게 말했다.

"이 중 누가 마음에 들어?"

학생 1이 벌쭉 웃으며 말했다.

"내 옆에 앉은 이 학생."

주모가 나를 지목했다.

"어, 창호 장가가겠네. 우리 창호만 남겨 놓고 가자."

학생 2가 소리쳤다.

반장이 버스비만 남겨 놓고 있는 돈 다 내라고 했다. 돈을 걷은 반장이 술값을 주모에게 던져주고 주섬주섬 아직 덜 마른 바지를 주워 입었다.

학생들이 다 마르지도 않은 옷을 주워 입고 비틀거리며 나에게 신방 잘 치르라고 허허거리며 술집을 나갔다.

나는 붙잡는 주모의 손을 뿌리치고 친구들을 따라 도망쳤다.

4

옷이 덜 말라 찝찝했으나 어떻게 할 수가 없었다. 나는 다 구겨진 축축한 옷을 입고, 술에 취해 벌건 얼굴로 아르바이트를 갈 수 없어 집에 일이 생겨 갈 수 없다고 전화하고 아르바이트를 빼먹었다.

비는 그쳤으니, 버스가 지나가는 도로 곳곳에 홍수의 흔적으로 쓰레기가 쌓여 지저분했다.

나는 버스를 타고 가며, 문득 정릉 개울가에 있는 우리 집이 홍수에 괜찮을까, 걱정되었다. 설마 그렇게 맑게 흐르던 냇물이 넘치겠어, 하고 바로 걱정을 놓으며 집이 가난하여 유학 갈 형편은 못 되는데 졸업 후 어디에 취직하지, 하는 걱정을 머리에 이고 휙휙 지나가는 길거리를 내다봤다.

정릉 동사무소 앞 정류장에서 버스를 내렸다. 정류소 앞 도로가 엉망진창이다. 나뭇가지가 널려 있고, 모래흙도 쌓여있다.

전세로 사는 우리 집은 정류소에서 약 200m 정릉천 상류에 있다. 그 집에서 길음시장에서 채소 노점상을 하는 어머니와 미아리 극장에서 목판을 어깨에 메고 과자 부스러기와 껌 등을 파는 남동생과 함께 살고 있다.

어둠이 깔려오는 천변 길을 따라 올라가며 나는 길을 덮은 홍수의 너저분한 흔적에 놀라며 우리 집이 이번 폭우에 피해를 본 게 아닌가, 걱정되어 발걸음을 빨리했다. 어머니가 망연자실 길가에 서 있는 모습이 보였다.

"엄마, 왜 그렇게 서 있어?"

내가 엄마가 서 있는 곳으로 달려가며 말했다.

"이놈아, 뭐하고 이제 오나?"

"아르바이트하고 오는 길인데."

나는 한강에 가서 홍수 구경하고 술 마시고 온다고 말을 할 수 없어 거짓말을 했다.

"우리 망했다. 물이 방 중턱까지 차올라 방에 있던 가재도구가 다 물에 젖었다."

나는 놀란 목소리로 네, 하며 도로에서 두 칸 계단을 내려가서 열린 방문 안을 들여다봤다. 비가 그쳐 냇물이 줄어들어 방에 찼던 물은 빠졌으나 방바닥에 진흙이 쌓여있고, 방 중턱까지 물이 휩쓸고 간 자국이 지저분하게 나 있다.

"흙을 쓸어내야지."

내가 항복하는 목소리로 말했다.

"무엇으로? 손바닥으로?"

어머니가 비명을 질렀다.

"엄마 저녁도 못 먹었겠네."

"지금 이 지경에 저녁이 가당찮냐? 당장 잘 곳도 없는데 거리에 누워서 자나?"

설움에 북받친 어머니가 의지할 아들을 보자 설움이 폭발한다.

나는 한강에 나가 자기 집이 홍수에 잠기는 것도 모르고 남의 흉사를 구경하며 즐기던 만용이 부끄러워 눈물이 섞인 웃음이 막 나려 했다.

05
짜고 치는 고스톱

1

화력발전소용 석탄을 구입하는 부서인 연료처 제1 부장 최천식은 처장실에서 아침 회의를 마치고 자리로 돌아왔다. 정일식 과장이 두 손을 모으고 긴장한 모습으로 그의 앞에 섰다. 최 부장은 멀리 보이는 대모산에 시선을 두고 무슨 일, 하고 물었다.

"저, 제 친구한테 전화가 왔는데 강남개발 사장이 부장님을 뵙고 싶다고 하여…."

"강남개발? 부동산 업자요?"

"부동산 업자가 아니고 자원 개발 회사랍니다."

"자원 개발?"

"네, 호주에서 석탄 개발한대요."

"그래? 오시라고 해요."

"몇 시에요?"

"점심 먹고 2시쯤에 오라고 해요."

최 부장은 업자가 또 무슨 허세를 부리며 만나자 하나, 하며 쉽게 대답했다.

 최 부장은 고향에서 올라온 친구 점심을 대접하며 마신 소주에 가볍게 취해 자리로 돌아왔다.

 그는 소파에 앉아 한가하게 석탄협회에서 발간한 정보지를 읽고 있었다.

 정 과장이 키가 180cm가 넘는 장한을 데리고 왔다. 콤비를 입은 그는 어깨가 딱 벌어지고 기골이 장대하여 씨름 선수 같은 인상을 주었다. 얼굴이 잘 생겼다.

 "부장님, 강남개발 이원홍 회장이십니다."

 정 과장이 주눅이 든 목소리로 모시고 온 손님을 소개했다.

 "최천식입니다."

 최 부장이 소파에서 일어서며 손을 내밀며 인사했다.

 "강남개발 이원홍입니다."

 이 회장이 최 부장의 손을 맞잡으며 말했다.

 최 부장은 그의 손이 이 회장의 손속에 파묻히는 기분이었다.

 명함을 교환하고 소파에 앉았다. 손님을 안내한 정 과장은 자기 자리로 갔다. 타자원 미스 성이 커피를 타가지고 왔다.

 "무슨 일로 저를 보자고 하셨는지요?"

 최 부장이 거한을 빤히 쳐다보며 말했다.

 "Eagle Point 광산 아시지요?"

 "네 호주에 있는 큰 광산, 들어봤어요."

 "제가 그 광산 지분 20%를 가지고 있어요."

 "아, 그러세요?"

 "제가 그 20% 한국에 판매권을 가지고 있어요."

 "네."

 "이번에 석탄 입찰이 있다던데 제 석탄 좀 사주십시오."

"기술 사양이 맞으면 싸게 입찰하면 계약됩니다."
"부장님이 싸게 써낼 정보를 주시면."
"저도 알 수 없어요."
"백운용 씨 아세요?"
이 회장이 어깨를 죽 펴고 힘을 주며 말했다.
최 부장은 당시 이름을 날리던 백운학 작명가를 떠올리며, 잘 모르는데요, 했다.
"청와대 경제 수석 백운용 씨를 모르신다고?"
거한이 눈을 크게 뜨고 최 부장을 노려보며 말했다.
"이름은 신문에서 봤지만 워낙 높은 분이라…."
"당신 사장 모가지를 붙였다 뗐다 할 수 있는 분을 간부가 모르면 안 되지요."
이 회장이 훈계조로 말했다.
최 부장은 뭐 이런 건방진 놈이 있어, 하고 속으로 생각하며 이 회장을 건너다봤다.
"백 수석이 내 이종사촌 형이요. 최 부장이 협조 잘하면 사장에게 말하여 진급시켜 드리지요."
최 부장은 속으로 웃기네, 하며 그 말에 대꾸하지 않았다.
이 회장은 몇 분 더 자신의 힘을 과시하며 최 부장을 마치 자기 부하처럼 내려보며 떠들다가 잘 부탁한다는 말을 남기고 자리를 떴다.
최 부장은 별 미친놈이 다 있네, 하고 속으로 욕하며 사무실을 나가는 이 회장을 건너다봤다.
이 회장이 주말에 골프를 제의했으나, 최 부장은 칠지 모른다며 거절했다. 저녁 먹자는 제의를 집안에 행사가 있다고 핑계를 대고 거절했다.

세계 유수의 석탄회사를 상대로 입찰 안내서가 나갔다. 기간은 3주를 줬다.

 이 회장이 불쑥 또 최 부장을 찾아와서 걸걸한 목소리로 한참 자신의 배경을 자랑하다가 갔다.

 최 부장은 업자들의 농간에 말려들지 않으려고 매사에 조심했다.

 입찰 마감 이틀 전, 최 부장은 고등학교 동창 박정식으로부터 저녁을 같이하자는 전화를 받았다. 복국집에서 정종이나 한잔하자고 했다. 그렇게 친하지는 않았지만, 고등학교 3학년 때 한 반이었던 박정식이 그의 회사 근처까지 온다는데 거절할 수가 없어 나가겠다고 했다.

 최 부장은 회사 근처 이화복집으로 시간 맞춰 나갔다.

 두 사람은 복지리를 시키고, 머그잔에 가득 담긴 따뜻하게 데운 하래 정종 잔을 부딪치며 건배하고, 찔끔찔끔 마셨다. 한잔을 다 비울 때쯤 위장에서 따뜻한 반응이 왔다. 호기롭게 둘째 잔을 시켰다. 두 사람은 동창들 이야기도 하고 고등학교 시절 이야기도 하며 신나게 술을 마셨다.

 "어. 박 사장, 여기서 술 마시네."

 걸걸한 목소리가 들려 고개를 돌리니 강남개발 이 회장이 두 사람을 내려다보며 반가운 표정을 지었다.

 "어, 이 회장 어인 일이야?"

 박정식이 이 회장을 반겼다.

 "어 근처 왔다가 저녁이나 먹고 가려고 들렀어."

 이 회장이 박정식의 손을 잡고 흔들며 말했다. 박정식이 이 회장을 최 부장에게 소개했다.

 "저녁 먹으러 혼자 온 모양인데 합석하지."

 박정식이 최 부장 눈치를 보며 말했다. 최 부장은 가타부타 말하지 않았다.

 세 사람은 취하도록 정종을 마셨다. 밥값은 박정식이 계산했다.

 "이 근처 분위기 좋은 카페가 있는데 입가심은 제가 모실게요."

이 회장이 식당을 나서며 말했다.

박정식이 2차 좋지요, 하며 최 부장을 끌었다.

술에 취해 끈이 느슨해진 최 부장은 입가심하는 데 끼었다.

세 사람은 양주를 칵테일하여 한참을 마셨다.

이 회장이 그의 차로 최 부장을 아파트까지 모셔다드렸다.

다음 날 오전 11시, 이 회장이 최 부장을 찾아와서 큰 목소리로 잘 주무셨는가, 묻고 최 부장을 마주보고 자리에 앉아 비서실장으로부터 전화를 받았냐고 물었다.

"비서실장? 전화 없었는데요."

"그래? 그 친구 건망증이 심하네, 정답을 알려주라고 전화한다고 했는데."

최 부장은 무슨 허튼수작, 하며 이 회장을 건너다봤다.

"그건 그렇고, 아주 술이 세시던데, 제가 멋진 곳 소개할게요."

이 회장이 큰 소리로 떠벌였다.

최 부장은 입찰 마감을 앞두고 업자와 술자리를 한 것이 부하직원에게 들킨 거 같아 얼굴이 달아올랐다.

"비서실장이 바빠서 깜박 잊어버리고 전화 안 한 것 같은데 정답 힌트 좀 주쇼."

이 회장이 최 부장 귀에 대고 속삭였다.

"네? 무슨 말씀, 저도 알 수 없어요."

최 부장이 부하들이 다 들을 수 있게 큰소리로 저항했다.

이 회장은 저항하는 최 부장을 멍하니 쳐다보다가 오후에 봅시다, 하고 자리를 떴다.

입찰 평가 결과 이 회장의 회사는 탈락했다.

2

사장 비서실장이 최 부장을 호출했다.

최 부장은 그 끗발 좋은 실장이 왜 나를 부르나, 하며 실장 방에 노크하고 들어섰다. 소파에 앉아 있던 실장이 앉으라고 손짓했다.

비서실장은 사장이 취임하면서 데리고 온 사장 최측근 실세이다. 음으로 사장의 뜻을 회사 경영에 반영한다. 진급하려면 그를 통해야 한다는 소문이 파다하다.

최 부장은 벽면 가운데 걸려있는 액자를 올려다봤다. 가운데 전두환 대통령 사진이 걸려있고, 왼편에 사장 사진, 오른편에 사훈, 인간 존중이 걸려있다.

최 부장은 회사에 무슨 대통령 사진, 하며 불편한 심사를 감추며 실장의 말을 기다렸다.

"강남개발 이원홍 회장 아시지요?"

실장이 최 부장을 빤히 쳐다보며 말했다.

"네, 두어 번 만나 봤습니다."

"이 회장이 당신 술 잘한다고 하던데."

"네. 동창이랑 복국집에서 정종 같이 마신 적 있습니다."

최 부장은 범죄 사실을 고백하는 심정으로 말했다.

"그분이 누군지 알아요?"

최 부장은 그의 물음에 대답하지 않고 실장을 쳐다봤다.

"7공자 중 한 분이오."

당시 부모를 잘 둔 한량 일곱 사람이 돈을 물 쓰듯 하며 유흥가를 누빈다는 소문이 나돌았다.

"이 회장이 7공자 중 한 사람이오?"

최 부장이 어눌하게 물었다.

"네. 등치 좋지, 돈 많지, 또 배경 좋지, 남부러운 거 없는 상팔자 호걸이

지요."
 최 부장은 개뿔 무슨 호걸, 하며 속으로 저항하며 실장의 다음 말을 기다렸다.
 "그분 형님이 수석인 거는 아시지요?"
 "네 경제 수석이 사촌 형님이라고 자기를 소개했어요."
 "그런데 입찰에 떨어트렸다!"
 실장이 힐난하는 표정으로 말했다.
 최 부장은 입찰에 높은 가격을 써내 떨어졌는데 어쩌라는 말이야, 하며 속으로 투덜대며 입을 닫고 실장을 쳐다봤다.
 "고스톱 칠 줄 아세요?"
 "네 조금."
 최 부장은 뜬금없이 무슨 고스톱이야, 하며 실장을 건너다봤다.
 "그럼 짜고 치는 고스톱 아시겠네."
 "들어는 봤습니다."
 "우리 짜고 고스톱 한 번 칩시다."
 "네?"
 실장의 말을 이해하지 못한 최 부장이 멍청하게 실장을 쳐다봤다.
 "내 패는 다 보여줬으니 이제 최 부장이 패를 낼 차례요. 패를 한 번 잘 내보시오."
 "네?"
 "가서 잘 생각해 보고 먹을 수 있는 패를 가져오세요."
 실장이 나가보라는 손짓을 했다.
 최 부장은 귀신에 홀린 표정을 하며 고개를 숙여 인사하고 실장의 방을 나왔다.

3

비서실장을 만나고 나온 최 부장은 비서실장의 선문답 같은 대화를 되새기며 실장이 내놓으라는 이길 패가 무엇일까 궁리했다. 실장은 자기 패를 보여줬다고 하는데 최 부장이 이 회장에 대하여 아는 것 외에 그가 7공자의 한 사람인 것밖에 더 알려준 것이 없다. 최 부장은 실장이 말한 이길 패가 무엇일까, 사흘을 고민하다가 답을 찾지 못하고 그의 상사 처장과 상의했다.

줄거리를 듣고 난 처장은 허 웃으며, 답이 간단하네, 하고 부하를 빤히 쳐다보며 말했다.

"답이 간단하다고요?"

"그래. 계약을 하나 주자는 패를 만들어 오라는 소리야."

"계약을 준다고요?"

"그래 수의 계약하겠다고 결재 올려."

"수의 계약? 물량이 없는데요."

"물량을 만들어야지."

"발전소에서 쓰는 석탄량은 정해져 있고 공개입찰로 다 샀는데 어디서 물량을 만들어 내요?"

"그러니 물량을 만들어서 수의 계약한다는 패를 가지고 오라는 거지."

"물량도 없지만 설령 생겨도 입찰해야지 수의 계약은 어려운데요."

"최 부장 꽉 막혀서. 까라면 까야지. 최 부장 군대 갔다 왔잖아."

최 부장은 멍한 표정으로 상사를 쳐다봤다.

"물량을 만드는 방법 중 하나, 각 계약에 마이너스 옵션 있잖아?"

석탄 구입 계약할 때, 발전소가 고장 나서 발전소가 돌아가지 않아 석탄을 쓸 수 없게 될 때 계약 물량을 20%까지 감량할 수 있는 계약 조항이 있다.

"그거야 발전소에 무슨 일이 생겨 제대로 돌리지 못할 때를 대비하여 만들어 놓은 조항인데 발전소 잘 돌아가는데 공급 물량을 줄이라고 하면 계약자와 신의가 깨집니다."
 "그거야 그렇지. 실장 3년 하다가 사장 따라 나갈 사람인데 그런 거 생각 안 하지. 우선 정권 실세에게 잘 보이는 것만 생각하지."
 "그래도…."
 "가서 잘 생각해 봐. 돈 먹을 좋은 패가 있나?"
 처장이 신문을 집어 들어 최 부장은 무거운 마음으로 처장 방을 나왔다.

4

 최 부장은 비서실장이 암시한 이길 패를 던질 방법을 찾지 못하여 실장의 말을 무시하기로 마음을 정했다.
 실장을 만나고 온 지 사흘 후 오후, 이 회장이 큰 거구를 흔들거리며 최 부장을 찾았다.
 수인사를 마치자 이 회장이 큰 목소리로 날씨도 좋은데 같이 라운딩하자고 제의했다.
 "라운딩이요? 저 골프 못 치는데요."
 최 부장이 골프를 못 친다고 거짓말을 하며 그의 제의를 거절했다.
 "허, 골프를 못 치신다. 그럼 제가 연습장에 등록해 드릴게요. 어때요?"
 이 회장은 끈질기다.
 "괜찮아요. 때가 되면 제가 배울게요."
 "그럼 바로 배워요. 그 좋은 운동을 안 하시면 인생살이에 손해 봅니다."
 최 부장은 이 회장의 말에 대답하지 않고 무슨 일로 왔나, 눈으로 물었다.
 "김 실장이 최 대감 찾아가면 선물을 줄 거라고 하던데."
 이 회장이 최 부장의 눈을 빤히 쳐다보며 말했다.
 "선물? 저 잘 모르겠는데요."

"그래요? 김 실장이 나랑 농담할 사이가 아닌데. 이 친구들 나를 가지고 노네."

이 회장이 얼굴을 붉히며 벌컥 화를 냈다.

최 부장은 건방지게 이 회장이 자기 앞에서 화를 내자 이 친구 내가 자기 부하야, 내 앞에서 화를 내게, 하며 무시했다.

혼자 식식거리던 이 회장은, 알았어요, 나를 가지고 놀겠다, 하고 큰 소리로 떠들고 불쑥 일어나서 인사도 없이 방을 나갔다.

5

퇴근 시간이 다 되어 처장이 최 부장을 찾았다. 최 부장은 수첩을 챙겨 들고 처장 방에 갔다. 창밖을 내다보며 서성이던 처장이 소파에 앉으며 최 부장더러 앉으라고 했다.

"나 지금 비서실장 방에 갔다 왔는데 최 부장한테 숙제를 냈는데 답이 없다고 하던데."

처장이 남의 말 하듯 허공에 시선을 두고 말했다.

"그게 일전에도 말씀드렸지만 물량이 없습니다."

"그럼 물량을 만들어야지."

"만드는 방법은 계약상 마이너스 옵션 20%를 행사할 수밖에 없어요. 다섯 개 계약 마이너스 옵션을 행사하면 년 100만 톤 물량을 마련할 수는 있습니다."

"그런데?"

"옵션 행사는 발전소 사고가 나서 돌리지 못해 물량이 덜 필요할 때 행사하려고 만들어 놓은 조항인데 발전소가 쌩쌩 잘 도는데 행사하면 계약자와 신뢰가 깨집니다."

"그래서?"

처장은 다 알고 있는 내용을 모르는 척하고 최 부장의 다음 말을 유도

했다.

"다섯 개 계약의 마이너스 옵션을 행사하여 물량을 만들어 이글포인트 석탄을 사서 여러 발전소에 공급하면 이글포인트 석탄이 그 발전소 보일러 성능과 맞을지 어떨지 모릅니다. 성능이 맞지 않으면 보일러가 고장 나서 수리비가 엄청 들고 발전소에서 그런 사양에 맞지 않는 석탄 사줬다고 원망을 듣습니다."

처장은 멀거니 비서실장의 제의를 받아들일 수 없다고 항변하는 부하를 쳐다봤다.

"또 제가 이 자리에 계약 기간인 10년씩 있을 리 없고 후임자에게 짐을 남기는 겁니다. 막말을 하자면 경제 수석이 언제 그만둘지 모르고, 우리 사장도 온 지 일 년 반 되었으니 길어야 일 년 반 있으면 나갈 거고 그럼 사장 따라온 비서실장도 같이 나갈 거고 사연을 모르는 후임만 매년 마이너스 옵션 행사하느라 고생할 텐데 제가 어떻게 그런 일을 후임에게 넘기겠습니까?"

처장이 가타부타 말이 없이 부하를 멍청하게 쳐다봤다.

"제가 인사상 불이익을 당할지 모르지만 실장 말을 따를 수 없습니다."

최 부장이 딱 부러지게 말했다.

처장은 그만 퇴근하지, 하며 소파에서 일어섰다.

흥분하여 얼굴에 열이 오른 최 부장이 까딱 처장에게 인사하고 처장 방을 나왔다.

6

최 부장은 부하직원들과 삼겹살에 소주를 마시고 알큰하게 취하여 홍얼거리며 집 현관에 들어섰다.

"당신 그 비싼 골프채 샀어?"

아내가 현관으로 쪼르르 달려 나오며 쫑알거렸다.

"골프채? 나 산 적 없는데."

최 부장이 구두를 벗고 들어서며 눈을 크게 뜨고 말했다. 바로 소파 옆에 세워놓은 골프채 가방이 보였다.

최 부장은 황급히 골프채에 붙은 송장을 확인했다. 강남개발 이 회장이 보낸 것이다. 순간 술에 취한 최 부장은 발칵하며 이 새끼가 나를 뭐로 보는 거야, 하며 소리쳤다.

남편의 신경질적인 반응에 아내가 놀라서 눈이 커졌다.

최 부장은 소파에 앉으며 어느 쓸개 빠진 놈이 보낸 뇌물이야, 하며 탄성을 질렀다.

"이런 큰 뇌물 받는 거 보니 당신 대단하네."

아내가 마른 목소리로 말했다.

"쥐약이야, 내일 돌려보낼 거야."

최 부장이 화장실로 들어가며 말했다.

세수하고 이빨을 닦고 나온 최 부장은 청와대 배경으로 무리하게 밀어붙이는 이 회장 청을 들어주지 않기로 더욱 굳게 마음을 다졌다.

다음 날 최 부장이 출근하고 한 시간쯤 지날 때 아내가 택배 회사에서 와서 골프채를 가져갔다고 전화했다. 최 부장은 골프채를 돌려받고 이 회장이 어떤 표정을 지을지 궁금했다.

그가 허공에 시선을 두고 이 회장에게 한 방 먹였다고 으쓱하고 있을 때 비서실 김무조 부장이 그의 자리로 다가왔다.

"김 대감이 어인 일로 나를 다 찾아오고."

최 부장이 입사 동기인 김 부장을 맞으며 너스레를 떨었다.

"최 부장, 실장님한테 숙제 받았는데 아직 답을 내지 않았다며."

"숙제? 잘 모르겠는데."

"숙제 답을 잘 내면 연말 정기 인사 때 진급시켜 주겠다고 전하라고 하여 왔어. 숙제 잘 풀고 진급해."

 최 부장은 월급쟁이의 가장 취약점인 진급을 미끼로 던지는 말을 듣고, 실장은 이 회장에게 무슨 약점을 잡혀 그렇게 쩔쩔매나, 하며 불쌍한 생각이 들었다.

 김 부장은 잠시 더 쓸데없는 사설을 늘어놓다가 내 말 잘 새겨들어, 하고 자리를 떴다.

 최 부장은 순간 미끼를 물고 싶은 유혹을 느꼈으나 에이, 하며 깔아뭉개기로 했다.

7

 오후 다섯 시 반, 최 부장은 집에 전화하여 아내에게 바로 퇴근하겠다고 전화했다.

 "당신 좋아하는 생태찌개 해 놓을게."

 아내가 반색했다.

 전화 수화기를 내려놓자 바로 전무실 여비서가, 전무가 최 부장을 찾는다고 전화했다. 최 부장은 퇴근시간 다 되었는데 무슨 일이지, 하며 전무실로 내려갔다.

 "어 최 부장, 나랑 저녁 먹으러 가지. 약속 없지?"

 "네."

 "그럼 6시 10분 현관으로 나와, 내 차 타고 가게."

 최 부장은 무슨 일로 전무가 저녁 먹으러 가자고 하지, 하며 전무 방을 나왔다.

 전무의 차가 H호텔 정문에 정차했다.

 최 부장은 이 호텔 양식당에 가나, 하며 전무를 따라 차에서 내렸다. 앞장서서 빌딩 로비에 들어선 전무가 엘리베이터를 탔다. 최 부장이 따라서 탔다. 전무는 지하 1층을 눌렀다. 최 부장은 지하 1층 식당에 가나, 했다.

엘리베이터에서 내리자 호화판 공간이 나타났다. 고급 대리석을 깐 바닥이 전기 불빛에 반짝이고, 홀 중앙에 나신의 여자 조각이 폭포수를 맞으며 우뚝 서서 손님을 맞았다. 호화로운 장식에 최 부장은 기가 죽었다.

엘리베이터 앞에 서 있던 40대 후반의 마담이 곽 회장님 어서 오세요, 하며 호들갑스럽게 전무를 맞이했다. 그녀는 이 회장님 벌써 와서 기다리고 있어요, 하며 전무를 룸으로 안내했다.

널찍한 방 가운데 놓인 고급스러운 테이블 위에 음료수가 죽 줄 서 있다.

"곽 회장님 반갑습니다. 최 사장님도 와주셔서 감사합니다."

이 회장이 큰 몸짓으로 두 손님을 반겼다. 최 부장은 당장 방을 나가고 싶었지만 전무 체면을 봐서 그럴 수가 없었다.

마담이 전무부터 양복 윗도리를 받아 옷장에 걸었다.

전무가 상석에 앉고 최 부장은 이 회장을 마주보고 앉았다.

"17살은 너무 어리고 21살 가져와, 우리 아직 저녁 안 먹었으니 스테이크 안주하고 먹을 만한 안주 두어 개 가져와."

이 회장이 주문했다.

마담이 문 앞에 서 있는 종업원에게 눈짓했다.

바로 발렌타인 21년 양주병을 얼음통과 함께 날라왔다.

"곽 회장님, 신나게 마셔보지요, 원자탄으로 시작할까요?"

"좋아요."

이 회장과 전무는 몇 번 같이 술을 마셨는지 죽이 척척 맞았다.

그때 무릎 위까지 올라간 치마에 색색의 티셔츠를 입은 여자 종업원 세 사람이 방에 들어섰다.

이 회장이 여자를 남자들 옆에 앉혔다. 최 부장 옆에는 가장 어린 아가씨를 배정했다. 얼굴이 예쁘고 몸매가 빵빵했다.

아가씨들이 이름을 대며 인사했다. 최 부장 옆에 앉은 아가씨가 미진이라고 자기를 소개했다.

맥주잔 크기의 크리스털 잔에 2/3쯤 맥주를 담고 나머지를 양주로 채웠다.

"첫 잔 원자탄은 노틀카입니다."

이 회장이 호기롭게 외쳤다.

목구멍을 타고 넘어간 원자탄이 위장에 진한 진동을 줬다. 첫 잔을 다 비운 것을 본 마담이 재미있게 노세요, 하며 방을 나갔다.

"히로시마에 떨어진 원자탄은 마셔서 없앴으니, 나가사키에 떨어진 원자탄도 마셔 없앱시다."

이 회장이 호기롭게 떠벌렸다.

두 번째 마신 원자탄이 위장에 불을 질렀다.

"곽 회장님, 인류가 원자탄 두 방은 이미 맛봤으니 이제 맛보지 못한 수소탄으로 돌립시다."

이 회장의 장군에 전무가 좋습니다, 하고 멍군을 불렀다.

아가씨들이 능숙하게 크리스털 잔에 2/3쯤 양주를 붓고 나머지는 맥주를 채웠다. 수소탄은 강렬했다. 수소탄 두 방에 최 부장은 정신이 혼들거렸다. 최 부장은 전무 앞에서 취한 모습을 보이지 않으려고 안간힘을 썼다.

"남자만 마실 거 아니라 여자도 마셔야지."

전무가 혀 꼬부라진 소리를 했다.

아가씨들도 수소탄을 한 잔씩 노틀카로 마셨다.

바로 양주 한 병이 비었다. 바로 새 병을 날라왔다.

전무가 덥다며 넥타이를 풀고 와이셔츠까지 벗었다. 이 회장이 따라서 러닝 바람이 되고, 최 부장도 전무를 따라서 했다.

이 회장이 남자만 벗으면 불공평하다고 외쳤다. 아가씨들이 브래지어만 걸치고 호호거렸다.

수소탄이 또 한 순배 돌았다. 최 부장은 더 이상 술을 마시면 하늘같이 높은 상사 앞에서 실수할 것 같았다. 옆에 앉은 아가씨가 최 부장이 속삭이는 비명을 듣고 눈치껏 술잔의 술을 바닥에 버렸다. 카펫이 비싼 술을 쪽 빨아 마셨다.

밴드가 들어오고 남녀 취객들이 노래 솜씨를 뽐내고 노랫가락에 맞춰 엉켜서 춤을 추며 흐느적거렸다. 이 회장은 노래 솜씨가 빼어났고, 춤도 일품이었다. 술에 취한 최 부장은 브래지어만 걸친 여자를 안고 돌며 관능이 꿈틀했다.

그렇게 시간이 가고 두 병째 양주병이 비었다. 그때 마담이 간드러지게 애교를 부리며 룸에 들어와서 아가씨들에게 열쇠를 건네며 잘 모시라고 당부했다.

전무가 엉성하게 옷을 챙겨 입고 아가씨에 몸을 기대며 룸을 나갔다. 이 회장이 최 부장 파트너에게 최 사장 잘 모시라고 당부했다. 미진이 최 부장의 옷을 입히고 어깨를 끼며 룸에서 나가자고 했다. 최 부장이 비틀거리며 여자의 어깨를 끼고 룸을 나가 엘리베이터를 탔다.

최 부장이 1층 버튼을 누르기 전에 미진이 17층 버튼을 눌렀다. 엘리베이터가 빠르게 올라갔다. 어어, 하는 사이에 17층 문이 열리자 미진이 최 부장을 끌었다. 최 부장이 나 집에 가야 하는데, 하며 앙탈했다.

잠시 여자와 남자가 엉켜서 복도에서 실랑이를 벌였다. 엘리베이터에서 내린 손님이 이상한 눈으로 두 사람을 쳐다봤다. 최 부장은 할 수 없이 미진을 따라 방으로 들어갔다. 큰 침대가 먼저 눈에 들어왔다. 미진과 마주 선 최 부장은 가슴이 막 뛰었다.

그는 참았던 오줌을 누러 화장실에 급히 들어갔다. 방광을 비우고 찬물에 손과 얼굴을 씻었다. 그는 새끼, 성 상납하겠다고, 하고 중얼거리며 화장실에서 나와 뛰듯이 방문을 열고 엘리베이터로 달려갔다. 미진이 남자를 따라 객실에서 나와 도망치는 남자를 멍하니 쳐다봤다.

최 부장은 전철을 타고 집에 가며, 새끼 그런다고 내가 계약해 줄 거 같아, 하고 오기를 키웠다.

연말 정기 인사 때 최 부장은 진급자 명단에 없었다. 그는 지방으로 발령 났다. 아내는 아이들 교육 때문에 따라올 수 없다고 하여 단신으로 부임했다. 주말 부부가 되었다.

연초에 대통령은 국정 쇄신한다며 청와대 참모진을 교체했다. 경제 수석이 바뀌었다.

사장은 토목 공사 비리에 연루되어 검찰의 수사를 받는다는 신문 기사가 나고 사표 내고 나갔다. 비서실장도 따라서 나갔다.

최 부장은 청승스럽게 라면으로 저녁을 때우며 그들의 요구를 들어주어 짜고 고스톱 치고 부처장으로 진급했으면 라면으로 저녁을 때우는 청승은 부리지 않아도 되었을 텐데, 하고 가볍게 후회하며 쓰게 웃었다.

06

버킷리스트

1

동수는 잠실 석촌 호수 수변 카페에 앉아 아메리카노를 마시며 벚꽃 축제를 즐기는 상춘객 행렬을 건너다보고 있었다.

정말 인파가 엄청나다. 밀려가는 인파가 산책로를 다 메웠다.

동수는 색색의 옷을 입고 화사한 얼굴로 봄을 즐기는 인파를 건너다보며 푹 한숨을 쉬고 하늘을 올려다보며 내가 몇 번 더 벚꽃 잔치를 즐기러 올까, 아내가 살았으면 같이 왔을 텐데, 하고 그의 남은 생애를 헤아려본다.

그는 막 종심을 지나 망팔의 나이에 접어들었다.

'70년 넘게 살았으니 참 오래 살았네, 앞으로 10년을 더 살까, 20년을 더 살까, 저 인파가 쉴 사이 없이 흘러가듯 내 인생도 흘러가네…'

동수는 벚꽃이 흐드러지게 핀 호수변 산책길을 환한 얼굴로 걷는 사람들을 건너다보며 문득 여행을 떠나고 싶어졌다.

그는 가끔 숙소도 목적지도 정하지 않고 여행을 떠나고 싶었다. 자동차를 몰고 달리다가 도로 표지판이 안내하는 관광지를 둘러보고, 그곳 식당에 들어가서 식사하고, 해가 기울면 호텔이든 모텔이든 펜션이든 눈이 보이는 숙소에 들어가서 뜨거운 물로 하루 피로를 풀고, 그 지방 토속주를 반주하며 저녁을 즐기고, 푹 자고 다음 날 다시 길을 떠나 전국을 한 달쯤 누비고 싶었다.

목적지 없는 여행에 운전을 나누어 할 사람이 동행하면….

남자 친구는 그렇고, 맘에 맞는 여자 친구와 동행하며 허허거리며 대화를 나누며 우리나라 곳곳을 누비고 분위기 좋으면 사랑도 나누면, 좋겠다.

운이 좋아 회사 일을 하며 남극과 북극을 제외하고 오대양 육대주를 다 누볐다. 그런데 막상 우리나라는 여러 곳을 다니지 못했다. 그는 이제 언제 불려서 저세상에 갈지 모르는데 가끔 꿈꾸었던 여행이나 떠나볼까, 하며 빈 커피 컵을 퇴식구에 반납하고 행렬에 동참하여 인파에 밀리며 꽃비를 맞으며 천천히 걸으며 누구와 동행하지, 하고는 그가 알고 지낸 여인을 손꼽아 본다.

그의 차로 여행하며 모든 비용은 그가 댈 거다. 동행할 여인은 우선 운전할 수 있고, 남편이나 자식으로부터 자유로워야 한다. 남편과 사별한 여인, 자식들이 다 대학 이상 다니는 여인!

'누구? 아, 김혜선 시인이면 딱 좋겠다.'

2년 전 그녀의 남편이 교통사고로 돌아갔고, 큰아들은 학사장교로 복무 중, 딸은 전자 회사에 다닌다. 곧 환갑을 바라보니 나보다 한참 젊고, 나랑 죽도 잘 맞는다. 그녀만 좋다고 하면 딱이다.

그는 그녀면 딱 좋은데 마음먹은 김에 저질러 버려, 하며 김 시인에게 바로 전화하여 만나자고 하였다. 마침, 그녀가 잠실 롯데호텔 근처에 있다며 바로 만날 수 있다고 했다.

동수는 그녀를 만나러 베르테르 광장으로 갔다.

김 시인은 20대 초반에 신문 신춘문예에 당선되어 등단한 시인으로 시집을 20권 이상 내고 여러 문학상을 받은 원로 시인이다. 그녀와 알게 된 것은 그녀가 낸 4번째 시집을 사서 보고 깔끔하게 농축된 그녀의 시어에 반했다. 그는 그녀의 시를 읽은 독후감을 A4용지 세 쪽에 가득 적어 보냈다.

그녀가 자기 시를 잘 봐줘서 감사하다며 커피를 사겠다고 했다. 두 사람은 커피숍에서 만나 얼굴을 트고, 서로의 인생을 알고, 공돌이와 시인이 박자가 잘 맞지 않는 대화를 나눴다.

그녀가 다섯 번째 시집을 냈을 때 그녀가 시집을 그에게 보내왔다. 그는 출판을 축하하고 책 보내준 감사 표시로 커피를 사겠다고 했다. 그렇게 둘은 두 번째 만났다.

그녀가 시집을 낼 때마다 두 사람은 만났고 이제 시집을 내지 않아도 서로 연락하여 만나곤 할 만큼 친해졌다.

둘은 만나서 그녀는 문학세계를, 그는 과학세계를 이야기하며 서로 다른 세상을 알려준다.

그는 그녀와 함께 여행할 생각을 하니 가슴이 뛰고 얼굴에서 열이 났다. 이지적인 원로 시인과 관광지를 둘러보고, 같이 밥을 먹고, 한 방에서 밤을 새운다는 상상만으로도 그는 황홀했다.

그가 베르테르 광장으로 다가가자, 그녀가 손을 흔들며 그를 반겼다. 두 사람은 다정하게 악수했다.

"저에게 부탁할 일이 있으시다고요?"

그녀가 환한 미소를 지으며 말했다.

"네."

그는 소년처럼 얼굴을 붉히며 말했다.

"그럼 석촌 호수가 내려다보이는 커피숍에 가서 차 한잔하시며 이야기하시지요."

그녀가 앞장서서 롯데몰로 들어갔다.

5층 동쪽 끝에 있는 로트 커피숍에 들어섰다. 석촌 호수가 바로 내려다보였다. 두 사람은 먼저 자리를 잡고 그가 키오스크로 가서 그가 마실 아메리카노와 그녀가 마실 카페라떼를 주문했다.

두 사람은 석촌 호수변 산책로를 가득 메운 가지각색의 옷을 입은 상춘객을 내려다보며 커피 맛을 즐겼다.

그가 그의 여행 계획을 설파했다.

"와 멋지다. 낭만적이네요."

그녀가 그의 말을 듣고 감탄사를 내뱉었다.

"그래서 같이 여행할 친구를 찾고 있어요. 같이 나눠서 운전하고 같이 밥 먹고 술 마시고 하며 여행을 즐길 제가 일 순위로 생각한 친구가 바로 김 시인님이십니다."

동수가 수줍게 말했다.

"아, 영광이네요. 그런데 저는 결격사유가 있어요. 남편이 교통사고로 죽고 운전하기 무서워 운전면허를 반납하여 나눠서 운전할 수 없고, 술을 못 마시니 술 마시며 같이 기분 낼 수도 없고, 죄송해요."

그녀가 완곡히 그의 청을 거절했다.

그는 그녀에게 다시 한번 더 부탁할까, 망설이다가 동행을 강요할 수가 없어 머리만 긁적였다.

2

동수는 전철을 타고 집에 가며 김혜선 시인에게 거절당한 것이 마음에 걸렸다.

그녀가 나랑 여행할 만큼은 가깝지 않다는 말인가, 서운해 하며 동행할 다른 여인을 떠올려본다.

문득 수년간 그의 비서를 했던 박주아가 떠오른다.

그녀는 그가 부장일 때 그의 비서를 했다. 그가 전무로 진급했을 때 그는 30대 초반의 유부녀인 그녀를 다시 비서로 선택했다. 박주아는 비서로서 은행 업무 등 그의 사생활까지 챙겨줬다.

그가 부사장으로 진급했을 때 그녀가 비서직을 그만뒀으면, 하여 총무부로 발령 내줬다. 그녀는 총무부에 근무하며 계장 시험에 합격하여 계장으로 진급하였다. 그와 그녀는 가족 간에도 친교를 이어가는 인간관계를 유지했다. 그가 사장이 되었을 때 그는 그녀를 과장으로 진급시켰다.

그가 퇴직하고 은퇴 생활을 즐길 때 그녀의 부부는 새해에 꼭 인사 와서 안부를 물었다. 지난해 그녀 남편이 암 투병 끝에 사망했을 때 문상도 하였다. 이제 그녀는 자유롭게 한 달 여행을 할 수 있을 것이다.

동수는 그녀를 여행 파트너로 점찍고 전화로 부탁하기가 그래서 저녁을 사겠다고 했다. 두 사람은 센터 빌딩에 있는 이탈리아 식당 알트리노에서 만났다.

두 사람은 은퇴한 처지라 이제 직장 상하관계가 아니다. 두 사람은 포도주를 반주하여 편안하게 대화하며 이탈리아 음식을 즐겼다. 달콤한 후식의 맛을 음미하며 동수가 그의 여행 계획을 늘어놓았다.

"와 멋지시다. 사장님은 현직 때도 멋쟁이셨는데 7순이 넘어서도 멋쟁이시다."

그녀가 감탄사를 내지르며 그의 여행 계획을 추켜세웠다.

"그래서 같이 여행할 파트너를 찾고 있는 중인데…."

그는 그녀의 적극적인 반응에 고무되며 말을 이어갔다.

"주아랑 같이 여행했으면 하는데…."

"와, 저랑, 영광인데요. 사장님과 전국 일주 여행이라 꿈같은 이야기네요. 그런데 제 형편이 여행할 수가 없어요. 제 딸이 직장 다니는데 제가 손자들을 돌보고 있어요. 정말 꿈같은 기회인데 아쉽네요."

동수는 옛 부하가 손자 돌봄을 핑계로 그의 제의를 거절하자 살짝 기분이 나빠졌다. 그는 내가 아이 한 달 돌볼 돌보미 비용 댈 테니 같이 여행

가자고 하려다가, 옛 부하에게 매달리는 것 같아 자존심이 그 말을 막았다.

저녁 잘 먹고 두 사람은 어색하게 헤어졌다.

3

동수는 두 여인에게 완곡하게 거절당하고, 내가 그들에게 그렇게밖에 안 된 존재였나, 하며 자책했다.

그는 여행은 가고 싶고 혼자 가기는 싫은데 누구에게 같이 가자고 부탁할까, 부탁했다가 이 핑계 저 핑계로 거절당하면…, 체면만 구겨진다.

누구에게 부탁할까, 용기가 나지 않아 망설이다가 그래도 혼자 청승스럽게 여행할 수는 없지, 하며 주위에 동행할 여인을 찾아본다. 문득 테니스 동호회 회원 곽 교수와 안 여사가 떠올랐다.

동수는 20년 넘게 아파트 단지 내 테니스 코트에서 테니스를 치는 소망 테니스 회원으로 테니스를 즐긴다.

소망 테니스회는 회원이 30여 명으로 프로 사범을 두고, 춘계 추계 두 차례 아파트 단지 내 남녀 혼복식 챔피언을 가리는 시합을 한다. 매달 마지막 토요일에는 운동 후에 회식하며 친교를 다진다.

동수는 곽 교수와 안 여사와 짝을 이루어 동네 챔피언이 된 적이 있다. 곽 교수는 50대의 활달한 성격의 붙임성 좋은 여인이며, 안 여사는 고등학교 물리 교사를 하다가 정년퇴직했다. 34평 아파트에 혼자 살고 있다.

동수는 젊은 곽 교수와 여행했으면 하나, 학기 중이라 그녀는 여행에 동참할 수 없을 거고, 남편과 사별하고 혼자 사는 안 여사를 여행 파트너로 점찍고 의사를 확인하기로 한다. 두 사람은 같은 이공계라 말이 잘 통하는 편이다.

토요일 테니스를 마치고 동수가 안 여사에게 수작을 건다.

"운동도 끝났고, 저녁에 혼밥하기 싫은데 같이 저녁하실래요?"

동수가 은근한 목소리로 말했다.

"좋아요. 저도 혼밥 싫었는데."

그녀가 그의 제의를 반긴다.

"그럼 샤워하고 사색의 광장 주차장에서 뵈어요."

두 사람은 약속을 잡는다.

동수는 차를 몰아 서울양양고속도로를 달리다가 서종톨게이트에서 국도로 빠져나갔다.

두 사람은 태국 음식점에서 저녁을 즐겼다. 동수는 운전하여야 해서 맥주 한 모금만 입에 머금고, 안 여사는 맥주를 즐겼다.

20년을 넘게 테니스를 같이 친 70대 홀아비 할아버지와 60대 과부 할머니는 죽이 잘 맞아 즐겁게 대화하며 저녁을 즐겼다.

식사가 끝날 무렵 동수는 그의 여행 계획을 설명했다.

"아유 멋쟁이시다. 누가 같이 여행할지 낭만적이다."

안 여사가 감탄사를 내질렀다.

동수는 그녀의 적극적인 반응을 보고 용기가 나서 동행하자고 했다.

"저랑 같이 가자고요? 같이 가고 싶은데 사정이 있어요."

그녀가 아쉬운 목소리를 냈다.

"사정?"

"네, 제가 어머니를 모셔야 해요. 80대 중반의 어머니가 거동이 불편하여 휠체어를 타고 다녀요. 제가 월수금 보고, 언니가 나머지 날 보살펴 드리고 있어요. 하루 이틀은 뺄 수 있는데 한 달은 무리예요. 어머니가 요양원은 죽어도 안 가신다고 하고, 곧 70을 바라보는 언니에게 어머니를 계속 맡기는 것은 무리예요. 정말 김 회장님과 낭만적인 데이트할 좋은 기회인데 아쉽네요."

안 여사가 호들갑을 떨며 같이 갈 수 없는 핑계를 댔다.

동수는 8순 노모를 보살펴야 한다는 안 여사에게 더 강요할 수도 없어

인상을 쓰며 입맛을 다셨다.

4

 동수는 세 여인에게 동행 제의를 이 핑계 저 핑계로, 핑계가 아닌지 모르지만, 거절당하고 자존심이 상했다. 인생을 잘못 살아왔나, 하는 회의도 들었다. 버킷리스트고 뭐고 여행 계획을 포기할까도 생각했다.
 에이, 그래도 한 번 먹은 생각인데 포기하기는 그렇고 혼자 한 달 넘게 다니면 청승스러울 거고, 남자랑 매일 한방 쓰면서 다니기도 그렇고, 누구를 꼬여 같이 여행할까?
 동수는 그의 주위를 맴돌던 여인을 떠올렸다. 마음에 드는 여인은 대개 남편이 있다. 자유스러운 여인들을 떠올려보나 성에 차지 않는다.
 속 편하게 혼자 떠날까?
 어떤 여자랑 갈까?
 그는 문득 돈 주고 여자를 사서 가면, 하는 생각이 들었다.
 페이스북 친구인 박초희는 최근 그에게 3시간에 15만 원, 24시간에 30만 원 자기 시간을 팔겠다고 제의해 왔다. 같이 술을 마셔도 되고, 여행해도 되고, 원하면 섹파도 되어줄 수 있다고 했다.
 페이스북에 올린 그녀의 사진을 보면 20대의 젊은 미인이다.
 페이스북에 올라 있는 동수의 사진은 40년 전 등산을 마치고 내려오며 찍은 활짝 웃는 모습이다. 그 사진을 보고 젊은 여인들이 줄이어 친구 신청을 한다. 심지어 자기가 이혼녀라며 사귀자고 한다. 요사이 귀찮아서 그런 친구 요청을 다 거절했다.
 그는 박초희에게 세 번째 친구 요청을 받고 수락했다. 서로 단문의 안부 묻는 교류를 하고 있었는데 그녀가 뜻밖에 시간을 팔겠다고 제의했다.
 동수는 박초희의 사진을 떠올리며 그렇게 젊고 예쁜 여인과 같이 여행하면…, 하고 얼굴에 열이 났다.

한 달에 900만 원이라, 좀 세기는 한데 버킷리스트 달성하며 돈을 따지나? 돈을 주고 고용할 거니 거절할 리가 없고…, 그런데 그녀는 정말 사진처럼 젊은 여자일까? 내 사진같이 옛날 사진 아냐? 그녀가 운전은 하나?

동수는 그녀에게 운전하는지 물었다. 그녀가 운전을 잘하고 좋아한다고 답했다.

동수는 한 달 여행을 같이 가고 싶은데 만나서 이야기하자고 했다. 그녀는 한 달요? 하고 놀라는 반응을 보이며 좋다고 했다.

동수는 수요일 11시 30분 강남역 11번 출구에서 만나 같이 커피숍에 가자고 했다. 사진을 보아 알아볼 수 있을 거라고 썼다. 그녀가 좋다고 답했다. 그녀가 마음에 들면 커피를 마시고 점심 같이할 생각이다.

동수는 시간에 맞춰 강남역 11번 출구로 갔다. 그는 먼저 나와 있는 그녀를 바로 알아봤다.

"박초희 씨?"

그가 말을 걸었다. 그녀는 청바지에 흰 티셔츠를 입고 나왔다. 사진과 같이 예쁘고 날씬하다.

"김동수 씨?"

그녀는 동수가 할아버지인 것을 보고 놀란 표정이었다.

"가까운 커피숍으로 가지요."

동수가 앞장서서 전철역 계단을 걸어 올라갔다.

두 사람은 마주 보고 앉았다.

"페이스북에 있는 사진은 40년 전 도봉산 등산 갔다 내려오며 찍은 거요."

동수가 예상과 달리 그녀의 청초한 모습에 안도하며 말했다.

동수는 자신의 시간을 돈을 받고 판다는 그녀가 발랑 까진 여자로 추측했었다.

그는 그와 그녀가 마실 커피를 주문하고 진동벨을 들고 자리로 돌아왔다.
"어떻게, 할아버지라 놀랐나요?"
동수가 넉넉하게 웃으며 말했다.
"네 뭐."
그녀가 우물쭈물 대답했다.
그는 간단히 그의 여행 계획을 설명했다.
"와, 멋진 계획이네요. 저랑 같이 여행하자고요?"
"네. 한 달쯤 기한으로 같이 여행했으면 해요. 모든 경비는 내가 대요. 제 차로 갈 거고."
그녀가 눈알을 굴리며 잠시 생각하더니, 좋아요, 했다.
그때 진동벨이 울렸다. 그녀가 진동벨을 들고 커피를 받으러 갔다.
그녀의 뒷모습이 날씬해서 동수는 보기에 좋았다. 동수는 그녀가 마음에 들었다. 비록 돈을 내고 그녀의 시간을 사서 동행하지만, 그는 조선시대 양반이 논밭을 주고 젊은 애첩을 사서 옆에 두고 즐겼던 고사를 떠올리며 가볍게 미소를 지었다.
커피를 마시며 그녀가 수줍게 미소 지으며 한 달은 긴 기간이니 900만 원은 많고 500만 원만 받겠다고 했다.
동수는 같이 여행할 건데, 하며 자신의 신상에 대하여 간단히 설명했다.
"더 긴 이야기는 점심 먹으며 할까요?"
동수가 자리에서 일어서며 말했다.
두 사람은 찜닭 집에 들어갔다.
동수는 음식을 주문하고 그녀더러 잠시 기다리라 하고 은행 ATM 부스에 가서 500만 원을 찾아와서 바로 그녀에게 건넸다. 별도로 50만 원을 따로 주며 보너스라고 했다.
"돈부터 주시는 거요?"
그녀가 놀라는 반응을 보였다.

음식이 나오기 전에 동수는 찜닭에는 맥주보다 소주가 낫겠지요, 하자 그녀가 고개를 끄덕여서 소주를 주문했다.

그녀는 홍조를 띠며 소주를 마시며 조곤조곤 그녀의 신상을 이야기했다.

동수는 순진하게 생긴 미녀의 말을 들으며 기분이 좋아져서, 공연히 알고 지내던 나이 많은 여자와 여행하는 것보다는 비록 돈을 주고 사지만 그녀와 여행이 훨씬 윤택할 거 같은 기분이 들었다.

그녀의 아버지는 교통사고로 허리를 다쳐 집에 누워 계시고, 전혀 생활력이 없는 어머니는 벌어다 주는 돈을 절약할 줄만 알지 돈 벌 줄을 모른단다. 대학은 졸업했으나 정규직 취직에 되지 않아 편의점에서 아르바이트하며 버는 최저임금으로 생활이 어려워 시간을 파는 일을 시작했는데, 한 달에 두세 건밖에 걸리지 않아 몇 푼 안 되지만 생활비에 보태고 있다고 했다. 대학 다니던 동생은 군대에 자원입대하여 복무 중이란다.

서로의 사정을 조금씩 알게 된 두 사람은 더 깊은 사정은 여행하며 알아가기로 했다.

"벚꽃이 막 지기 시작하는데 여행은 다음 주 월요일에 떠나요. 괜찮겠어요?"

"좋아요. 이렇게 큰돈 주셔서 감사합니다."

"한 달 여행하려면 옷도 여러 벌 준비해야 하고 가방이 클 건데 제가 집으로 모시러 갈게요. 거기서 떠나요."

"그렇게까지."

그녀가 집 위치를 알려줬다.

"제가 10시에 집 앞에 가서 전화할게요. 첫날 강화도로 떠날 겁니다. 전등사 등 유적지를 보고 석모도로 건너가서 첫 밤을 보낼 거요. 그리고 서해안, 남해안, 동해안 도로를 따라 우리나라를 죽 돌 거요."

그녀가 알았다고 고개를 끄덕였다.

버킷리스트

점심을 마치고 동수는 그녀와 헤어져서 전철을 타고 집에 가며 문득 어느 시인의 시구가 떠올랐다.

함께 있으면 좋은 사람
그녀를 만나던 날 느낌이 좋았습니다.
착한 눈빛, 해맑은 웃음 한마디 말에도
따뜻한 마음이 담겨 있어
잠시 함께 있었는데
오래 사귄 친구처럼
마음이 편안했습니다.

동수는 신혼여행 가는 기분이 들어 가볍게 흥분이 되어 들떠서 시 구절을 흥얼거리며 버킷리스트 이루려고 여행한다며 이 나이에 젊은 여자와 정분이 나면, 하고 살짝 걱정하다가 이 나이에 무슨 주책, 하며 만족스러운 미소를 지었다.

07
그네를 타는 연인 · 2

1

 탈북녀, 정용채가 나이 40을 바라보며 미망인이 되었다. 슬하에 자식은 없다.
 그녀의 시아버지가 간경변으로 고생하셨다. 담당 의사는 더 이상 치료가 어려우며 당장 간 이식을 받지 않으면 보름을 넘기기 어렵다고 최후 선고를 했다.
 그녀의 남편이 자기 간을 기증하겠다고 나섰다.
 수술하는 날 아침 8시, 남편이 용채에게 손을 흔들며 환하게 웃어주고 수술실로 들어갔다. 한 시간 뒤 시아버지가 눈을 감은 채 수술실로 실려 들어갔다.
 오전 내내 수술 중이라는 표시등이 켜져 있었다. 12시가 다 되어 의식을 잃은 아들이 수술실에서 나와 황급하게 중환자실로 실려 갔다. 병원에서는 가족에게 상황을 설명해 주지 않았다.
 1시가 넘어 시아버지가 회복실로 이송됐다.
 오후 5시, 가족은 중환자실에서 간을 기증한 아들의 임종을 지켜봤다.

의사는 간단히 병명을 알려줬으나 외래어라서 무슨 병인지 알아듣지 못했다.

아들의 간을 받고 소생한 시아버지는 미망인이 된 며느리에게 아들 이름으로 등기된 아파트 상속을 도왔다. 시아버지는 상당 액수의 현금을 며느리에게 주며 남편을 잃은 슬픔을 잊도록 해외여행이나 다녀오라고 했다.

용채는 그녀가 북한 유학생으로 어학연수를 받았던, 한국 유학생 최부희와 추억이 있는 그녀의 첫 해외 여행지, 프랑스와 그녀가 탈북한 스위스를 여행지로 정했다.

그녀는 파리에서 어학 연수받았을 때 묵었던 5층 집에서 세 블록 떨어진 라데빵스 지역 3성급 호텔에 숙소를 정했다.

그녀는 부희와 처음 만났던 노트르담 사원을 들르고, 그와 데이트했던 몽마르트르 언덕을 올랐다. 그와 추억이 있는 파리의 여러 명소, 루브르 박물관, 에펠탑, 베르사유 궁전을 들르며 새록새록 이는 부희를 향한 그리움에 남편을 잃은 충격을 잊어갔다.

샹젤리제 노천카페에서 에스프레소를 마시며 앞으로 어떻게 살아갈까, 생각하며 부희를 만날 수 있었으면, 하는 희망도 부풀렸다.

그녀는 TGV를 타고 샤모니로 가서 케이블카를 타고 몽블랑을 올랐다. 정상에서 신라면을 후후 불며 먹으며 눈 덮인 알프스의 장관을 내려다보며 산다는 것의 의미도 생각했다. 그녀는 문득 첫사랑 부희와 같이 왔으면, 하는 아쉬움에 눈시울이 뜨거워졌다.

그녀는 스위스 베른에 가서 먼발치로 그녀가 탈북했던 한국 대사관을 일별하고 인터라켄에 가서 산악열차를 타고 유럽의 지붕, 융프라우에 올랐다. 얼음 조각 공원을 둘러보며 스위스 국민의 장인 정신을 실감했다.

그녀는 아침 열차로 제네바에 도착했다. 그녀는 오후 5시 대한항공 편으로 귀국할 예정이다. 비행기 탑승 시간까지 시간이 있어 그녀는 짐을 정거장 보관함에 보관하고 지갑과 여권만 챙겨 들고 레만 호수를 구경하기로 했다.

그녀는 바다같이 넓은 호수가 내려다보이는 식당에서 샌드위치로 점심을 때우고, 호수변 보행로를 걸었다. 유람선이 유유히 호수 위를 미끄러져 흘러가는 것을 보며 어젯밤 제네바로 와서 일박하고 유람선을 탈걸, 했다.

그녀는 호수 너머 눈 덮인 알프스의 위용을 보며 이런 산중에 이렇게 큰 호수가 생겼을까, 했다.

호수변 길을 따라 한참 걷다 보니 여자 동상이 보였다. 나이팅게일 동상이다. 그녀는 나이팅게일 동상이 왜 여기에 있지, 하며 벤치에 앉아 동상을 올려다보다가 출렁이는 레만 호수를 쳐다보고 그 너머 눈 덮인 알프스 영봉을 올려다보며 생각을 굴렸다.

나이팅게일이 결혼한 것 같지 않은데, 전쟁터에서 같이 근무한 의사 중에 멋진 의사가 있었을 텐데, 부희같이 멋진 남자가 없었나, 하며 가볍게 한숨을 내쉬었다.

부희는 카페테리아에서 점심 먹고 창가 복도로 나왔다. 바로 가까이 레만 호수가 출렁였다. 호수변 도로를 따라 상춘객들이 봄과 경관을 즐기며 여유롭게 산책했다. 부희는 빼어난 경관과 좋은 날씨에 끌려 상춘 행보에 동참했다.

부희는 제네바 유엔 사무국 빌딩에서 열리는 세계 건축학회 봄 세미나에 발표자로 참석했다. 그는 오늘 2시 세션 B, 건축의 미학, 세션에서 한국 기와지붕의 건축학적 미에 대해 주제 발표를 할 예정이다.

부희를 이끌어줬던 지도교수는 정년퇴직하였다. 이제 중견 교수가 된 부희는 학과장을 맡았다. 그동안 SCI급 논문 여러 편을 발표하며 건축학계에서 두각을 나타내기 시작했다. 한국건축학회 총무 이사를 맡아 학회 살림을 꾸려가고 있다. 건축심의위원회 위원을 맡는 등 정부 일도 자문하고 있다.

뉴욕 유엔 본부 외에 제네바 레만 호수 옆에 있는 사무국은 유엔에서 두 번째로 큰 사무국으로 핵비확산 조약 평가 회의, 기후변화 국가 간 회의 등 유엔이 주재하는 회의가 열린다. 그러나 회의가 없는 기간에는 민간단체에 임대한다.

부희는 오전 세미나에 참석하고 점심을 먹고 나니 12시 반이다. 그가 발표할 시간까지는 한 시간 반 시간이 있어 그는 산책로를 걷기로 한다. 그는 오후에 발표할 논문 내용을 되새기며 주변 경관을 즐기며 느긋하게 상춘객에 끼어 호반길을 걸었다.

그는 이 산중에 어떻게 이런 큰 호수가 생겼을까, 스위스는 참 복 받은 나라다, 하고 생각하며 출렁이는 호수를 내려다보다가, 유유히 호수 위를 미끄러져 가는 유람선을 보고, 그 너머 눈 덮인 알프스를 올려다봤다. 그는 내일 세미나를 빠지고 인터라켄에 가서 산악열차를 타고 융프라우를 오를 계획이다.

저만치 동상이 보였다. 스위스 사람 중 동상을 세울 만한 위인이 누굴까? 윌리엄 텔 동상일까, 하며 동상에 다가갔다. 여자 동상이다. 그는 누구의 동상이지, 하며 천천히 걷는다. 동상 옆 벤치에 앉아 있는 동양 여인이 눈에 익다.

부희는 설마 그녀가, 하며 눈을 의심하며 다가갔다. 정용채가 거기 있다. 그는 가슴이 뛰고 얼굴에서 열이 나고 숨이 가쁘다. 그는 그녀를 부르지도 못하고 다가갔다. 강한 시선을 느낀 용채가 고개를 돌렸다.

그녀는 어, 하며 말을 잊지 못한다. 부희가 다가오고 있다. 그녀는 자리에서 벌떡 일어나서 지금 일어나고 있는 기적과 마주했다.

두 연인은 팔을 부여잡고 언어를 놓고 눈과 눈으로 사연을 주고받았다. 용채의 눈에 이슬이 맺혔다. 용채의 눈물에 감전된 부희는 용채를 와락 껴안았다.

용채도 부희를 껴안았다. 시간이 멈췄다. 옷깃을 통해 체온이 감미롭게 흘러갔다. 상춘객들은 주위를 의식하지 않고 부둥켜안고 있는 중년의 두 동양인을 힐끗거렸다.

시간이 멈춘 포옹 끝에 부희가 용채를 풀어주며 어떻게 여기, 하며 중얼거렸다. 용채도 어떻게, 하며 깊은숨을 들이쉬었다.

두 사람은 주위의 시선을 느끼며 포옹을 풀고 벤치에 비스듬히 팔을 마주 잡고 앉았다. 부희는 용채를 쳐다보다가 눈이 부셔 시선을 출렁이는 호수로 돌렸다. 용채도 부희의 시선 따라 그의 시선을 호수로 돌렸다. 부희가 후, 한숨을 내쉬며 어떻게 여기 오셨어요, 하고 다시 물었다.

용채가 여기 오게 된 경위를 더듬거렸다. 부희는 용채가 홀로 됐다는 말에 그녀 사이에 가로막고 있던 장벽이 하나가 없어진 것 같은 희망을 보며 아, 그러셨어요, 했다.

용채가 부희에게 어떻게 왔는지 물었다. 부희가 그의 여행 사연을 말했다.

"아이는?"

부희가 물었다.

"없어요. 부희 씨 애들은?"

용채가 건조하게 말했다.

"아들은 중3, 딸은 초등학교 6학년."

"많이 컸네요."

물꼬를 튼 두 사람은 손을 꼭 잡은 채 알프스를 올려보다가 출렁이는 호수를 건너보다가 하며 도란도란 그동안 살아온 이야기를 나눴다.

시간은 사정없이 흘러갔다.

"어, 벌써 한 시 반이네."

부희가 손목시계를 보며 말했다.

"벌써 그렇게 되었어요? 저 기차 정거장에서 짐 찾아 비행장에 갈 시간이네요."

"저도 세미나 발표 시간이 다 되어 가네요."

부희가 자리에서 일어서며 말했다.

두 사람은 쫓기듯 작별했다.

유엔 빌딩으로 가며 부희는 용채에게 비행시간을 내일로 바꾸라고 하지 못한 자신의 주변머리 없음에 벌컥 화가 났다. 그는 되돌아서서 용채를 찾았으나 그녀는 보이지 않았다. 그는 바로 비행장으로 달려가고 싶었으나 2시 발표 일정이 그를 잡았다.

용채는 그녀를 잡지 않은 공돌이, 부희의 융통성 없음을 안타까워하며 택시를 타고 기차 정거장으로 갔다.

2

부희는 강의를 끝내고 동료 교수들과 한 시간쯤 테니스를 치고, 샤워를 하고 집으로 갔다. 우편함에서 우편물을 수거하고 현관에 들어섰다. 아내가 저녁을 준비하고 있다.

우편물에 봄호 우주문학이 있다. 그는 포장을 뜯고 잡지를 펼쳤다. 지난해 연말 사화집 출판기념과 시낭송회 화보가 실려있다. 부희는 학교 행사가 겹쳐 참석하지 못했었다.

단체 사진에 용채의 모습이 보였다. 순간 부희는 감전된 듯 얼굴에 열기가 확 올랐다. 그는 그런 감정을 부엌에서 저녁을 짓는 아내에게 들킬지 두려워서 얼른 책을 덮었다.

아내는 생대구탕을 끓이고, 매실주를 반주로 저녁상에 올렸다. 반주에 가볍게 취기가 오른 부희는 용채가 너무 보고 싶었다. 매실주에 취해가는 부희는 아들과 딸이 조잘거리는 소리를 들으며 그의 마음이 용채를 향하는 것이 죄스러웠다.

그는 죄스러운 마음을 숨기려고 주말 등산 계획을 떠벌렸다.

"이번 주말 대청봉 오를 거다."

그는 건강을 지키기 위해 주중에 테니스를 치고, 주말에 대학 산악회를 따라 등산을 간다. 가까운 산을 갈 때는 당일치기로, 먼 곳 산을 오를 때는 1박 2일로 간다.

"당신 대청봉 올랐었잖아."

아내가 그의 말을 받는다.

"그때는 신흥사 쪽에서 오른 거고 이번에는 오색 약수터 쪽에서 오를 거야."

"뭐가 달라요?"

"경관도 다르고 거리도 다르지."

부희는 신흥사 쪽에서 대청봉에 오를 때 힘들었던 이야기를 하며 빨리 오색 약수터에서 대청봉까지 오르는 케이블카가 건설됐으면 했다. 외국의 높은 산에는 거의 케이블카가 있는데 우리나라만 환경 운동하는 놈들이 떠들어 건설하지 못한다고 투덜댔다.

레만 호수에서 극적인 만남 후 귀국하여 부희도 용채도 서로 전화하지 않았다.

저녁을 마친 부희는 소파에 앉아 우주문학을 일별했다. 용채의 시, 앨범이 실려있다.

앨범/ 해진 기억을 꿰매는 데는/ 사진만 한 게 없지/ 끊어진 이야기를 잇고/ 달아난 이들을 한 자리에 모으면/ 더는 안달하고 시간을 쫓을 필요가 없다네/ 낡은 앨범 속에선/ 난 아직도 주인공이고/ 그들도 여전히 그곳에 있네/ 나는 누구의 사진첩에서/ 보고 싶다가는 잊혀지고/ 그립다가는 이름마저 가물거리며/ 퇴색된 배경으로 남아있을까.

부희는 용채의 시를 조용히 읊조리며 그녀를 떠올렸다. 그리움이 새록새록 피어났다.

우주문학 광고란에 그녀가 시집, '마음로1번길에 시가 산다'를 출간한 소식이 실려있다.

그는 바로 yes24시를 열고 시집을 주문한다.

이틀 후 시집이 배송되었다. 부희는 시집을 죽 읽는다.

그녀의 시는 인간과 자연이 공존하며 이해와 갈등의 벽을 허물며 절절한 그리움을 표현하고 있다.

부희는 용채에게 전화하여 시집 출간을 축하하며 언제 상경하여 시집 출간 파티를 하자고 한다. 용채는 반가운 목소리로 기다리고 있겠다고 한다.

용채의 소개로 우주문학으로 등단한 부희는 K시문인협회 회원으로도 활동한다. 그는 용채의 시집 20권을 사서 지방 문인들에게 돌렸다.

우리나라 5대 재벌에 드는 오성물산의 회장이 고향 K시문인협회에 오성문학상 수상자를 선정하고 시상하도록 위임했다. 수상자 공모가 나갔다. 부희는 용채의 시집을 공모에 응모했다.

부희는 평소 테니스를 자주 같이 치며 친분이 있는 심사위원장에게 용채의 시를 수상자로 선정해 주도록 부탁한다. 심사가 끝난 후, 심사위원장이 부희에게 정용채가 수상자로 선정되었다고 본인에게 통고가 가기 전에 미리 알려준다.

부희는 자신이 상을 탄 것 같이 흥분되어 가슴이 뛴다. 그는 바로 용채에게 전화했다.

"축하합니다. 오성문학상 수상을."

"오성문학상, 저 신청한 적 없는데요."

"제가 신청했어요. 축하해요."

"부희 씨가 신청하셨다고? 감사해요."

"시상은 5월 14일 18시 이곳 저의 대학 소강당에서 해요. 오시는 날 교통편을 알려주시면 제가 모시러 갈게요."
"택시 타고 가도 되는데."
"누가 오신다고, 당연히 모셔야지요."
통화하는 두 사람의 목소리에 윤기가 흐른다.

　오성문학상 시상식 날 오후 5시, 용채가 고속버스를 타고 내려왔다. 부희는 버스 정류장에서 그녀를 가슴 설레며 기다리다가 픽업하여 시상식 장소로 모신다. 그녀는 쥐청색 투피스를 입고 왔다. 그녀의 아름다움에 부희는 눈이 부시다.
　부희는 용채를 안내하여 소강당으로 갔다. 주최 측에서 가슴에 꽃을 달아줬다. 부희는 용채를 문협 지회장, 심사위원장 등에게 소개했다.
　오후 6시 정각에 시상식이 시작됐다. K시 문협 지회장의 개회 인사, 심사위원장의 심사평에 이어 문협 지회장이 산문부문, 운문부문 시상에 이어 대상 순서로 시상했다. 시상을 마친 후, 수상소감을 들었다.
　대상을 받은 용채는 대상자로 그녀를 선정한 심사위원님들에게 감사를 표하고, 이 상은 더욱 분발하라는 채찍으로 알고 더 열심히 창작에 노력하겠다고 간단히 수상소감을 밝혔다. 조명을 받은 용채가 수상소감을 말할 때 부희는 용채의 완숙한 아름다움에 가슴이 저렸다.
　수상식에 이어 만찬이 이어졌다. 부희는 그가 수상한 것같이 기분이 들떠 연속 술잔을 비웠다.
　만찬이 끝나자, 용채는 9시 차표를 샀다며 상경하겠다고 했다. 술에 취한 부희는 운전할 수가 없어 택시를 불러 동승하고 버스 터미널에 가서 그녀를 떠나보내며 아쉬운 마음에 속으로 꺼이꺼이 울었다.
　다음날, 부희는 수상 파티를 해 주러 상경하겠다고 전화했다. 용채가 좋다고 했다.

3

산악회에서 강화도 마니산 1박 2일 산행 일정이 나왔다.

부희는 가족에게 마니산에 1박 2일 다녀온다고 말하고 차를 몰고 학교로 갔다. 등산 가방과 스틱은 자동차 트렁크에 넣고 차를 학교에 주차하고 택시를 타고 버스 터미널로 갔다. 승차권을 사고 바로 용채에게 11시에 서울 고속터미널에 도착할 거라는 문자를 보냈다. 바로 용채로부터 알았다는 답신이 왔다.

부희는 첫사랑 연인을 만나러 가며 가슴이 설레었다. 고속도로변 모든 경치가 다 아름답게 보였다.

부희가 버스에서 내리자 용채가 손을 흔들며 다가왔다. 그녀의 환한 웃음이 부희의 가슴에 화사한 꽃바람으로 불어왔다.

용채는 부희의 등산복 차림에 눈을 크게 떴다. 부희는 더듬거리며 경위를 설명했다.

"아, 그럼 우리 강화도에 가서 점심 먹어요."

바로 용채가 활짝 웃으며 말했다.

"강화도까지?"

"한 시간 반이면 가요. 전등사에서 사진도 찍고 알리바이를 남겨야지요."

"뭐 그렇게까지."

"저도 강화도 가본 지 오래됐어요. 꽃게 철이니 꽃게탕 먹어요."

용채가 앞서서 주차장으로 가며 종알거렸다.

용채가 강화도 맛집을 찾고 그 주소를 내비게이션에 찍고 차를 출발시켰다. 몇 분 후 차가 올림픽 대로에 들어섰다. 여의도까지는 차가 밀렸으나 그 다음부터 도로가 확 뚫려 신나게 달릴 수 있었다. 신혼여행 가는 것 같은 기분으로 들뜬 두 사람은 차가 밀리든 막히든 전혀 신경 쓰이지 않았다.

두 사람은 바다가 보이는 식당 2층 창가에 앉아 조잘거리며 점심을 즐졌다.
　식사 후 전등사에 들러 용채는 부희를 전등사 현판이 보이는 장소에 세우고 부희 핸드폰으로 사진을 찍어줬다. 그들은 고려 궁터도 들르고 광성보도 들르며 좋은 날씨에 사랑하는 사람이 함께하는 즐거움을 나눴다.
　서울로 돌아오는 길에 용채가 저녁은 하얏트호텔 근처에 있는 중국집, 희래등에서 하자고 했다. 부희가 좋다고 하자 용채가 바로 예약했다.
　용채가 그럼 숙소를 하얏트호텔로 잡을까, 하자 용채가 우리 아파트가 그 근처에 있으니 우리 집에 가서 주무시면 된다고 했다. 부희가 그래도, 하자 용채가 부희의 팔을 툭 치며 무슨 말씀, 하며 숙박비나 내라며 씩 웃었다.
　두 사람은 희래등 독방에 마주 앉아 용채가 단품 두어 개만 주문하자고 하자 부희가 수상 축하 파티라고 코스 요리를 시켰다.
　두 사람은 은은한 불빛 속에 정통 중국 요리의 맛을 즐기며 눈과 눈으로 사랑을 전하며 오붓한 시간을 즐겼다.
　용채의 아파트는 혼자 살기에는 넓었다. 두 사람은 거실에 앉아 한강을 내려다보며 포도주를 즐기며 밤이 깊도록 가벼운 스킨십을 하며 꿈같은 시간을 보냈다. 밤이 깊어지자 두 사람은 서로 허리를 껴안고 안방으로 들어갔다.
　다음 날 아침 늦잠을 잔 두 사람은 가볍게 아침을 먹고 용채는 부희가 산악회에서 마니산 등반을 마치고 돌아올 시간에 맞춰 집에 들어갈 수 있도록 버스 정류장에 태워다 줬다.
　두 사람은 다음을 기약하며 아쉽게 헤어졌다.
　부희는 산악회에서 1박 2일 산행을 갈 때마다 용채를 만나러 갔다. 두 사람은 만날 때마다 새록새록 사랑이 커갔다.
　용채는 부희의 연락을 받으면 둘만의 풍선을 타는 시간을 즐기려고 서울 근교 젊은 연인들이 자주 찾는 카페를 찾아 놓고 부희와 함께 가서 음식, 분위기, 경관을 즐겼다.

　탈북녀 용채와 실향민 손자 부희가 극적으로 만났던 임진각 망향단을 찾고 제3 땅굴을 답사하며 북한 김 부자 3대 정권의 끈질긴 남침 의욕에 분노하며, 용채는 북에 계신 부모를 걱정했다.

　그렇게 세월이 흘러 봄이 가고 여름이 가고 가을이 왔다. 그들은 서울 근교 명소를 순방하며 사랑놀이를 이어갔다.

　부희는 용채와 사랑의 행각을 이어가며 문득 성실한 아내와 이제 사춘기에 접어드는 아이들에게 양심의 가책을 느꼈다. 산행을 하지 않고 잠적하는 그의 행각이 알려지면 가족이 받을 충격에 두려웠다.

　용채는 부희와 주말을 즐기고 아쉽게 보내주며 자신이 부희에게 어떤 존재인가, 회의가 들기 시작했다.

　용채는 티브이 이만갑, '이제 만나러 갑니다' 프로에 출연했다. 그때 함께 출연했던 통일연구원 책임연구원 성일준 박사가 용채에게 접근하며 구애한다.

　성 박사는 미국 아이비리그 대학에서 박사를 한 40대 초반의 독신이다. 부희만 없었으며 용채는 그 연구원의 구애에 마음이 흔들렸을 거다.

　세계건축학회 가을 총회가 브라질 리우데자네이루에서 열린다. 회장은 대한건축학회 회장에게 개막 세션에서 기조연설을 요청했다. 부존자원이 없는 나라에서 어떻게 중동 건설 붐에 부응하며 외화를 획득하여 세계 10대 경제 대국이 되는 데 뒷받침할 수 있었는지 그 비결을 발표하라는 제의다. 왕복 비즈니스 항공권과 숙박비를 부담한다고 했다.

　회장은 최부희 건축학회 총무 이사에게 총회 기간에 자기는 집안에 일이 있어 아쉽게 참석할 수 없다며 최 이사가 대신 발표해 주라고 부탁했다. 부희는 바로 수락했다.

　부희는 남미에 용채랑 같이 가고 싶었다. 그는 용채에게 동행을 부탁했다. 용채는 학원을 며칠 쉬고 가겠다고 했다.

부희는 그의 출장비를 세계건축학회에서 부담하는 것을 숨기고 학교에서 출장비를 타냈다. 그는 그 돈으로 용채의 항공권을 샀다.

두 사람은 인천공항에서 만나 나란히 좌석을 잡고 늦은 신혼여행을 떠났다. 그들은 미국 LA공항에서 비행기를 바꿔 타고 브라질로 날았다. 거의 하루를 비행하여 여독으로 몸은 녹초가 되었으나 사랑하는 두 연인은 피로도 모르고 붕 떠서 하늘을 날았다.

총회 전야제, 리셉션에 부희는 혼자 참석하며 한국에서 온 다른 참석자에게 용채의 존재를 숨겼다.

개막 세션에서 기조 발표를 마치자 개발도상국 참가자들의 질의가 이어졌다. 오전 개회 세션에 이어 이어진 공식 오찬에 부희는 혼자 참석했다. 부희는 공식 행사에 참석하느라 용채 혼자 낮을 보내게 한 것이 미안하여 저녁은 같이하기로 했다.

묵는 호텔에서 식사하다가 한국에서 온 참석자에게 여자와 같이 온 것을 들킬 것 같아 5블록 떨어진 식당을 찾아갔다. 종업원이 메뉴를 내밀었다. 포르투갈어를 모르는 두 사람은 메뉴를 읽을 수가 없었다.

부희는 메뉴 중 가장 비싼 음식을 주문했다. 손짓 발짓하며 겨우 맥주를 주문했다. 맥주가 나오고 작은 접시에 담긴 음식이 나왔다. 30종도 넘는 음식이 소꿉장난할 때 쓰는 접시같이 작은 접시에 담겨 식탁에 죽 진설되었다.

두 사람은 어이가 없어 웃음을 터트렸다. 포크로 음식을 찍어 먹었다. 입맛에는 맞지 않았다. 음식 종류는 다양한데 무슨 음식인지도 모르는 음식이 식성에 맞지 않는다. 두 사람은 몇 가지 음식만 끄적거리며 먹고 비싼 음식값을 지불하고 식당을 나섰다.

두 사람은 호텔로 돌아가며 어이없는 주문 실수를 떠올리며 폭소를 터트렸다. 호텔 방에 돌아와서 방에 비치된 위스키병을 따고 위스키 온더락을 만들어 마시며 내일 일정을 상의했다.

"이 먼 브라질까지 다시 오기 어려울 거니 세미나는 땡 치고 내일부터 관광합시다."

부희가 위스키를 한 모금 마시며 말했다.

"그래도?"

용채가 부희의 눈치를 보며 망설였다.

"발표 자료집은 비행기 속에서 보면 되고, 내일 오전에 세계 7대 불가사의라고 하는 예수상을 보고, 오후에 케이블카를 타고 슈가로프 산을 오릅시다. 저녁에는 세계에서 가장 아름다운 비치로 알려진 코바카바나 해변에 가서 칵테일을 즐기고, 이곳 명물인 슈하스코를 즐깁시다."

부희가 창밖의 야경을 내다보며 담담하게 말했다.

"슈하스코, 강남역 근처에 식당이 있어요."

"본고장에서 먹는 맛이 다르겠지요. 그리고 모레는 이구아수 폭포 구경 가고, 목요일에는 아마존강에 이어 이 나라에서 두 번째로 긴 파라나강 유람선 탑시다."

"좋아요. 금요일은?"

"그날 오전에 총회가 끝나니 잠시 얼굴을 보이고 오후에 어디 갈 것인가는 그날 정합시다. 이거 포르투갈어로 스테이크를 뭐라고 하는지 좀 전에 프런트에서 열쇠 받으며 물어서 적어 왔어요. 브라질까지 왔으니 이곳 오리진 스테이크 먹고 가야지요."

부희가 스테이크를 포르투갈어로 적은 쪽지를 용채에게 보여줬다. 그 쪽지를 보며 저녁에 잘못 주문한 음식을 떠올리며 두 사람은 손뼉을 치며 웃었다.

두 사람은 택시를 타고 예수상이 있는 코르코바루 정상에 오르고 사진을 찍고 교회에 들어가서 교회를 다니지 않는 부희는 교회 내부를 힐끗거리고 용채는 눈을 감고 두 손을 마주 잡고 기도했다.

부희는 용채가 무엇을 비는지 궁금해 하며 성당에 열심히 다니는 아내를 데려왔으면 좋아했을 텐데, 하며 순간 가족에게 미안한 생각이 들었다.

슈가로프산에 올라 리우데자네이루 시가지와 대서양을 내려다보며 가슴이 탁 트이는 기분이었다.

강을 가로질러 설치해 놓은 전망대에서 이구아수 폭포를 올려다보며 용채는 말을 잊었다. 제주도 삼방 폭포와 천지연 폭포밖에 보지 못했던 용채에게 이구아수 폭포는 상상을 초월한 장관이었다. 부희가 나이아가라 폭포는 상대가 되지 않는다고 귀띔해 줬다.

홍수가 범람한 파라나강 주변의 원주민 가옥들의 피해 현장이 가슴 아팠지만, 경관은 그만이었다. 두 사람은 아마존강을 구경하지 못한 아쉬움을 파라나강 유람하는 것으로 퉁 쳤다.

두 사람은 긴 비행기 여행에 약간 지쳐서 인천공항에 도착했다.

두 사람은 각자의 집으로 가기 편한 교통편을 선택했다. 부희는 공항 철도를 타고 서울역으로 갔고, 용채는 하얏트호텔 방향으로 가는 공항버스를 탔다.

용채는 지친 몸을 안락한 버스 의자에 눕히며 부희와 보냈던 며칠간의 꿈같은 여행을 떠올렸다. 이구아수 폭포의 장관, 예수상 아래 교회에서 묵념하며 기도했을 때 경건함, 코비카바나 해변에서의 밤….

그런데 귀국하고 바로 두 사람은 각자 갈 길로 헤어져 간다.

용채는 문득 이번 여행이 이별 여행 같은 기분이 들었다. 그녀는 석양빛에 반짝이는 한강을 내다보며 생각이 많았다.

용채는 나는 부희에게 어떤 존재인가? 하며 푸 한숨을 내쉬었다.

애인? 애첩? 아니, 애첩은 아니다. 첩은 그래도 남자의 그늘에 묻혀 산다. 우리는 서로 사랑한다는 핑계로 불륜을 저지르는 파트너?

생각이 거기에 미치자 용채는 가슴이 쿵, 하고 내려앉았다.

이제 곧 내 나이 40이 되어 가는데 부평초처럼 떠돌며 사랑한다는 핑계로 남의 남편을 꼬여내어 남의 가정이나 파괴하는 악녀?

용채는 가슴이 콱 막혀 두 손으로 가슴을 꼭 껴안았다.

부희는 공항철도의 털거덕거리는 소리를 들으며 남미에서 보냈던 용채와의 아름다운 추억을 되새기며 가슴이 짠했다. 귀국하자마자 헤어져서 각자 집으로 가야 하는 처지가 아쉬웠다.

그는 문득 뭔 남미까지 가서 가족에게 선물 하나도 사 오지 않은 것이 미안했다. 그는 용채 앞에서 부인 준다며 선물을 살 수는 없었다. 용채와 감질나는 이 관계를 언제까지 이어가야 하나, 그러나 용채를 놓기에는 그녀가 너무 소중하다.

순간 집에서 용채의 존재를 알았을 때 불어닥칠 파동이 그는 두려웠다. 이제 사춘기에 들어서는 아들과 딸이 아버지의 외도를 어떻게 받아들일까? 아내는? 1박 2일 산행할 때마다 없어지는 최 교수의 행적을 산악회 회원이 아내에게 고자질하면…….

부희는 허어, 하며 숨을 내쉬었다.

그는 서울역 락커에 여행 가방을 보관하고 남대문시장에 갔다. 그는 성당에 열심히 다니는 아내에게 줄 실물을 1/100로 축소한 브라질 예수상을 사고, 딸을 위해 삼바 축제에서 춤을 추는 무희 인형을 샀다. 아들에게는 코비카바나 해변 로고가 새겨진 티셔츠를 샀다.

4

용채는 월요일 오전 통일연구원 성일준 박사로부터 문자를 받았다. 부모님 소식을 알았습니다. 토요일 12시 용채 씨 집에서 가까운 이태원 해밀턴호텔 로비에서 봬요. 그곳에서 만나서 식당을 정하고 점심 하면서 소식 알려드릴게요.

용채는 성 박사의 메시지를 받고 가슴이 쿵 하고 떨어졌다. 그녀의 부모가 잘못된 것은 아닌지 정신이 아득했다. 그녀는 한참을 그녀가 탈북하여 부모가 받을 고통을 생각하며, 내 자유 찾자고 몹쓸 짓 한 거 같아 가슴이 아팠다.

부희는 월요일 오후, 산악회에서 이번 주말 산행 일정을 받았다. 토요일 오전 8시 승용차로 학교를 떠나 부산에 가서 페리호를 타고 제주도로 간다.

비자림을 둘러보고 일박하고, 다음날 7시 한라산 산행을 시작한다. 산행을 마치고 점심을 먹고 페리호로 귀환한다. 승용차를 사전 수배하기 위해 수요일 오전까지 산행 여부를 알려주라.

부희는 산행 일정을 받고 서울 가서 용채와 귀국 뒤풀이를 할 생각에 가슴이 뛰었다. 그는 바로 용채에게 전화했다. 용채는 다른 일정이 있어 만나기 어렵다고 답했다.

순간 부희는 내가 남미까지 데리고 갔었는데 못 만나, 하며 울컥 화가 났다. 그는 심호흡하며 그녀 나름의 일정이 있어 못 만날 수도 있는데 옹졸하게, 하며 자신을 나무랐다.

부희는 토요일 시간에 맞춰 등산 차림을 하고 학교에 갔다. 승용차 여섯 대가 떠난다. 부희는 산악회장이 운전하는 승용차에 배정됐다. 그는 승용차 운전석 옆자리에 앉았다. 산악회장이 최부희 교수를 반겼다.

"최 교수님 지난 반년 동안 1박 2일 산행마다 참가하지 않아 저희 회원들이 아쉬워했었는데 이번 한라산 산행에 동참하시어 반갑습니다."

"어 그게 그때마다 일이 있어서."

부희가 얼버무리며 혹시 가족에게 그의 일탈이 알려지지 않았나, 걱정됐다.

"남미는 잘 다녀오셨어요?"

"어떻게 그것을…."

"최 교수님은 우리 학교 자랑인데요."

부희는 허허 웃으며 이거 술값으로 보태요, 하며 10만 원이 든 봉투를 건넸다. 산악회장이 고맙다며 봉투를 받았다.

5명이 가득 탄 승용차 안에서 회원들은 남미 여행 이야기를 물었다. 부희는 주섬주섬 여행 중 본 남미 장관을 떠벌였다.

페리호를 타고 제주도로 가며 부희는 용채와 파라나강에서 유람선 타던 추억이 떠올라, 용채가 무슨 일이 있어 못 만난다고 했을까, 혹시 여독으로 아픈 것은 아닌지 걱정이 되었다.

용채는 시간에 맞춰 해밀턴호텔에 나갔다. 콤비를 입은 훤칠한 키의 성 박사가 손을 흔들며 용채를 맞이했다. 악수를 나누고 두 사람은 호텔 근처 이탈리아 식당으로 자리를 옮겼다.

성 박사가 리조토와 스파게티를 주문했다. 맥주도 주문했다.

용채는 성 박사를 건너다보며 참 착하고 단정하게 생겼다고 느꼈다.

맥주가 먼저 나왔다. 두 사람은 건배하고 맥주로 목을 축였다.

"휴민트를 통해 정 여사님 가족 현황을 알 수 있었어요."

성 박사가 용채를 빤히 쳐다보며 말했다.

용채는 눈을 반짝이며 성 박사의 입을 쳐다봤다.

"아버님은 용채 씨 탈북 후 3계급 강등되어 묘향산 별장 관리 책임자로 계시고, 어머니는 평양 민족식당에서 외국 관광객 접대하고 계세요."

성 박사가 담담하게 말했다.

용채는 감정을 이기지 못하고 눈물을 참으며 심호흡했다.

"감사해요. 어떻게 아셨어요?"

용채는 어머니가 식당 종업원으로 일한다는 말에 쿵, 하고 떨어지는 감정을 추스르며 고마운 마음을 담아 말했다.

"그거 원장님에게 제가 탈북녀와 결혼할 건데, 부모님 소식 궁금해 하는데 알 수 있는 방법이 없는지 떼를 썼지요. 용채 씨 허락도 안 받고 결혼할 사이라고 말해 미안해요."

"감사합니다."

용채는 팔을 뻗어 성 박사의 손을 잡으며 말했다.

"아버님이 인민무력부 고위 장성을 하셔서 찾을 수가 있었어요."

성 박사가 담담하게 말했다.

두 사람은 북한 이야기도 하고 세상 사는 이야기도 하며 두 시간 넘게 점심을 즐겼다. 헤어지며 성 박사가 다음 주에 뮤지컬 팬텀 오브 오페라를 같이 구경하자고 했다. 용채는 거절할 수 없어 좋다고 했다.

부희는 한라산 백록담 화산 분화구를 내려다보며 생각이 많았다.

지구도 사랑의 열병을 앓나? 사랑의 열병을 견디지 못하고 들끓으며 용암을 분출하는가! 용암은 비바람, 세월에 식어 바위가 된다. 용채와 나의 사랑은 비바람에 식어 바위가 되지는 않겠지.

프랑스 파리에서 용암으로 분출되며 열기를 품다가 헤어지고, 임진각에서 조우했을 때는 열기가 접근이 어려울 만큼 뜨거웠고, 제네바 레망 호수에서 만났을 때는 주위에 온기가 느껴질 만큼이었나? 리우데자네이루 갈 때는 손으로 만지기는 아직 뜨거운 열기가 남았었지. 지금은 이제 사랑의 열기가 식어 용채가 내가 만나자는 제의를 거절하나? 설마 백록담 용암같이 바위로 변한 것은 아니겠지?

용채는 주말 서울서 만나자고 했는데 선약 있다고 시간 낼 수가 없다고 했다. 펄펄 끓는 용암으로 시작한 우리 사랑이 세월과 비바람에 점점 식어가나?

부희는 하늘 높이 흘러가는 흰 구름을 올려다보며 영원한 것은 없지, 우리 사랑도, 하며 마음이 푹 꺼졌다. 그는 가족과 용채를 흰 구름 위에 띄우며 가족과 용채를 다 가질 수는 없나, 하며 푸 한숨을 내쉬었다.

용채는 성 박사와 오페라를 보러 예술의 전당에 갔다. 그녀는 부희와 오페라, 투란 토트를 보러 왔을 때를 떠올리며 식당으로 갔다. 그때와 같이 분수가 춤을 췄다.

용채는 성 박사의 앞에 앉았다. 성 박사가 음식과 음료를 주문했다.

용채는 바람에 휘날리는 분수를 건너다보며 생각이 많았다.

부희와 파리에서 처음 만났을 때는 20대의 풋풋한 처녀였다. 부모에게 못할 일을 하고 탈북하고, 하나원 직원의 끈질긴 구애에 못 이겨 결혼하고, 프랑스 학원에서 강사를 하며 평탄하게 살았다. 어느 추석, 임진각 망향의 비를 찾았다가 부희를 극적으로 만났다. 그리고 파리에서 못 이룬 사랑을 속초에서 꽃망울을 터트리고 헤어져서 가정으로 돌아갔다.

40대 나이에 접어들며 남편을 잃고 미망인이 되었다. 시집을 낸 것이 계기가 되어 부희가 문학상을 타게 해 줬고, 재회의 기쁨에 살 떨리는 밀회를 즐기며 멀리 남미까지 사랑의 도피행각을 이어갔다. 듣기 좋은 말로 사랑, 하지만 부희와의 관계는 불륜이다.

지금 그녀는 그녀에게 열정적으로 접근하는 성 박사와 오페라를 보러 공연 시간을 기다리고 있다. 40대 미망인이 바람에 흩날리는 분수를 보며 갈대같이 흔들리는 마음을 붙잡지 못하고 흔들거린다.

용채는 오페라를 관람하며 남자 주인공이 메모리를 열창할 때 성 박사가 그녀의 손을 잡자 뿌리치지 못한다.

5

용채는 갈등한다.

금요일 저녁, 부희는 용채에게 내일 12시 제자 결혼식 주례를 선다며 주례 끝나고 같이 점심을 먹자고 했다.

용채는 성 박사와 토요일에 저무는 가을을 즐기러 남이섬에 가기로 선약했다. 용채는 성 박사와 약속을 깨고 부희와 데이트할까 망설였다. 용채는 갈등하다가 선약을 지키기로 했다.

부희는 용채가 선약이 있어 만날 수 없다는 메시지를 받고 배신당한 느낌이었다. 부희는 버스를 타고 가을 길을 달리며, 주례석에 서서 결혼식을 주관하며, 용채의 변심에 괴로웠다.

용채는 성 박사의 차를 타고 남이섬 선착장에 가서 배를 타고 남이섬으로 들어갔다. 울긋불긋 등산복 차림을 한 상추객들의 들뜬 목소리가 여기저기서 들렸다. 두 사람은 점심으로 닭갈비와 막국수를 먹었다. 막걸리도 한잔했다.

"평양에 계신 어머님께 용채 씨 안부 전했어요. 미망인으로 혼자 산다고 하면 실망하실 것 같아 미국서 박사하고 온 연구원과 결혼하여 잘 살고 있다고 했어요."

"네? 성 박사와 결혼했다고요?"

"제 성도 연구소도 안 밝혔어요. 그냥 미국서 박사하고 온 사람이라고만 했어요. 용채 씨는 프랑스 학원에서 프랑스어를 가르치고 있다고도 했고요."

용채는 그의 부모를 생각해서 결혼했다고 한 성 박사를 비난할 수가 없었다.

"어려우실 텐데 부모님께 안부 전해 주셔서 감사해요."

용채가 얼굴을 붉히며 말했다.

점심을 마친 두 사람은 강변 산책로를 걷다가 벤치에 앉아 흐르는 한강과 앞산의 화려한 채색의 가을을 건너다봤다.

문득 물새 한 마리가 허공에서 내려꽂히듯 내려오더니 물속에 부리를 스치고 다시 비상했다. 물새가 물고기를 낚아챘는지는 보이지 않았다.

용채는 그 광경을 보며 물새가 물고기를 낚아챘다면 평화롭게 물속을 헤엄치던 물고기는 날벼락을 맞은 거네, 하며 푸 한숨을 내쉬며 주례를 마치고 혼자 쓸쓸하게 버스를 타고 내려가는 부희가 떠올랐다.

부희와 만났으면 아파트에서 습관처럼 사랑을 나누었겠지. 그리고 부희는 떠나고….

부희는 가족을 버릴 생각이 전혀 없다. 그리고 나를 그의 곁에 장식품, 애인으로 두려고 한다. 언제까지 내가 그의 장식품으로 남아있어야 하나, 사랑? 애욕이 아닌가? 평양에 계신 어머님은 내가 성 박사 부인으로 알고 있다. 진짜 성 박사의 부인이 되어 가족을 가지면….

용채는 흐르는 물을 건너다보며 생각에 잠긴다.

"무엇을 그렇게 생각하세요. 우리 가서 커피 한잔하고 집에 가요."

성 박사의 말소리에 용채는 번뜩 정신이 들어 네, 하고 자리에서 일어섰다.

부희는 용채를 만나지 못하고 하향하며 추수가 한창인 들판을 내다보며 만남을 거부하는 용채와 앞으로 관계를 어떻게 정립할 것인가 생각이 많았다.

6

부희는 산바람을 헤치며 차를 정선 하이원 리조트로 몰았다. 그는 대한건축학회에서 개최하는 추계 학술 세미나에 참석하러 가고 있다. 그는 개막 세션에서 '신라 건축의 미'를 주제로 특강한다.

10시에 개막하는 개막식에 건축협회 회장의 개회사에 이어 국토관리부 기획관리실장과 정선군수의 축사가 이어지고, 최부희 교수의 특강과 통일연구원 성일준 박사의 '김일성 일가를 위한 북한 건축물' 특강이 있다. 특강이 끝나면 오찬으로 이어진다.

주제 발표자인 최부희 교수와 성 박사는 헤드테이블에 나란히 자리했다. 두 사람은 명함을 교환하고 최 교수는 북한에 김일성 일가를 위한 건물이 그렇게 여럿 있는 거 처음 알았다고 성 박사의 발표를 코멘트했고, 성 박사는 건축물에 황금비와 금강비에 대하여 잘 들었다며 최 교수의 강의를 칭찬해 줬다. 처음 만난 두 사람은 상대방에 대해 호감을 느꼈다.

부희가 오후 세미나 후 만찬을 마치고 숙소에 들어서니 8시 반이다. 아직 잠자리에 들기에는 좀 이르다. 부희는 카지노 구경이나 할까, 하며 가볍게 차려입고 방을 나섰다. 카지노 입구에서 신분증을 요구하며 입장료를 내라고 했다. 부희는 노름방에 들어가는데 무슨 신분증을 보여주고 입장료를 내라고 해, 하며 발길을 돌렸다.

그는 라스베이거스와 모나코 카지노를 구경한 적이 있다. 입장료도 없고 신분증도 요구하지 않았다. 그는 칵테일이나 한잔할까, 하며 스카이라운지로 발길을 돌렸다.

그는 창가에 앉아 리조트의 야경을 내려다보며 얼음에 희석된 위스키를 찔끔찔끔 마셨다. 그때 콤비 차림의 성 박사가 들어섰다. 부희가 손을 흔들자 그가 칵테일을 주문하고 부희에게 양해를 구하며 그의 앞자리에 앉았다.

"여기 앉아도 되지요?"

"네 좋아요. 앉으세요. 오후 세미나 들으셨어요?"

"저야 건축 전공 아니라 애오라지 등 정선 관광지 구경했어요."

그때 종업원이 칵테일을 날라왔다. 두 사람은 잔을 들어 건배했다.

"혹시 최 교수님 시를 쓰세요?"

"어떻게 아셨어요?"

"우주문학지에서 최부희 시를 몇 번 읽은 기억이 있어서요. 공학박사가 시를 쓰실 것 같지 않고 동명이인인가 하여…."

"우주문학을 보세요? 저 우주문학을 통하여 등단했어요."

"그러셨구나. 우주문학에 제 친구가 있어 우주문학지를 구독하게 됐어요."

"어느 분?"

"정용채 시인입니다. 탈북녀지요. 티브이 프로 이만갑에 출연했다가 만나게 되었어요."

"아, 그러셨구나. 정 시인의 시가 참 좋아요."

"얼마 전 내신 시집, 마음로일번길에 시가 있다로 오성문학상을 받았다고 하여 축하해 줬지요."

부희는 이곳에서 용채를 아는 남자를 만나다니, 하며 눈을 들어 남자를 건너다봤다. 용모가 준수하고 눈이 선량하다. 부희는 혹시 이 친구 만나려고 용채가 나랑 만남을 거절하나, 하며 가볍게 질투가 일었다.

두 잔째 칵테일을 비우며 두 사람은 서로 신상에 대하여 알아갔다. 부희는 성 박사가 40대 초반 독신남인 걸 알게 됐다.

석 잔째 칵테일을 마신 성 박사는 가볍게 취했다.

"어떻게 아직 혼자세요?"

부희가 칵테일을 찔끔 마시며 물었다.

"학위 하느라 혼기를 놓쳤어요. 귀국 후 결혼하라는 부모님 독촉을 받았으나 마음에 차는 여자가 나타나지 않았어요."

"그러셨구나. 그래도 가정을 가지는 것이⋯."

"얼마 전 마음에 꼭 드는 여자를 만났는데 저만 애태우지 상대방이 영 다가오지 않아요."

"그러셨구나. 혹 이만갑에서 만난 탈북녀?"

"어떻게 아셨어요?"

"그냥 감으로 느꼈어요."

"시인이시라 감이 좋으시네요."

가볍게 술에 취한 성 박사는 탈북녀가 마음을 열지 않는다고 호소했다. 성 박사의 넋두리를 들으며 부희는 질투심도 나고 기분이 묘했다.

부희는 11시 반쯤 가볍게 술에 취해 방에 돌아왔다. 그는 가볍게 세수하고 침대에 누웠다. 창문을 통해 환하게 떠 있는 반달이 보였다. 그는 용채가 그리웠다. 그는 미치도록 용채의 몸이 그리웠다. 벌써 한 달째 용채를 만나지 못했다.

그가 만나자고 연락하면 용채는 할 일이 있다며 만남을 거절했다. 부희는 문득 용채가 성 박사와 만나느라 그와 만남을 거절하는 것 같은 생각이 들었다.

그는 기울어가는 반달을 올려다보며 우리 사랑도 기울어가나? 하며 푹 한숨을 내쉬었다. 파리에서 초승달로 시작한 우리 사랑이 속초에서 첫 밤을 같이 보냈을 때 만월이 되었다. 그리고 기울기 시작하여 반달만큼 기울어지고 있다. 세월이 가면 그믐달로 쇠락해지고 어둠이 찾아올 거다. 부희는 가정을 깨고 용채와 합칠 생각이 없다. 그러나 그녀를 그의 곁에 두고 싶다.

이기심! 부희는 반달을 올려다보며 사랑이라는 미명으로 용채를 붙잡아 두는 것은 애욕이 엉킨 집착 같았다. 조금 전까지 같이 술을 마신 성 박사는 괜찮은 남자다.

용채가 자기 때문에 그의 사랑을 받아들이지 않는 것 같다. 용채를 풀어주자. 우리 사랑이, 우리 사랑의 추억이 반달만큼 남았을 때, 그믐달이 되기 전에 그녀를 놔주자.

용채는 부희로부터 한 달이 넘도록 만나자는 연락이 없어 초조했다. 그렇다고 용채가 먼저 부희에게 만나자고 하기도 그랬다.

성 박사가 통일 후의 독일 현황을 파악하러 1년간 독일에 연수를 간다며 용채에게 같이 가자고 했다, 용채는 부희와 부평초 같은 사랑에 매달릴 것인가 성 박사의 청혼을 받아들일 것인가 흔들거렸다.

08
기막힌 조우

1

방수혁은 55세에 명예퇴직 당했다. 그가 퇴직한 두 달 후, 아내가 동창들과 동남아 여행 갔다가 버스가 굴러 집단 참사를 당하는 사고에 끼어 타계했다. 그해 그는 실업자가 되고 홀아비가 되었다.

그는 재취업하여 그동안 쌓아온 노하우를 사회에 전수해 주려 했으나, 어느 기업도 그를 채용하겠다고 하지 않았다.

그는 건강이라도 챙겨야 한다고 여기며 초등, 중·고등, 대학, 직장 퇴직자 산악회를 따라 산을 올랐다. 친구들과 등산 일정이 없는 날은 그의 아파트에서 바라다보이는 대망산을 올랐다. 대망산은 그의 집에서 전철로 세 정거장 떨어진 곳에 있는 해발 350m의 산으로 정상까지 오르내리는데 왕복 한 시간 반이 걸린다.

방수혁은 아침 9시쯤 집을 나서 전철을 타고 가서 산을 오른다. 11시쯤 집에 돌아와서 샤워하고 점심을 먹고 오후에는 집 근처에 있는 문화원의 여러 강좌에 등록하고 강의를 듣는다.

1년 넘도록 대망산을 오르다 보니 같이 산을 오르는 동년배들과 안면을 트고 그들과 어울려 그들이 보온병에 담아온 커피를 나눠 마시든지, 정상 근처의 등산로에서 좌판을 벌이고 음료수를 파는 세 여인, 모두 50대 후반 아니면 60대 초반인 여인들로부터 음료수를 사서 마신다.

 등산로 밑에서 위로 첫 번째 자리한 여인은 한잔에 2,000원 받고 막걸리를 판다. 가벼운 안주도 판다. 두 번째 자리 여인은 커피, 녹차와 홍차를 판다. 세 번째 여인은 콜라, 사이다 등 음료를 판다. 초콜릿 등 과자류도 판다.

 세 여인은 한 여인이 잠시 자리 비운 사이 옆 가게를 봐주는 등 사이가 좋다.

 방수혁은 등산하며 알게 된 친구들과 정상에서 산 아래 아파트 단지를 내려다보며 세 여인의 좌판에서 커피도 사서 마시고, 막걸리도 사서 마시고, 사이다도 사서 마시며 세상 돌아가는 이야기를 떠벌린다. 분위기가 좋으면 하산하여 아파트 단지 내 상가에서 점심도 같이한다.

 막걸리를 마시며 항상 커피를 채운 보온병을 가방에 넣고 메고 오는 50대 초반에 IT회사에서 잘린 대머리가 떠벌렸다.

 "저기 저 세 여자 3만 원이면 한 번 살 수 있어."

 "그래요?"

 방수혁이 눈을 크게 뜨며 묻는다.

 "가끔 보면 한 사람씩 자리를 비울 때가 있는데 그 때 몸 팔러 가는 거요."

 은행을 다니다가 50대 초반에 명예퇴직 당한 안다니가 아는 체했다.

 방수혁은 그들의 말을 들으며 이 산 어디에서 그 짓을 할까 궁금했다. 그렇다고 하산하여 그 짓을 하려면 너무 시간이 걸릴 거다.

 등산로에서 장사하는 아주머니들이 다 명랑하고 활달하여 그런 짓을 할 것 같지 않다.

 궁금하면 참지 못하고 뿌리를 캐야 하는 성격인 방수혁은 산을 오를 때

마다 세 여인을 보며 몸을 팔 여인들이 아닌데 공연히 나쁘게 소문이 난 것 아닌가 생각했다.

녹음이 한창 우거진 초여름 어느 날, 방수혁은 몸 판다는 소문이 정말인가, 어디서 그 짓을 하나, 확인해 보고 싶었다.

그는 커피를 사는 척하며 슬쩍 3만 원을 여인에게 건넸다. 여인이 힐끗 방수혁을 쳐다보더니, 착착 접어놓은 돗자리를 들고 따라오라고 손짓했다. 방수혁은 엉거주춤한 자세로 여인을 따라갔다.

등산로에서 벗어나 한 3분쯤 내려가니 바위 밑에 돗자리를 깔만한 평평한 공간이 나왔다, 바위가 완전히 등산로를 가렸다. 여인은 돗자리를 평평한 바위 위에 깔았다. 그녀는 주저하지 않고 바로 바지를 벗고 팬티도 벗었다. 음부가 그대로 노출됐다. 그녀는 비스듬히 누우며 올라타라는 신호를 보냈다.

벌건 대낮에 하부를 다 노출한 여인을 내려다보며 방수혁은 섹스할 기분이 전혀 나지 않았다. 그는 섹스할 생각으로 3만 원을 건넨 게 아니고 어디서 어떻게 그 짓을 하는지 알려고 한 거라 담담하게 말했다.

"됐어요. 옷 입으시지요."

방수혁은 말하며 그 자리를 피해 산에서 내려갔다.

다음날 방수혁은 커피 파는 여인을 보기가 민망했으나 그녀는 방수혁을 알아보지 못하는 것 같았다.

2

세 사람이 커피를 파는 장소에서 50m 아래 등산로에 커피 장사 한 사람이 더 등장했다. 몸매로 봐서 50대 초반으로 보였으나 방수혁은 그녀가 장사를 시작한 지 십여 일이 지나도 그녀의 얼굴을 보지 못했다. 그녀의 얼굴을 특별히 볼 일이 없는 방수혁은 무심코 그녀를 지나치며 산을 올랐다.

날씨가 기가 막히게 좋은 날, 방수혁 일행은 정상에 모여 대머리가 보온병에 담아온 커피를 나눠 마셨다. 일행 다섯 명이 나눠 먹자니 한 사람에게 반 잔도 돌아가지 않았다.
    "내가 새로 온 아주머니한테 몇 잔 더 사 오지."
    안다니가 등산로를 따라 내려갔다.
    "혼자 들고 오려면 힘들 텐데."
    대머리가 안다니를 따라 내려갔다.
    두 사람은 커피 다섯 잔을 나눠 들고 올라온다.
    "와! 커피 파는 아줌마 미인이다."
    안다니가 떠벌렸다.
    "젊었을 때 한 미인 했겠던데 3만 원 주고 할 만하겠어."
    대머리가 떠벌렸다.
    "앞으로 커피는 그 여자한테 산다."
    안다니가 허허거렸다.
    하산하며 방수혁은 궁금하여 혼자 커피 파는 여인을 유심히 쳐다보며 내려갔다. 그녀가 딴 곳을 보고 있어 얼굴은 보지 못했다.
    방수혁은 다음날 등반하며 그녀의 얼굴을 보려 했다. 그녀가 딴 곳을 보고 있어 보지 못했다. 방수혁은 정상에 모인 일행에게 자기가 커피를 쏘겠다고 하고 커피를 사러 내려갔다. 그는 만 원을 내밀며 커피 다섯 잔을 주문했다.
    돈을 받는 그녀를 보고 방수혁은 허, 했다. 눈에 익은 얼굴이다. 그녀도 놀라는 반응이다.

    방수혁은 면 소재지 초등학교에 다녔다. 한 학년이 두 반이었다. 1반은 남녀공학, 2반은 남자만 편성됐다. 1반은 여학생과 제 나이에 입학한 남학생, 2반은 제 나이가 지나 입학한 남학생들이다.

방수혁의 집은 방 두 칸 초가삼간이었다. 마당은 손바닥만 했고, 흙 담을 둘렀다. 길 건너에 바로 군수 사택이 있었다. 반듯한 기와집에 정원이 넓었다. 창문은 유리창이었고, 군수 전용 관용차가 들락거렸다. 방수혁의 집과 비교하면 대궐이었다.

아침을 먹으며 아버지가 새 군수가 부임했다고 했다. 군수는 방수혁과는 아무 관계 없는 사람이라 막 6학년이 된 방수혁은 그냥 들어 넘겼다.

담임선생님이 하얀 깃이 달린 상의에 검은색 치마를 입은 여학생을 데리고 교실에 들어섰다. 그녀는 유난히 얼굴이 뽀얗다. 같은 반 여학생들은 햇볕에 그을려 얼굴이 거무죽죽한데 그녀는 흰 눈같이 얼굴이 하얗다. 그녀가 들어서니 교실이 환해지는 것 같다. 그녀는 운동화를 신었다. 한반 학생들은 고무신을 신고 다닌다.

"새로 전학해 온 박현주다. 잘들 지내라."

담임선생님이 그녀를 소개했다. 그녀는 잘 부탁합니다, 인사하고 선생님이 지정한 자리로 가서 앉았다. 그녀는 코가 오뚝하고 눈망울이 맑았다.

하굣길에 방수혁은 박현주가 그보다 50m쯤 앞서서 가는 것이 보였다. 그는 거리를 두고 졸래졸래 그녀를 따라갔다. 그녀는 군수 관사로 들어갔다. 새로 부임한 군수 딸인 모양이다. 그 후 등교 때는 군수 아버지가 출근하며 그녀를 학교 앞까지 태워다 줘서 같이 등교는 못했지만, 자연스레 같이 하교하는 때가 많았다.

방수혁은 현주와 같이 하교할 때 저절로 신이 났다. 그녀에게 잘 보이고 싶고 그녀에게 잘해주고 싶어 자주 그녀의 가방을 들어다 줬다. 방수혁은 그녀가 점점 좋아졌다.

방학이 되기 며칠 전 하교하며 그녀는 그에게 자기 집에 들어가자고 했다. 방수혁은 쭈뼛거리며 그녀를 따라 그녀의 집에 들어갔다. 단풍나무, 소나무가 서 있는 잔디가 깔린 정원이 넓었다. 현관에 들어서자 거실이

수혁의 집 두 방과 마루를 합친 것보다 넓었다. 피아노가 눈에 띄었다.

현주는 따로 그녀의 방이 있었다. 책상도 있고 서가도 있었다. 방수혁은 안방에 아버지와 아들 셋이, 건넛방에 어머니와 딸 셋이 같이 자고, 밥상을 책상으로 쓴다. 서가에 동화책도 보이고 백과사전도 보였다.

현주는 수혁을 엄마에게 우리 반에서 공부 제일 잘하는 학생이라고 소개했다. 바로 길 건너에 산다고 했다. 공부를 제일 잘한다는 말에 수줍음을 타던 방수혁은 길 건너에 산다는 말에 창피했다.

현주의 어머니는 현주 잘 가르쳐주라고 하며 유과와 식혜를 내왔다. 유과와 식혜를 다 먹고 현주가 피아노를 쳤다. 곡명이 엘리자를 위하여, 라고 했다. 방수혁은 엘리자가 누굴까, 했다. 그녀는 피아노를 치며 노래도 불렀다. 목소리가 고왔다.

그녀의 집에 데려간 후 현주는 방수혁에게 곰살맞게 굴었다. 그런 그녀를 보며 방수혁은 그가 크면 현주를 색시로 삼아야겠다고 다짐했다.

그렇게 두 사람의 첫사랑이 커갈 무렵 막 가을이 올 때 현주는 서울로 전학 갔다. 방수혁의 아버지는 군수가 중앙청으로 영전했다고 했다. 중앙청이 뭔지 잘 모르는 방수혁은 현주가 떠나간 것만 슬펐다. 그렇게 어린 천사, 현주가 그를 떠나갔다.

방수혁은 면 소재지에 있는 중학교와 고등학교에 다녔다. 성적은 항상 1등이었다. 고등학교 3학년 담임선생님이 우리 학교에서도 서울대학교에 한 사람 보내보자며 집이 가난하여 대학 갈 꿈도 꾸지 못하는 방수혁에게 대학 입학시험을 치를 것을 강요했다.

그는 담임선생님이 마련해 준 차비로 입학시험을 치르려고 난생처음 상경했다. 그는 문리대 영문학과에 턱 붙었다. 그의 서울대 합격에 고을이 들썩했다. 마을 유지들이 십시일반으로 돈을 모아 그의 첫 등록금을 마련해 줬다. 그는 입주 과외를 하며 숙식을 해결하며 학교에 다녔다.

교정에 라일락이 활짝 피어 향기가 진동하는 봄에 축제가 열렸다. 과 대표는 이대 성악과 학생들을 초청한다고 했다. 영문학과 동기 여학생들의 입이 나왔다. 추첨을 통해 파트너를 정한다고 했다.

점심시간이 지나고 꽃 같은 여대생들이 몰려왔다. 방수혁은 꽃들의 화려한 향기에 정신이 황홀했다. 그는 꽃들을 보다가 눈이 커졌다. 처녀가 된 박현주가 그 가운데 서 있다.

현주도 수혁을 알아보고 놀라는 기색이었다. 두 사람은 자석에 끌리듯 다가가서 손을 잡았다. 그 장면을 본 과 대표가 방수혁은 파트너가 정해졌으니 추첨에서 제외한다고 했다.

봄 축제 후 첫 일요일, 두 사람은 종로 4가 전철역에서 만나 원남동을 지나 창경궁에 갔다. 그들은 동물원도 들르고 식물원도 들르며 호호거렸다. 연못가에 앉아 사이다를 마시며 조잘거렸다. 첫사랑 옛정이 소록소록 피어났다.

현주의 아버지는 중앙부서 실장이라고 했다. 도지사만큼 높다고 했다. 주중에는 입주 과외 학생 가르치느라 방수혁이 시간을 낼 수가 없어 두 사람은 일요일에만 만났다. 경복궁, 덕수궁도 가고, 남산도 올랐다. 영화관도 가고 음악 감상실도 갔다.

그렇게 시골에서 피우지 못했던 사랑을 키워갔다. 두 사람은 자연스레 손을 잡고 걸었다. 키스한다든지 하는 육체적 접촉은 엄두도 내지 못했다. 데이트하며 드는 돈은 거의 현주가 댔다.

방수혁은 2학년을 마치고 군대를 가서 학보로 최전선에서 1년 반 복무하고 제대 후 복학했다. 군대 복무기간에 그들은 편지로 마음을 전했다. 현주는 졸업 후 바로 이탈리아로 유학 갔다. 성숙한 천사로 짜잔 방수혁 앞에 나타났던 그녀가 저 멀리 날아갔다.

방수혁은 졸업 후에 큰 무역회사에 취직했다. 수출입국을 내세운 정부의 방침에 따라 수출 일선에서 뛰는 방수혁은 자주 해외 출장을 다니며 바쁘게 살아갔다.

현주로부터는 유학 후 두어 번 편지가 오다가 답장이 끊겼다. 애타게 현주의 소식을 기다리며 바쁘게 회사 생활을 해 가던 방수혁은 그녀로부터 소식이 뜸해지자 차차 그녀를 그리는 애달픔이 옅어졌다.

멀리 있으면 마음도 멀어져서 이탈리아에 있는 현주를 밀어내고 한 팀에서 근무하는 여인이 그 자리를 조금씩 채워갔다. 둘은 결혼했고, 아들딸을 낳고 가정을 꾸렸다.

방수혁은 신문에서 박현주의 귀국 독창회를 세종문화회관에서 연다는 기사를 봤으나 그날 마침 첫아들 돌날이라 돌잔치에 참석해야 해서 독창회에 갈 수가 없었다.

이미 가정을 가진 방수혁은 종종 박현주의 공연 소식을 문화면에서 보았으나 공연히 공연장에서 얼쩡거리며 평지풍파를 일으키기 싫어 공연장을 찾지 않았다.

세월은 흐르고 그렇게 첫사랑도 잊혀갔다.

커피를 사며 방수혁은 바로 현주를 알아봤다. 현주도 방수혁을 알아봤다. 두 사람의 세 번째 만남은 어색했다.

박현주 때문에 등산을 중단할 수도 없어 방수혁은 평소대로 산을 올랐고, 그녀도 커피 장사를 계속했다. 방수혁은 커피를 살 때 항상 현주에게서 샀고 그렇게 만남은 이어졌다.

그의 등산 친구들 사이에 현주는 몸을 팔지 않는다는 소문이 돌았다. 그 말을 듣고 방수혁은 마음이 놓였다.

3

방수혁은 등산로에서 가볍게 인사하며 현주를 지나칠 때마다 날개 꺾인 천사를 보는 것 같아 가슴이 애잔했다.

현주 아버지는 차관까지 했었다. 이탈리아 유학까지 다녀오고 집안이 좋아 괜찮은 남자와 결혼했을 텐데 어떻게 하여 현주가 밑바닥 인생으로 전락했을까, 도와줄 방법은 없을까, 그 생각이 주제넘은 생각인가? 방수혁은 혼자 끙끙댔다.

어느 날, 방수혁은 현주가 커피 장사를 접을 시간에 맞춰 산에 올랐다. 그녀가 좌판은 등산로 옆 나무 뒤에 세워놓고 팔다 남은 커피, 종이봉투, 부스터를 배낭에 넣는 것을 보고 방수혁이 그녀에게 다가가 배낭을 메주겠다고 했다. 그녀가 완강히 거절했다.

그는 강제로 배낭을 빼앗아 메고 커피 끓일 물을 담아온 큰 빈 주전자를 들고 앞장서서 산에서 내려갔다. 그는 문득 초등학생 때 그녀의 가방을 들어다 주던 생각이 떠올라 가슴이 짠했다.

산에서 내려오자, 그녀는 배낭과 주전자를 빼앗아 메고 버스가 오자 쏜살같이 도망쳤다. 방수혁은 닭 쫓던 개마냥 멀어지는 버스를 쳐다봤다.

다음 날도 그녀는 완강히 저항했다. 셋째 날, 그녀는 그에게 배낭과 주전자를 맡긴 채 같이 버스를 탔다. 두 사람이 내리는 정류장이 같았다. 버스를 내려 그가 짐을 집까지 메다 주겠다고 하자 그녀는 펄쩍 뛰며 거절했다.

그녀가 무겁게 배낭을 메고 주전자를 들고 사거리를 건너는 것을 보며 방수혁은 가슴이 아릿했다. 그렇게 그녀를 보내고 집 현관에 들어서자, 집이 딴 날보다 더 텅 빈 것 같고 마음이 허전했다.

다섯 번째 짐을 들어다 준 날, 그녀는 그녀의 핸드폰 번호를 알려주며 그녀의 집이 길 건너 연립주택이라고 알려줬다.

비 오는 날, 방수혁은 박현주에게 전화하여 점심을 같이하자고 했다. 그녀가 어렵게 30분 후 버스 정류장 쪽으로 나가겠다고 대답했다. 그녀는 오래된 낡은 옷을 입고 나왔다.

방수혁은 비도 오는데 잠시 드라이브하고 점심을 먹자며 그녀를 싣고 88 올림픽 대로로 들어섰다. 그는 하남 스타필드 지하 주차장에 차를 세웠다.

그들은 식당가로 가서 한식을 먹고, 방수혁이 이렇게 만난 기념으로 옷을 한 벌 사주겠다고 했다. 현주가 펄펄 뛰며 거절했다. 그는 그녀를 강제로 끌고 신세계 백화점에 들어갔다. 그녀는 틈을 봐서 백화점에서 도망쳐 나갔다. 그는 별수 없이 그녀를 태우고 집으로 돌아왔다.

다음 비 오는 날, 그는 그녀를 다시 점심에 모셨다. 전철을 타고 롯데 몰 식당가에 가서 소주를 곁들이며 갈비를 뜯었다.

술이 몇 순배 돌자 닫혔던 그녀의 마음이 풀어지며 그녀는 살아온 이야기를 늘어놓았다.

아버지가 고위직 공무원이고 이탈리아 유학까지 다녀온 그녀는 준재벌 집 큰아들과 결혼했다. 남편은 돈 벌 줄은 모르고 쓸 줄만 아는 한량이었다.

귀국 후 현주는 모교에서 일주일에 세 시간씩 시간강사 자리를 얻었다. 강사 자리라도 유지하려면 1년에 한 번 이상 공연 실적이 필요했다. 그것도 세종문화회관이나 예술의 전당 등 큰 홀에서 공연한 실적이 필요했다.

그녀가 버는 돈으로는 공연비용도 모자랐다. 공연비 일부를 친정의 도움을 받았다. 시아버지가 살아계실 때는 그럭저럭 회사가 굴러가서 남편은 헤프게 쓰는 생활을 즐겼다. 시아버지가 돌아가시고 돈 벌 줄 모르는 사장이 경영하자 회사가 흔들거렸다.

설상가상으로 남편은 마약을 하는 의사의 꼬임에 빠져 마약 중독자가 되었다. 급전직하로 회사는 빚더미에 올라앉고 남편은 유학까지 다녀와서 돈을 못 번다고 아내를 구박했다. 회사는 파산했고 마약쟁이 남편이 자살했다. 친정도 아버지가 돌아가시자 기댈 형편이 못 되었다.

현주는 카페에서 피아노를 치며 생계를 이어갔다. 마음이 울적하면 피아노 반주에 맞춰 예스터데이를 조용히 부르며 박수를 받았다. 나이가 들자 그 자리에서 밀려나고, 호구지책으로 등산로에서 커피를 팔기 시작했다.

그러다가 방수혁을 만났다.

4

이제 박현주는 방수혁과의 만남을 피하지 않았다.

두 사람은 비 오는 날마다 점심을 같이했다. 일주일이 두세 번 방수혁은 해 질 무렵 등산하여 박현주의 짐을 메고 내려와서 박현주가 사는 연립주택 입구까지 들어다 주었다. 그녀는 항상 연립주택 입구까지만 그의 접근을 허용했다.

자주 만나 식사를 하다 보니 옛정이 다시 살아나고 남녀는 자연히 스킨십을 하게 됐다. 그렇게 만남을 이어가던 어느 날 반주를 곁들여 저녁을 먹고 집으로 돌아오며 방수혁이 그의 집에 가서 커피를 마시자고 했다. 여자가 잠시 망설이다가 수줍어하며 좋다고 했다.

방수혁이 혼자 사는 집에 들어서서 어색하게 소파에 앉아 있던 박현주는 남자가 커피포트에 물을 끓이며 수선을 떨자, 부엌으로 와서 커피가 어디 있는지 확인하고 남자더러 소파에 앉아 있으라 하고 커피를 타가지고 왔다.

방수혁은 아내가 죽고 처음으로 여자가 그의 집에서 타 주는 커피를 마시며 가슴이 뭉클했다. 그 여인은 그의 첫사랑 여인이다.

두 사람은 소파에 나란히 앉아 커피를 마시며 애정 영화를 봤다. 자연스럽게 손을 잡고 자연스럽게 안고 서로를 애무하다가 고개를 넘었다.

방수혁은 나신의 박현주를 안고 전신이 떨리고 숨이 가빴다. 마치 숫총각이 처음 여자를 안은 것같이 덜덜 떨렸다. 그의 모든 신경이 전율하며 그녀를 받아들였다.

폭풍이 지난 후, 그는 그녀의 손을 잡고 조용히 속삭였다.

"우리 이렇게 또 만났네요. 현주 씨 이제 커피 장사 그만하고 나랑 합쳐서 이 집에서 삽시다."

그녀는 아무 대답도 없이 눈물을 흘렸다. 그는 그녀의 눈물을 닦아주며 돌아온 첫사랑에 감사하며 고요히 눈을 감고 그녀의 가슴을 쓸었다. 순간 그는 첫사랑은 헤어지네 헤어지네, 하는 유행가 가사가 떠올라 이 행복한 순간에 무슨 방정맞은 생각, 하며 자책했다.

그는 평소와 같이 다음날 등산했다. 그녀가 커피를 팔러 나오지 않았다. 방수혁은 그녀가 그의 말을 듣고 합칠 준비를 하나, 하며 가슴이 설레었다. 다음 날도 그 다음 날도 그녀는 등산로에 나타나지 않았다. 방수혁이 전화했다. 통화가 되지 않고 소리샘으로 연결됐다.

그렇게 며칠이 지나자 방수혁은 그녀가 근심되기 시작했다. 병이 난 게 아닌지 걱정되었다. 혼자 사는 그녀가 아파 누운 것은 아닌지 애가 닳았다. 그는 그녀가 연립주택에 사는 것만 알지 몇 동 몇 호에 사는지는 모른다. 항상 그녀는 연립주택 입구에서 배낭과 주전자를 받아 들고 손을 흔들며 사라졌다.

전화도 받지 않는 그녀가 걱정되어 방수혁은 연립주택으로 그녀를 찾아 나섰다. 5층짜리 연립주택 세 채가 줄지어 서 있다. 그는 연립주택 정원에 들어서서 멍청하게 건물을 올려다봤다. 50대 후반 60대 초반으로 보이는 여자가 나오자, 그는 그녀에게 박현주 씨를 아는가, 물었다.

그녀는 이상한 눈으로 방수혁을 올려다보며 모른다고 했다. 두세 번 더 그런 물음이 오가고 방수혁은 그렇게 그녀의 집을 찾을 수 없다는 것을 알았다. 그는 동사무소에 찾아가서 직원에게 박현주 씨가 사는 동호수를 알려달라고 했다. 직원은 개인 정보라서 알려줄 수 없다고 한다.

그는 그녀가 사는 동호수를 알아놓지 않은 그의 세심하지 못한 성격이 후회되었다.

그렇게 세월이 훌쩍 흘렀다. 그녀는 등산로에도 나타나지 않고 전화도 받지 않았다. 그는 그녀의 행방을 찾을 길이 없다.

그녀는 초등학교 6학년 때 짱, 하고 하얀 날개를 펼치며 어린 천사로 등장했다가 서울로 날아가고, 대학교 1학년 때 다시 화려한 날갯짓을 하며 나타났다가 이탈리아로 날아가고, 60이 다 되어 날개 꺾인 천사로 등산로에 나타났다가 사라졌다.

그는 날아가 버린 첫사랑을 찾을 길 없어 마냥 서러웠다.

반년이 지난 어느 날 대망산 정상에서 커피를 마실 때 안다니가 빅뉴스라고 떠벌렸다.

"어제 동창들과 소원산 등산 갔다가 산길에서 혼자 커피 팔던 미인 봤다."

귀가 번쩍 띈 방수혁이 정말 그래요, 하고 물었다.

"거기서 커피 팔고 있던데."

그 말을 들으며 방수혁은 그가 그녀를 대망산에서 쫓아낸 것 같아 가슴이 무너졌다.

그는 소원산으로 선뜻 그녀를, 첫사랑을 찾아가지 못하고 망설였다.

09
아 첫사랑

1

하늘이 파랗고 봄바람이 살살 분다.

고3이 되어 첫 등교하는 정영호는 열심히 공부하여 SKY대학에 들어가자는 새로운 다짐을 하며 집을 나섰다.

그는 학교에 가는 가장 가까운 길인 전주여고 정문을 지나쳐 가는 길은 막 등교하는 많은 여학생들의 시선을 감당할 자신이 없어 우회하는 길을 택했다.

그는 풍남초등학교 앞을 지나며 눈이 환해졌다. 선녀가 나타났다. 교복을 단정하게 입고 전주여고 배지를 찬 여학생이 사뿐히 걸어온다. 얼굴이 정말 뽀얗다. 코가 날름하다. 이목구비가 잘 균형을 이루었다. 적당한 키에 몸매가 아담하다. 선녀처럼 예쁘다.

정영호는 여학생의 빼어난 자태에 숨이 콱 막힌다. 그녀가 다소곳한 걸음으로 정영호를 지나친다. 그는 자신도 모르게 뒤돌아본다. 그녀의 뒷모습도 아담하고 예쁘다. 그는 멈춰 서서 넋을 놓고 멀어져 가는 그녀의 모습을 훔쳐본다.

다음날도 등굣길에 그녀는 풍남초등학교 정문 앞길에서 지나친다. 그녀는 그녀를 빤히 쳐다보는 정영호를 긴장하며 지나치는 것 같다.

그는 매일 등굣길에 그녀를 지나친다. 첫사랑이 그의 가슴에 똬리를 튼다.

일요일 아침, 학교가 쉬는 날, 정영호는 그녀를 볼 수 없어 가슴이 탄다. 그는 일요일이 없었으면 했다.

다음 월요일 아침, 그는 등교하며 가슴이 설렌다. 얼굴에 열이 나고 숨이 가쁘다. 그는 거울을 보며 옷매무시를 꼼꼼히 확인하고 교모를 반듯이 쓰고 등굣길에 나선다.

저만치 그녀가 다가온다. 정영호는 수줍고 얼굴에 열이 나고 다리가 후들거린다.

그녀가 슬쩍 그를 쳐다보며 지나친다. 정영호는 온몸이 경직되며 다리가 후들거린다.

그는 수업을 하면서도, 길을 걸으면서도 그녀의 영상을 안고 다닌다.

그녀의 이름도 사는 곳도 알 수 없는 정영호는 그녀를 선녀라고 속으로 부르며 그녀를 그린다.

그는 그녀에게 그의 마음을 전하고 싶으나 용기가 나지 않고 방법을 모른다.

그는 소위 연애편지라는 것을 쓴다. 그녀의 이름을 몰라 사랑하는 선녀님, 하고 시작한다. 다음 문장이 써지지 않는다.

일주일을 낑낑대며 몇 번 편지를 쓴 종이를 찢어 던지며 다시 편지를 쓴다. 김소월, 박목월, 김영랑 시인 등의 시에서 아름다운 구절을 베껴 쓴다. 사연이 잘 연결되지 않는다. 마음에 차지 않는다. 그는 보름을 고민하며 고쳐 써서 연애편지를 완성한다.

그는 그 편지를 예쁜 꽃무늬가 있는 봉투에 넣고 등굣길에 그녀에게 주려고 하나 용기가 나지 않는다.

매일 집을 나서며 오늘은 줘야지, 하고 다짐하나 그녀만 보면 몸이 굳어 편지를 꺼낼 생각도 못한다. 그래도 매일 등굣길에 그녀를 볼 수가 있어 정영호는 행복하다.

그렇게 한 달이 지났다. 주머니에 든 연애편지를 매일 아침 주물러서 봉투가 해어졌다. 정영호는 봉투를 새 봉투로 바꾸며 내용을 읽어보니 유치한 것 같아 몇 시간을 끙끙거리며 다시 쓴다.

오늘이 1학기 마지막 등교 날, 내일부터 여름방학이다.

정영호는 등교하며 오늘 편지를 전달하지 않으면 방학 끝나고 한 달이 훨씬 더 지난 후에나 전달할 수 있다며, 오늘은 꼭 전달하겠다고 몇 번을 다짐한다.

저만치 그녀가 다가온다. 정영호의 가슴이 터질 듯 뛴다. 걸음걸이가 비틀거린다. 입안이 마르고 숨이 차다.

그녀가 상큼하게 인상 쓰며 그를 흘낏 쳐다보고 지나친다. 정영호는 죽을 용기를 내어 주머니에서 편지를 꺼내 이거 하며 그녀에게 디민다. 그녀가 놀라며 그의 편지를 받는다. 그는 뒤도 돌아보지 못하고 막 뛰어서 그 자리를 벗어난다.

여름방학, 학교에 갈 일이 없다. 그녀를 만날 수가 없다. 정영호는 그의 눈앞에 어른거리는 그녀의 환상을 껴안고 살아간다. 그녀는 그가 밥을 먹을 때도 책을 볼 때도 걸을 때도 눈앞에 알짱거린다.

그는 그녀가 보고 싶다. 그는 아침 등굣길을 따라서 걸어본다. 그녀가 등교할 리가 없다. 그녀의 집이 어디인지 알면 그녀의 집 근처라도 얼쩡거릴 텐데 그녀가 어디 사는지 몰라 그녀의 근처에 갈 수가 없다. 그는 꿈속에서 그녀를 부둥켜안고 키스한다. 애무한다.

긴 여름방학이 끝났다.

정영호는 뛰는 가슴을 누르며 등교한다. 그녀가 다가온다. 그녀의 주위에 오로라가 둘러싼 것 같다. 그녀가 그를 지나치며 생긋 웃고 쪽지를 내민다. 정영호는 얼떨결에 덜덜 떨며 그녀가 건넨 쪽지를 받는다.

그녀는 쌩하니 사라진다. 정영호는 가슴이 떨려 쪽지를 펴지 못한다. 그는 쪽지를 가슴에 안고 눈을 감는다. 그는 주위를 돌아본다. 아무도 그를 보지 않는다.

쪽지에는 딱 한 문장이 쓰여 있다.

'일요일 오후 2시 풍남빵집에서 만나요.'

풍남빵집은 중앙통에 위치한 전주에서 제일 큰 빵집이다.

편지를 읽고 정영호는 숨이 막힌다.

그녀가 만나자고 한다.

그는 비틀거리며 학교로 간다.

2

일요일 아침, 정영호는 목욕탕에 가서 목욕하고, 이발소에 가서 머리를 손질했다. 그는 어머니 화장품 장에서 크림을 찍어 얼굴에 발랐다.

그는 목이 타서 몇 번이나 물을 마셨다. 몇 번 시계를 보다가 1시가 지나자, 교복을 챙겨 입고 풍남빵집으로 갔다. 그는 집을 나서기 전에 빵값을 내려 어머니 지갑에서 지폐 몇 장을 슬쩍했다.

빵집에 도착하니 약속 시간이 30분이나 남았다. 그는 빵집에 들어서서 빵집에 들어오며 제일 잘 보이는 자리를 찾아 앉아 선녀를 기다렸다. 가슴이 심하게 뛰고 얼굴에서 열이 났다.

선녀가 나타났다. 그녀는 꽃무늬가 있는 원피스를 입고 나타났다. 교복을 입은 모습만 보다가 여인의 옷을 입은 그녀가 성숙해 보이고 더 예뻐 보였다.

선녀가 그의 자리로 다가오자 그는 용수철이 튀듯 벌떡 자리에서 일어섰다.

"벌써 오셨네요."

그녀가 활짝 웃으며 그의 앞자리에 앉는다. 정영호는 가슴이 떨려 말이 나오지 않았다.

"제 이름은 선녀 아니에요. 미선, 박미선이에요."

그녀가 까닥 고개를 숙이며 이름을 냈다.

"저 고2니 오빠라고 부를게요. 이름은 정영호 알고 있어요."

그녀는 스스럼없이 말을 이어갔다.

정영호는 가슴이 떨려 말이 나오지 않는다.

"오빠, 우리 곰보빵 먹어요."

그녀가 빵을 사러 갔다. 그는 용수철처럼 일어나서 그녀를 잡아 의자에 앉히고 곰보빵 두 개와 사이다 두 병을 사서 들고 테이블로 왔다.

"오빠 잘 먹을게요."

그녀가 컵을 두 개 가지고 와서 사이다를 따르며 생긋 웃으며 말했다. 그는 정신이 혼미하여 말이 나오지 않는다.

그녀가 주로 떠들었다. 반 시간도 되기 전에 빵과 사이다를 다 먹고 마셨다.

"오빠 고3이니. 서울대, 연고대 가시려면 공부해야 하니 그만 헤어져요. 그리고 너무 자주 만나면 공부에 방해되니 일주일에 한 번만 만나요. 일요일 오후에 한 시간쯤 만나 머리를 풀면 공부가 더 잘될 거예요."

그녀가 일방적으로 만날 날짜와 횟수를 정했다.

정영호가 멍청하게 고개를 끄덕이며 그러자고 했다.

"빵집에서 만나면 돈이 드니 다음 일요일에는 두 시에 풍남국민학교 정문에서 만나요."

"풍남국민학교?"

"우리 등교하며 매일 마주치던 곳, 거기서 만나서 한벽루 가던지, 경기전 가던지 해요."

그녀가 일방적으로 갈 장소까지 정했다.

정영호는 벙어리가 되어 고개만 끄덕였다.

정영호는 그녀와 헤어져 집에 가며 그녀의 이름이 미선, 아름답고 착하다는 뜻이네, 하며 그녀와 첫 만남이 꿈속에서 이루어진 것 같았다.

그는 집이 가까워지자, 어머니 지갑에서 꺼낸, 돈을 훔친 것이 들통날까, 걱정됐다.

두 고등학생은 일주일에 한 번은 꼭 만났다. 비가 와도 만났다. 교복을 입지 않았다.

한벽루도 가고, 오목대도 오르고, 경기전도 갔다. 그렇게 만나며 정영호는 박미선의 아버지가 판사라는 것을 알게 됐다. 2학년 초에 아버지가 전주지법으로 전근 와서 그녀도 청주여고에서 전학왔단다.

만나는 시간은 미선이 칼같이 한 시간 내외로 통제했다. 고3인 남학생이 연애하며 너무 시간을 빼앗기면 서울대, 연고대 가는 데 지장이 있다며 만나고 40분쯤 되면 서둘러 그만 헤어지자고 했다.

시간이 흘러 여름이 가고, 낙엽이 지고, 겨울이 되었다. 두 고등학생은 손을 잡고 걷는다. 정영호는 한 시간만 그녀를 만나는 것이 감질나지만 가슴 설레는 즐거움이 있다.

순진한 두 고등학생은 손을 잡는 이상의 신체 접촉은 엄두도 못 낸다.

크리스마스이브, 온천지가 눈에 덮여 하얗다.

여학생이 오늘은 특별한 날이니 만나는 시간을 두 시간으로 늘리자고 한다. 남학생은 좋아서 입이 벙긋한다.

두 학생은 교외 눈 덮인 한적한 논길을 걷기로 한다. 두 학생은 손을 잡고 논두렁길을 걷는다. 그들이 걸어온 뒤로 나란히 난 발자국이 따른다. 하얀 천지가 온통 두 사람 세상이다. 미선이 재잘거리고, 영호가 허허거린다.

한 사람이 논두렁길에서 미끄러지면 한 사람이 손을 잡고 넘어지지 않게 잡아주며 호호거린다. 그 순간 잠시 껴안는 자세가 되며 두 사람은 찌릿하고 숨이 가쁘다.

논두렁길은 두 사람이 나란히 걷기는 너무 좁다. 미선이 비틀했다. 영호가 날쌔게 미선의 손을 잡았다. 미선의 발이 푹 빠진다. 미선이 눈이 덮여 가려진 구덩이에 빠진 모양이다. 악취가 푹 풍겨온다.

미선이 영호에 매달린다. 영호가 힘껏 미선을 끌어올린다. 미선이 농사 때 거름으로 쓰려고 두엄을 퍼다가 저장하는 구덩이에 빠진 것이다. 미선의 다리에 오물이 잔뜩 묻었다. 저만치 앞에 개울물이 졸졸 흐르는 것이 보인다.

영호는 미선을 끌고 개울물로 간다. 영호가 울상인 미선의 신발을 벗기고 양말도 벗기고 다리에 묻은 오물을 씻어준다. 눈이 녹은 물이 너무 차다. 미선은 추위에 벌벌 떨고, 영호는 손가락이 떨어질 듯 차갑다. 아니 아프다. 그 황망한 중에도 영호의 손이 허벅지 위로 올라가면 미선은 그의 손을 막는다.

대강 미선의 다리에 묻은 오물을 씻어낸 영호는 신발을 신긴다. 미선이 추위에 오들오들 떤다. 영호가 미선을 꼭 껴안고 논길을 벗어난다. 도로에 들어서자 미선이 저 갈게요, 하고 달려간다. 영호는 어어, 하며 달려가는 미선을 따라가다 멈추어 선다.

경황 중에 정신이 없어 두 사람은 다음 만나는 장소를 정하지 않고 헤어진다.

영호는 일주일 내내 똥통에 빠진 미선이 걱정된다. 추위에 눈이 섞인 물로 다리를 씻었다. 감기라도 걸리지 않았나, 똥독이 있다는데 똥독에 걸리지 않았나, 걱정된다. 그러나 그것을 확인할 길이 없다.

다음 일요일, 매일 만나던 2시가 다가온다. 영호는 그녀와 평소 자주 만나던 풍남국민학교 정문으로 가서 그녀를 기다린다. 한참 기다려도 그녀가 나타나지 않는다.

영호는 그녀가 똥통에 빠진 것이 부끄러워 못 나오나, 하며 초조하게 그녀를 기다린다. 한 시간을 기다리던 영호는 연속 그녀가 등교하던 길을 쳐다보며 추위를 쫓으려 손을 호호 불며 집으로 간다.

세 번 더 영호는 일요일에 그녀와 만나던 장소에 가서 그녀가 나오길 기다렸다. 그녀는 나오지 않았다.

그는 그녀의 집을 모른다.

그는 그녀가 똥통에 빠진 날 집까지 바래다주지 않은 것을 후회한다. 다 젖은 신발과 양말을 신고 가다가 동사라도 당했나 걱정된다.

겨울방학 중, 등교하지 않으니 그녀를 만날 길이 없다.

영호는 그녀를 아쉽게 가슴에 품고 입시 준비를 한다.

영호는 서울대 상대에 입시 원서를 넣었다. 떨어졌다. 부모님은 후기대학이라도 가라고 했으나 그는 재수의 길을 택했다. 그녀를 만나는 호사를 부리다가 공부에 소홀하여 떨어졌나?

고등학교를 졸업했으니 등교할 일이 없다. 그는 혹시 그녀를 만날 수 있나, 등교 시간에 맞춰 길거리를 헤매나 그녀는 나타나지 않는다. 그녀가 등굣길을 바꿨나 보다.

세월은 흐르고 일 년이 지나 그는 그가 바라던 대학에 지원 합격했다. 그녀도 대학생이 되었을 텐데 그녀의 소식을 알 길이 없다.

3

정영호는 대학 재학 중 학보로 입대하여 최일선 GP에서 1년 반 근무하고 제대했다. 박미선은 영호에게 애틋하고 아름다운 추억의 한 장으로 기억 속에 묻혀갔다.

그는 대학을 졸업하고 은행에 입사했다. 신입 행원 시절 창구에서 근무할 때 무역회사에서 경리를 보며 자주 은행에 드나들던 아가씨와 눈이 맞아 결혼했다. 슬하에 아들과 딸을 두었다.

그는 세월을 등에 업고 지점을 전전하며 근무하다 지점장으로 승진했다. 지방 지점장을 전전하다가 서울에 있는 지점으로 자리를 옮겼다. 그의 나이가 어언 40대 후반으로 치달았다.

그는 전국에서 가장 규모가 큰 지점인 강남지점장으로 발령받았다. 직원이 70명이나 되었다. 그의 다음 목표는 실적을 올려 본사 요직으로 자리를 옮기고, 직장인이 가장 바라는 별을 따는 것이었다. 임원으로 승진하는 것이다.

그의 가정은 안정되었다. 아들은 휘문고등학교, 딸은 숙명여자중학교를 다녔다. 전업주부가 된 아내는 건강하고 알뜰하게 살림하며 강남에 집도 한 채 마련했다.

영호는 별을 따려면 우선 실적을 쌓아야 하여 돈 있는 고객을 유치하러 밤낮으로 뛰었다. 정부의 인맥도 관리했다.

대리가 대출 서류 결재를 올렸다. 집을 담보하고 5천만 원을 대출해 주는 건이다. 대출 금액도 크지 않고 통상적인 업무라 바로 서류에 사인하려다가 대출자 이름이 박미선이라 잠시 사인하려던 펜을 내려놓고 서류를 뒤적였다.

담보물은 대치동에 있는 아파트다. 나이가 그보다 한 살 어리다.

그는 혹시 그 똥통에 빠졌던 박미선, 하며 그녀와 데이트했던 어린 시절을 떠올리며 허공에 시선을 뒀다가 서류에 사인해 주며 결재 서류를 들고 들어온 대리에게 박미선 씨 돈 찾아갈 때 내 방에 잠시 들르도록 하세요, 하고 지시했다.

"무슨 일?"

대리가 물었다.

"그냥 커피 한잔 대접하고 싶어서요."

대리가 네, 하고 대답하고 서류를 들고 나갔다.

정영호는 마음 깊이 묻혀 있던 첫사랑의 애틋한 그리움이 밀려와서 가슴이 쿵쾅 뛰었다.

다음날, 오전 11시쯤 대리가 지점장 방에 들어서며 박미선 씨 오셨는데요, 했다. 그는 자리에서 일어서며 모셔요, 했다.

단정하게 투피스 옷을 입은 중년의 여인이 방에 들어섰다. 나잇살이 들어 몸이 좀 통통해졌지만 등굣길에 마주치며 사랑을 키웠던 박미선이다. 그는 가슴이 뛰어 잠시 말이 나오지 않았다. 그녀도 바로 그를 알아보고 눈이 커졌다.

잠시 서로를 보며 놀라며 말을 잊었다. 그 광경에 놀란 대리가 멍청하게 두 사람을 쳐다보다가 슬며시 자리를 피해줬다.

"앉으시지요."

정영호의 목소리가 떨렸다.

그녀가 소파의 끝에 앉으며, 영호 씨가 지점장, 했다.

그는 커피를 내오라고 지시했다.

두 사람은 말을 놓고 만감이 교차하는 시선으로 서로를 쳐다봤다.

여직원이 커피잔을 들고 들어와서 두 사람 앞에 커피잔을 공손히 놓고 방을 나갔다.

"이렇게 만나네요."

여자가 먼저 입을 열었다.

"박미선 씨는 여전히 아름답네요."

정영호가 시답지 않은 말을 했다.

"오빠도 여전한데요."

그녀로부터 오빠라는 말을 들은 정영호는 순간 얼굴이 붉어졌다.

말꼬를 트며 두 사람은 서로 가족에 관해 묻고 답했다. 그녀는 아들 하나, 딸 하나를 두었다. 아들이 영호의 아들이 다니는 휘문고등학교를 다닌다고 했다. 남편은 검사였다. 판사였던 미선의 아버지가 중매한 모양이다.

가족 이야기를 하고 더 나눌 대화가 없어 잠시 어색하게 서로를 쳐다보았다.

그녀가 대출해 주서서 감사하다고 인사하고 방을 나갔다.

영호는 점심을 모시겠다는 말도 못하고 그녀를 돌려보내고 자신이 바보 같다고 후회했다.

점심에 VIP고객 접대하며 마신 반주에 영호는 가볍게 취했다. 지점장실로 돌아와서 커피를 마시며 영호는 미선과 데이트했던 고3 시절이 아련하게 떠올랐다. 손잡고 한벽루와 오목대를 오르던 추억과 경기전 벤치에 앉아 조잘대던 추억도 떠올랐다.

크리스마스이브에 논길을 걷다 똥통에 빠진 장면이 떠오르자 아름다운 추억이 오물을 뒤집어쓴다.

그는 문득 그녀와 만나 손잡고 거닐고 싶었다. 그는 그녀의 핸드폰 전화번호를 누르려다가 멈춘다. 그녀는 유부녀, 하는 생각이 손가락의 움직임을 막았다.

그는 첫사랑을 향한 그리움을 가슴에 안고 전화도 못하고 며칠을 보낸다.

그는 일주일에 한 번 VIP 고객을 모시고 접대 골프를 친다. 그녀의 남편 신분으로 보아 그녀가 골프를 칠 것 같다.

이번 주는 일부자 노인과 사장 부인을 모시고 라운딩할 계획이다. 그는 그녀를 초청하기로 한다.

그는 미선에게 전화한다. 전화벨이 한참 울려도 전화를 받지 않는다. 그는 다시 전화한다. 받지 않는다. 한참을 쉬었다가 다시 전화한다.

"여보세요."

목소리가 곱다.

"저, 정영호입니다."

"아, 지점장님이 전화하셨어요? 저는 모르는 전화번호라 전화 받지 않앉어요."

그 말을 들으며 영호는 서운했다.

영호는 미선이 그의 방을 나가자마자 그녀의 전화번호를 저장했다. 그런데 그녀는 그의 전화번호를 모른다고 한다. 명함을 건넸는데….

"저 골프 치시지요?"

영호의 목소리가 떨렸다.

"골프요? 보기 플레이는 해요."

"그럼 잘 치시는데요. 저희 은행에서 VIP 모시고 골프 접대하는데 미선 씨를 초대하고 싶어요."

"저 VIP 아닌데요. VIP 되려면 예금이 10억은 넘어야 한다던데 저는 예금은 거의 없고 대출만 있는데요."

그녀가 뻗대는 목소리로 말했다.

"제가 모시고 싶어서요."

"저 VIP도 아닌데 그런 접대 받기 싫어요."

그녀가 단호하게 그의 제의를 거절했다.

"미선 씨는 저한테 VVIP인데요."

영호가 매달렸다.

"배려는 감사하지만 사양하겠습니다."

그녀가 전화를 딱 끊었다.

영호는 그녀의 단호한 거절에 민망해져서 얼굴에 열이 났다.

그는 허공을 쳐다보며 첫사랑의 미련에 매달렸던 자신이 초라하게 느껴졌다.

그는 문득 문득 그녀가 보고 싶었으나, 골프 초대를 한마디로 거절한 그녀의 쌀쌀함이 뇌리에 남아 공연히 식사를 하자고 했다가 또 거절당하면 자존심이 상할 것 같아 전화하지 못했다.

추석 명절이 왔다. 정영호는 30억 원 이상 예금이 있는 은행 VVIP 고객에서 선물하는 명품 포도주 선물을 그녀에게 보냈다.

그녀는 문자로 선물 감사하다는 의례적인 인사를 했다. 정영호는 문자로 추석 잘 보내라고 답장했다.

4

은행 부행장이 정영호를 호출했다.

정영호는 부랴부랴 부행장을 찾아갔다.

친절하게 커피를 대접한 부행장이 김판술 부장 검사를 아느냐고 물었다.

"고등학교 1년 선배입니다."

영호가 조심스럽게 대답했다.

김판술과는 고등학교 때 파이 감마 카파 클럽 멤버였다. 고등학교 1, 2, 3학년 학생 20여 명이 멤버였다. 한 달에 두 번 선교사로부터 영어 회화를 배우고, 성경을 듣고 회비로 같이 저녁을 먹으며 친교를 다졌다. 대학 때까지는 모임이 이어졌으나 사회에 나와 먹고살기 바빠지자 그 모임은 더 이어지지 않았다.

부행장은 모 지점에서 금전 사고가 났는데 사고 친 행원 아버지가 손실액을 다 변상하여 은행에서는 그 행원을 해고하는 선에서 사건을 마무리하기로 했단다. 검찰에서 조사 중인데, 기소 유예하여 언론에 노출되지 않았으면 하는 것이 은행 입장이란다.

김판술 부장 검사 소관인데 고등학교 동문인 영호가 나서서 수습해달라는 청이다. 영호는 그런 청탁을 하기 싫었지만, 부행장의 부탁을 딱 잘라서 거절할 수 없어 김판술 검사에게 전화했다. 김판술은 반갑게 그의 전화를 받았다.

영호는 검찰청으로 김판술을 찾아갔다. 영호의 설명을 들은 김판술은 시원하게 그렇게 해주겠다고 했다. 김판술은 덧붙여 친척이 급하게 돈이 필요하여 대출을 신청했는데 해줘서 감사하다고 말했다. 추석 선물도 받았는데, 감사 인사도 못했다며 이 자리에서 두 가지 다 감사 인사한다고 했다.

정영호는 그의 부탁을 들어준 답례로 부부 동반 골프를 치자고 했다. 김판술이 선선히 응했다.

두 부부는 다정하게 라운딩했다.

박미선과 정영호는 서로 잘 모르는 척했다.

고2 때는 날씬했던 박미선이 적당히 나잇살이 올라 운동복을 입은 육체가 탱탱하게 육감적인 매력을 발산했다. 박미선은 비거리도 나고 쇼트게임에 능해 좋은 스코어를 냈다.

정영호는 골프를 치며 박미선의 물오른 육체를 보며 그녀를 안고 싶었다.

김판술이 골프 접대 답례로 일식집에서 식사를 냈다. 가볍게 술이 올라 상기된 박미선은 정말 아름다웠다.

정영호는 그런 박미선을 보며, 고등학교 때는 순진하여 겨우 손만 잡았지만, 그녀를 안고 뒹굴고 싶었다.

연말 평가에서 강남지점 실적이 전국에서 일등을 했다.

정영호는 실적도 좋고 부행장이 부탁한 소송건도 해결하고 하여 본사로 발령 날 것으로 기대했으나 기대에 그쳤다. 그는 실망하며 정치적 배경이 없어 실력만으로는 넘기 어려운 벽을 절감하며 우울한 연말을 보냈다.

아들 학교에서 대학 입시 설명회에 학부모를 초대했다.

정영호는 설명회에 참석했다.

박미선도 참석했다.

박미선의 아들이 영호 아들과 한 반이었다.

둘은 나란히 앉아 설명을 들었다.

설명회가 끝나고 두 사람은 식당으로 자리를 옮겨 그날 들은 설명 내용을 복기하며 아들 진학 문제를 상의했다.

술이 오른 정영호는 그 사건이 있은 후 박미선을 만나러 등굣길을 헤매던 일을 주절댔다. 박미선은 미소를 지으며 아버지가 지법원장으로 승진하여 그 후 바로 이사를 했다는 사실을 말해 줬다.

첫사랑의 추억에 묻혀 저녁을 즐긴 두 사람은 다시 만날 것을 약속하고 헤어졌다.

그녀와 헤어져서 집에 가며 정영호는 승용차 좌석에 머리를 기대고 그녀를 기리며 다음 만났을 때 스킨십할 상상을 하며 가슴이 붕 떴다.

두 사람은 한 번 더 만났다. 사람 눈이 많은 식당에서 만나 떠들다가 헤어졌다. 다음에는 교외로 드라이브 가기로 했다.

본격적으로 헤어진 첫사랑 뒤풀이가 시작될 무렵 하늘이 그것을 말렸다.

정영호가 호남본부장으로 진급되어 광주로 내려갔다. 아내가 자녀교육 때문에 그냥 서울에 머문다고 하여 주말 부부가 되었다.

자연히 박미선과 만나는 시간을 마련하기가 어려웠다. 고등학교 때 잠시 인연이 닿아 만났던 두 남녀는 첫사랑을 키우다가 헤어지고, 20년 후에 다시 만나 인연의 후반전을 열려 하다가 직장이 말려서 그 기회가 날아갔다.

정영호는 술 한잔하고 큰 사택에 들어와서 혼자 달랑 침대에 누워 문득 박미선이 생각나고 그녀를 껴안는 상상을 했으나 그것은 그림 속의 꿈에 불과했다.

정영호는 차차 주말 부부 생활에 익숙해졌다.

봄날 '금융의 글로벌화'라는 주제로 세미나가 소공동 롯데호텔에서 열렸다. 정영호는 그 세미나에 참석했다. 전야제로 리셉션이 열렸다. 볼룸에 세계 여러 나라에서 참석한 수백 명의 금융인이 칵테일 잔을 들고 홀을 누비며 서로 인사하고 정보를 나눴다.

정영호는 은행장 주변에 외국인 몇 사람이 들어서서 대화를 나누는 것이 보였다. 영어가 짧은 은행장이 당황해 했다. 정영호는 자연스럽게 다가가서 통역을 해줬다. 은행장이 놀라는 눈으로 유창하게 영어를 구사하는 정영호를 쳐다봤다.

정영호는 고등학교 때 미국 선교사로부터 영어 회화를 배운 후 틈틈이 실력을 키워왔다.

월요일에 출근하고 바로 은행장 비서실장으로부터 전화가 왔다. 정영호는 무슨 일이지, 하며 전화를 받았다.

은행장이 지난번 리셉션에서 통역 감사하게 생각하며, 미주 본부장 후보를 찾고 있었는데 정영호가 영어에 능통하여 적임이라고 생각한다며, 갈 생각이 있나, 물어왔다.

정영호는 아내와 상의하고 연락드리겠다고 답했다.

"미주 본부장으로 가라는데 당신 생각은 어때?"

정영호가 바로 아내에게 전화했다.

"본부 사무실이 어디 있지? 임기는?"

"뉴욕에 있어. 3년."

"나는 찬성하는데 하교하면 애들한테 물어볼게."

정영호는 아들과 딸이 대찬성이라는 전화를 오후에 받았다. 정영호는 미주 본부장으로 가겠다고 비서실장에게 전화했다.

정영호는 미주 본부장으로 부임했다. 살던 집은 3년 전세로 내줬다.

대학 다니는 아들은 우리나라에서 살아가는데 혈연, 지연, 학연이 중요하니 대학을 졸업하고 대학원을 미국으로 유학 가라고 설득하여 미국에 당장 데려가지 않았다. 고등학교 다니는 딸만 데리고 갔다.

살림집은 비싼 뉴욕에 있는 아파트에 살던 전임자의 전례를 깨고 쾌적한 뉴저지에 있는 정원이 2백 평이 넘는 전원주택을 임대했다. 교통지옥인 뉴욕 시내를 승용차로 출퇴근하기 어려워 M트랙을 타고 중앙역까지 가서 전철을 타고 은행으로 출근했다. 자동차는 아내가 주중에 쓰도록 집에 두었다. 일과 중에 차를 탈 일이 있으면 택시를 타던지 직원 차를 이용했다.

딸은 학비가 싼 공립고등학교에 전학시켰다.

은행은 주로 동포를 상대하여 여신 규모가 크지 않았다.

정영호는 곧 현지 생활에 적응하였다.

고등학교 동창 두 사람이 뉴욕에 살았다. 윤성호는 브로드웨이에서 잡화상을 했고, 이정수는 맨해튼에 치과병원을 열었다. 이정수는 고등학교 때 파이 감마 카파 멤버로 영호와 같이 선교사로부터 영어를 배웠다.

그는 서울대 치대를 졸업하고, 치대에서 인턴 레지던트를 마치고 전문의로 일하다가 미국에 왔다. 세 친구는 한 달에 한 번꼴로 골프를 치며 옛 우정을 다졌다.

부임하고 일 년이 흘렀다. 미주 본부는 적자는 나지 않고 운영되었다. 아내는 교포들과 어울리며 즐겁게 시간을 보내는 방법을 터득했고, 딸은 뉴욕 대학에 진학했다. 주말에는 가족이 일정을 잡고 차를 몰고 나이아가라 폭포도 구경하고, 필라델피아, 워싱턴도 다녀오고, 플로리다까지 긴 여행도 했다. 영호는 아내와 번갈아 운전했다.

5

어느 봄날, 정영호는 김판술 선배로부터 전화를 받았다. 아내가 뉴저지에 사는 언니를 만나러 가니 시간 나면 미국을 구경시켜 주라고 부탁했다.

정영호는 미주 본부에 부임하면서 미선과 인연이 끝나나, 했으나 김판술의 전화를 받고 어, 인연이 다시 이어지네, 하며 가슴이 설레었다. 형체를 알 수 없는 기대로 몸에 열이 났다.

 미선의 언니 집은 영호의 집에서 차로 30분 거리에 있었다. 미선의 형부는 주 공무원을 하고 있었다.

 같이 골프도 치고, 식사도 하여 미선을 알고 있던 아내는 미선이 미국 언니 집에 놀러 온다고 하자 반기는 얼굴이었다, 영호는 아내와 미선을 차에 태우고 뉴욕을 구경시켰다. 자유 여신상도 보고, 명장의 미술품을 전시한 미술관에도 데리고 갔다. 카네기 홀 연주회도 데려갔다.

 주말, 영호는 아내, 미선, 미선 언니를 차에 태우고 나이아가라를 구경시켰다. 미선의 형부는 영호 부부를 중국집에 초청하여 자기 대신 처제를 접대해 준 영호 부부에게 감사를 표했다. 미선과 영호는 첫사랑 관계였다는 것을 숨기고 관광했다. 영호는 그녀와 단둘이 있는 기회가 없어 안타까웠다.

 미선이 미국 체류 일정이 3일 남았다. 영호는 그녀를 한국에 보내는 것이 아쉬웠다.

 금요일 아침, 영호는 출근을 서둘렀다. 문밖까지 따라 나온 아내가 저, 하며 말을 못 잇고 머뭇거렸다. 어려운 부탁을 할 때 그녀가 하는 습관이다.

"무슨 일?"

영호가 아내를 쳐다보며 물었다.

"나 오늘 오후에 플로리다 좀 다녀오면 안 돼?"

아내가 어렵게 말을 꺼냈다.

"플로리다? 무슨 일?"

"희선의 딸이 내일 결혼하는데 결혼식 가 보러."

 희선은 아내의 고향 친구로 초중고등학교 동창이다. 아내가 미국에 온 후 자주 통화하여 영호도 그녀의 존재를 알고 있다.

"희선의 딸 결혼식? 다녀와."

영호가 선선히 대답했다.

"내가 일찍 퇴근하여 공항에 태워다 줄게."

"고마워. 수진이도 데리고 다녀올게."

영호는 점심시간 때 퇴근하여 아내와 딸을 라과디아 공항에 데려다주었다.

영호는 출근하며 주말을 혼자 보낼 계획을 짠다. 미선이 일요일에 귀국한다는데 토요일은 미선이 미국에 있는 마지막 날이다. 어디 갈까?

그는 출근하자마자 미선에게 전화하여 미국 왔는데 미국 수도는 보고 가야지, 하며 내일 워싱턴에 가자고 했다. 미선이 좋다고 했다.

그는 토요일 아침 7시, 미선을 픽업하여 워싱턴으로 향했다. 영호는 미선과 단둘이 차를 타고 몰고 가며 숨이 가빠오고 가볍게 떨렸다. 그는 운전에 전념하려고 정신줄을 잡으려 애썼다.

백악관, 국회의사당을 구경하고 스미스소니언 자연사 박물관에 도착하니 벌써 3시가 넘었다. 박물관을 게 바위 지나다 가듯 구경하고 워싱턴 기념비를 보고, 링컨 기념관에 당도하니 날이 저문다.

"알링턴 국립묘지도 보여주려고 했는데 시간이 안 되네. 간단히 햄버거로 저녁 때우고 돌아가자. 10시 넘어야 집에 돌아갈 수 있을 거야."

영호가 미안한 표정으로 말했다.

"오늘 많이 봤어. 오빠 덕에 미국 와서 이곳저곳 많이 구경한다. 고마워."

미선이 영호의 팔을 툭 치며 진심으로 감사를 표했다.

영호는 고속도로를 달리며 한 손으로 핸들을 잡고 한 손은 미선의 손을 잡았다 놓았다 하며 운전했다.

10시가 다 되어 마을에 들어섰다.

"미선이 내일 귀국하는데 우리 집에 가서 맥주 한잔하며 이별 파티하자."

영호가 말했다.

미선이 그러자고 했다.

영호의 집에 들어선 미선은 영호의 아내가 집에 없는 것에 놀라는 거 같았다. 영호는 아내와 딸이 플로리다 친구 딸 결혼식에 갔다고 말했다.

거실에 단둘이 마주 보고 선 두 성인 남녀는 순간 긴장되고 어색해졌다.

영호는 냉장고에서 맥주를 꺼내고 마른안주를 챙겼다.

소파에 앉아 두 사람은 건배, 하고 맥주를 들이켰다. 긴 여행 후 시원한 맥주는 청량제다. 영호가 티브이를 켜고 애정 영화 채널로 돌렸다.

단둘이 마주 앉은 첫사랑 두 사람은 맥주를 마시며 감회가 깊었다. 눈과 눈으로 이루어지지 못했던 사랑이 흘러갔다.

영호가 손을 뻗어 미선을 끌었다. 미선이 끌려왔다. 고등학교 시절 겨우 손만 잡았던 두 사람은 어른이 되고 결혼까지 하여 성생활에 익숙해져 둘만 있는 공간에서 바로 성애의 동작으로 진전했다.

만리장성을 쌓은 후 영호는 미선을 언니 집에 태워다 주며 작별의 아쉬움을 달랬다.

크리스마스이브 논두렁길에서 일어난 불상사로 헤어진 두 사람은 미국 땅에서 사랑의 열매를 땄다. 그리고 헤어졌다.

일요일 아침, 미선을 공항으로 데려다줄 수도 없고, 배웅도 나갈 수 없어 케네디 공항이 있는 쪽 하늘을 쳐다보며 그가 고등학교 시절 미선에게 연애편지를 쓰며 읽었던 소월 시를 중얼거렸다.

"못 잊어 생각이 나겠지요/ 그런대로 세월만 가라시구려/ 때로는 잊힐 날 있으리다."

첫사랑과 헤어져 30년 거의 잊을 만한 시간에 그녀가 그의 앞에 다시 나타났다. 그리고 떠나간다. 만나고 헤어지는 것이 인생사인데 다시 30년을 지나면 잊을 수 있을까?

영호는 뼈가 시리도록 그녀가 그립다.

가을 어느 주말, 영호는 고등학교 친구 두 사람과 골프를 치고, 클럽하

우스에서 생맥주를 반주하여 점심으로 샌드위치를 먹었다.
 이정수가 지나가듯 말했다.
 "김판술 선배 안 됐다."
 "김 선배가 왜? 나 한국 떠날 때 지검장으로 승진하여 나갔는데."
 영호가 말했다.
 "그게 홀아비가 됐대."
 "홀애비가 되다니?"
 영호가 화들짝 놀라며 말했다.
 "부인께서 미국 여행하고 귀국하여 여독이 풀리지 않았는데 몸에 열이 나고 하여 여독이 풀리지 않아 그러나, 하고 방심했는데 급성 폐렴으로 번져 돌아갔대."
 영호는 미선이 죽었다는 충격적인 말에 정신줄이 나가 맥주잔을 탁자에 떨어뜨릴 뻔했다.
 영호의 뇌리에 그녀와 사연이 파노라마처럼 흘러가며 그리움이 샘솟듯 밀려왔다.
 이제 그녀와 더 이상 만날 수 없이 이별이네, 하고 영호는 속으로 꺼이꺼이 울었다.

10
참 힘들게 산다

1

최천수는 나들이할 때, 어머니 주민등록증을 사용하여 경로 전철표를 끊고 전철을 탄다. 거동이 불편한 어머니의 경로 전철 카드로 전철을 타던 최천수는 경로 카드로 전철을 타면, 띠띠딩, 하고 세 번 울리는 신호음 소리에 부정 승차가 들통이 날까 두려워서 어머니 주민등록증으로 경로 카드를 뽑아 전철을 거저 탄다.

그는 하차하며 보증금을 반납받으세요, 하는 소리를 듣고 보증금 반납기에 카드를 넣고 땡그랑 동전이 떨어지는 소리를 음악처럼 들으며 500원 짜리 동전을 챙겨 주머니에 넣으며 돈 벌었네, 하며 가볍게 희열을 느낀다. 그는 50대 중반에 은행에서 명예퇴직이란 미명으로 4억 원 명예퇴직금을 받고 쫓겨나서 실업자가 되었는데 아직 65세가 안 되어 돈 한 푼 못 버는 실업자 처지에 꼬박꼬박 피 같은 돈을 내고 전철을 타야 하는 것이 불만이다.

그는 오늘 두 지인과 대모산을 오른다. 한 친구, 최만재는 300억 원대 재산을 가진 부자이다. 그는 도로변에 7층짜리 빌딩을 소유하고, 7층에 살며, 6층까지는 임대해 주고 임대료를 챙긴다. 또 한 친구, 이억만은 아파트와 상가를 가진 60억대 부자이다.

15억 대의 재산, 달랑 아파트 한 채뿐인 최천수는 그들에 비하면 가난하다. 그는 은행에서 부지점장을 끝으로 명예퇴직 당했다. 그는 20여 년 은행에 다니며 남의 돈이 왔다 갔다 하는 것을 죽 봐왔다.

고객으로 큰 부자도 만나봤고, 작은 부자도 만나봤다. 은행 돈을 빌리려고 매달리는 고객도 만났었다. 부자들은 그들 나름대로 재테크에 재주가 있었다. 대부분 절약이 몸에 뱄다.

은행을 퇴직한 이천수는 이제 더 이상 돈을 벌 수가 없어 벌어놓은 돈으로, 얼마나 더 살지 모르지만, 죽을 때까지 버텨야 한다. 150만 원 받을 것으로 예상되는 국민연금을 받으려면 8년은 더 살아야 한다. 그는 명예퇴직금과 직장생활을 하며 저축한 3억 원, 합계 7억 원 이자, 한 달 200만 원 남짓으로 살아가야 한다.

그는 재취업하려 했으나 여의찮아 새로운 수입원을 찾을 수가 없다. 그는 절약 외에 다른 방법이 없어 절약할 수 있는 것은 최대한 절약하려 한다. 그는 한 달 5만 원을 용돈으로 정했다.

세 친구가 산에서 내려와서 항상 가던 추어탕 집에 들렸다. 할머니가 운영하는 추어탕 집은 근처 추어탕 집보다 추어탕 한 그릇에 2천 원 싸며 밥은 무한 리필이다.

최만재와 이억만은 아침과 저녁에는 탄수화물, 밥은 먹지 않는다고 한다. 과일 채소 견과류를 먹는단다. 그 값이 백만 원은 더 든다고 자랑이다.

세 사람이 자리하자 할머니가 추어탕을 내왔다.

옆자리 손님이 소주를 반병이나 남겨놓고 일어섰다.

"할머니 그 소주 버리실 거죠?"

최만재가 상을 치우는 할머니에게 묻는다.

"네. 버려야지요."

할머니가 우리 식당 남은 술 모아서 파는 식당 아니야, 하는 투로 대답한다.

"그거 버릴 거면 우리 주쇼."

최만재가 능청스럽게 말했다. 할머니가 눈을 크게 뜨고 나이 든 등산객을 쳐다보다가 반 남은 소주병을 건넨다.

"잔도 세 개 주쇼."

이억만이 말을 보탠다.

할머니는 기가 막힌 표정을 지으며 잔을 세 개 건넨다.

세 친구는 소주잔에 가득 술을 따르고 술값 벌었네, 생각하며 흐뭇한 목소리로 건배한다.

최만재는 술을 씹으며 임대료가 밀린 세입자를 어떻게 조져서 임대료를 받아냈는지 자랑한다. 이억만도 상가 세입자가 나가서 새 세입자를 들이는 바람에 복덕방비 400만 원이나 들었다고 투덜댄다. 임대할 부동산이 없는 상대적으로 가난한 최천수는 부러운 눈으로 그들의 대화를 듣는다.

최만재와 이억만은 하루 한 끼만 밥을 먹는다며 세 공기나 밥을 시켜 먹었다. 식사가 끝나자, 각자 추어탕값 만 원씩을 제일 연장자인 이억만에게 건넸다.

이억만이 계산대로 갔다. 할머니가 3만 원입니다, 하고 밥값을 말했다.

"카드로 할까요, 현금 드릴까요?"

이억만이 묻는다.

"현금이 좋지요."

"그럼 현금 드릴 테니 부가가치세 10% 빼고 9천 원씩만 받으시죠."

이억만이 태연하게 말한다.

할머니가 기가 막힌 표정으로 이억만을 쳐다본다.

"농담하십니까? 그럼 카드로 주세요."

할머니가 던지듯 말한다.

이억만은 카드를 내민다. 오늘 술 거저 마셔 돈 벌었네, 하며 최만재가 이쑤시개로 이빨을 쑤시며 식당을 나선다. 최천수는 부자들의 돈을 아끼는 태도에 절로 존경심이 든다.

2

최천수는 순두부 식당에 들어섰다. 고등학교 동창 여섯 명과 점심을 할 거다. 점심값은 1/N 나눠 낸다.

최천수는 좍좍 술을 마신다. 똑같이 나눠 돈을 낼 거니 한 잔이라도 술을 더 마시는 것이 남는 장사다. 점점 술에 취해가며 최천수는 기고만장해진다. 세상이 돈짝만해지고 객기가 불쑥 솟는다. 그는 허허거리며 말이 많아진다.

한 시간 반쯤 점심을 먹고 총무가 종업원에게 계산서를 가져오라고 한다. 총무는 핸드폰을 열고 계산기로 일인당 밥값을 계산하고 만 5천 원씩 내라고 한다. 동창들이 만 원짜리 두 장을 낸다. 5천 원짜리 거스름 잔돈이 없어 총무가 쩔쩔맨다. 그것을 보고 최천수가 큰소리친다.

"다음 모임 점심값은 내가 낸다."
"와, 천수가 다음 모임 점심값 낸단다."

총무가 큰 소리로 떠든다.

동창들이 그래, 하며 박수친다.

뭐 그 정도야, 하며 최천수가 거드름을 핀다.

경로 카드를 뽑아 거저 전철을 타고 가며 최천수는 차차 술이 깬다.

그는 그가 술에 취해 객기를 부렸던 일이 떠오른다.

"내가 무슨 말을 한 거야?"
"내 두 달 치 용돈도 더 되는 밥값을 내겠다고 허풍 떨었어?"
"허, 그거 무슨 망발."

최천수는 번쩍 정신이 들고 등에서 땀이 난다.

내가 술김에 밥값을 내겠다고 큰소리쳤다. 이를 어쩐다? 기세 좋게 내뱉은 말을 주워 담을 수가 없다. 그는 두 손을 비비며 초조해 한다.

그는 잘못은 즉시 바로잡아야 한다며 바로 총무에게 전화한다.

"벌써 집에 도착했냐?"

총무가 반갑게 전화를 받는다.

"아니 아직 전철 타고 가고 있다."

"무슨 일?"

총무가 묻는다.

최천수는 차마 다음 모임에 밥값 내겠다는 말을 취소한다는 말이 바로 나오지 않는다.

"나는 집에 거의 다 왔다. 다음 모임에 밥값 낸다니 고맙다."

총무가 말한다.

"그거 할 말이 있다."

"무슨?"

"내가 헛말을 했다."

"헛말?"

"내 형편에 그런 큰돈을 낼 형편이 못 된다. 술김에 말이 헛나왔다."

"말이 헛나와? 다음 모임에 와서 니가 그렇게 말해."

총무가 쉽게 말한다.

"나보고 말하라고?"

"그럼 누가 하니?"

최천수는 총무의 매정한 대꾸에 눈물이 나려 한다.

3

최천수는 건강을 지키기 위해 매일 열심히 걷는다. 걷기 운동은 혼자 할 수 있고, 특별히 시간을 만들 필요도 없고, 무엇보다 돈이 들지 않는다. 시간 나는 때 공원을 돌면 된다.

그는 등산도 즐겨한다. 친구들과 어울려 산을 오르면 건강도 챙기고 즐겁다. 더구나 고등학교 등산회에서 가는 서울 근교 산이 대부분 전철을 타고 등산로 입구까지 갈 수가 있어 별도로 교통비가 들지 않는다. 하산 후 밥값은 일인당 만원이다.

등산회는 연초 시산제에서 걷는 돈으로 모자라는 밥값을 보충한다.

산악회에서 1월 말, 산을 오르며 시산제를 연다. 그때마다 돼지머리를 진설하고 돌아가면서 돼지머리 앞에 엎드려 절을 하고 현금을 돼지 입에 물린다. 대부분 5만 원짜리를 입에 물린다. 5만 원짜리 두 장을 물리는 친구도 있다.

몇몇 동창은 봉투에 돈을 담아 와서 공개적으로 얼마를 내는지 모르게 한다. 그날 일이 있어 등산을 못하는 친구 중 몇 명은 따로 돈을 보낸다.

최천수는 시산제 때 돼지 입에 얼마의 돈을 물릴까 고민한다. 5만 원은 그의 한 달 용돈이다. 그는 그가 얼마를 내는지 친구들이 알지 못하게 봉투에 돈을 넣어 내기로 한다. 돈이 든 봉투를 돼지 입에 물리는 친구 중 5만 원 이상 넣은 친구는 봉투에 이름을 쓴다.

그는 무기명으로 하기로 한다. 그는 빈 봉투를 그냥 돼지 입에 물릴까, 하다가 그래도 시산제는 일종의 제사인데 맨입으로 절을 하면 화가 닥칠 거 같아 얼마는 넣어야 할 텐데 얼마를 할까, 고민한다. 처음부터 여러 동창이 내는 5만 원을 넣을 생각은 아예 없다. 만원, 너무 많다, 5천원? 하고 고민한다.

돼지 아가리에 돈을 물리는 것 자체가 미신이라 싫은 최천수는 5천 원도 아깝게 여겨진다. 그냥 빈 봉투를 입에 물리고 돈을 낸 척하려던 최천수는 천 원짜리 한 장을 봉투에 넣는다.

시산제가 끝나고 빈대떡집에서 뒤풀이가 열렸다. 술이 한 순배 돌자, 산악회 총무가 시산제 결과를 떠벌린다.

"금년 시산제에 2백팔십삼만일천 원이 들어왔다. 금년 한 해 산악회 살림을 잘 할 수 있을 것 같다. 오늘 등산에 참석하지 않는 정운천이 20만 원, 박호철과 정대설이 각각 10만 원을 보내왔다. 박수로 그 친구들 성의에 보답하자."

총무의 제창에 친구들이 박수친다.

"그런데 천 원은 뭐냐?"

호사가로 떠들기 좋아하는 소기철이 큰 소리로 소리친다.

"그래 천 원이 뭐냐?"

다른 친구가 총무에게 묻는다.

"그거 누가 봉투에 달랑 천 원을 넣었다. 이름을 쓰지 않아 누군지 모른다."

총무의 해명에 천 원을 낸 친구도 있어, 하며 친구들이 웅성댄다.

최천수는 천 원을 낸 것이 들통날지 걱정하며 얼굴이 붉어진다.

4

최천수는 아욱국에 밥을 말아 아침을 먹는다.

"나 오늘 친구들과 꽃지해수욕장에서 여는 튤립박람회 갈 거야. 점심은 당신이 알아서 해결해."

아내가 미안한 기색을 보이며 말했다.

"알았어. 그런데 뭐 타고 가?"

"우리 차로 갈 거야."

"당신이 운전한다고? 거저 태워다 준다고?"

"아니, 기름값과 톨비는 회비에서 받아."

"그것만 받으면 돼?"

"그럼?"

"그 먼 데까지 가려면 타이어도 갈고, 엔진오일도 갈고, 브레이크도 갈고 할 텐데."

"그걸 어떻게 계산해 받아 친구들에게."

"더구나 우리 보험들 때 만km 미만 티면 보상받게 되어 있잖아. 그 먼 거리를 다녀오면 킬로 수가 막 오를 텐데."

"당신 너무한다."

"당신 그렇게 차 타면 팔아버릴 거다."

"아직 60도 안 됐는데 차 팔자고?"

"그래. 차에 들어가는 돈이 얼마나 되는지 알아? 세금 내야지, 보험 들지, 때때로 기름 채워야지, 소소하게 정비 비용 들지. 당신도 알잖아, 나 이제 돈 더 못 벌어. 요새 친구 부모 부고 오는데 다 90은 넘게 살아. 우리도 90 넘게 살 건데, 앞으로 30년은 더 살아야 해. 우리 기초생활 수급자 안 되려면 절약하는 방법밖에 없어. 그래 은행 부지점장까지 한 내가 기초생활 수급자 되어야겠어?"

"당신 동료들은 현직 때 재테크 잘해 상가도 있고 하던데 당신은 뭣하고 상가 하나 없이 가난뱅이 타령하며 그렇게 빡빡하게 살자고 해?"

"친구들과 약속이니 조심해서 다녀오고 다음에는 그런 선심 쓰지 마."

최천수가 더 말해 봐야 본전도 못 찾을 것 같아 인심 쓰듯 말했다.

아내는 아무 대답 없이 밥을 입에 퍼 넣었다.

5

최천수는 오늘도 최만재, 이억만과 같이 대모산을 오르고 항상 하던 대로 할머니 추어탕 집에서 추어탕을 먹고 왔다. 할머니는 부탁도 안 했는데 손님들이 먹다 남은 소주를 한 병에 모아서 주었다. 세 사람은 거저 술을 마시며 허허거렸다.

최만재는 밥 세 공기를 꾸역꾸역 입에 밀어 넣으며 추어탕 국물이 바닥나자 국물을 서비스로 더 달라고 하였다. 그는 이렇게 점심을 든든하게 먹고 가면 저녁은 과일 몇 쪽만 먹으면 된다며 기뻐했다.

　최천수는 샤워하고 거실로 나와 소파에 누워 창밖의 하늘을 올려다봤다. 하얀 구름이 천천히 흘러갔다.

　그는 부자들이 술값 아끼려고 남이 먹다 만 술을 허허거리고 마시던 장면이 떠올라 웃음이 나와 실실 웃으며 부자들도 돈 아끼려고 자린고비 노릇을 하는데 겨우 먹고 사는 처지인 자신이 너무 헤프게 사는 것이 아닌가, 생각됐다.

　그는 63세부터 나올 국민연금 150만 원이 기다려진다.

　아직 젊으니 뭘 해서 돈을 벌어야 하는데 마땅히 할 일이 없다. 주식 투자하다가는 주식에 투자한 여러 친구처럼 망할 거다. 치킨집을 하려면 인건비 절약하려 그가 치킨을 튀기고, 아내가 홀에서 서빙해야 한다.

　그는 은행 부지점장까지 한 자신이 치킨 튀기는 장면을 상상하며 얼굴을 찌푸린다. 앞치마를 두르고 서빙하는 아내의 모습을 상상하며 그는 푹 한숨을 내쉰다.

　흰 구름이 검은 구름에 밀려가고 하늘이 어두워진다. 그는 비가 오려나, 하고 생각하며 아내가 그 좋은 은행 다니면서 재테크 못했다고 지청구하던 소리가 귓가에 맴돈다.

　당신 산에 간다더니 일찍 왔네, 아내가 현관에 들어서며 말한다. 아내는 교회에서 사도행전 해설 강좌를 듣고 왔다.

　"나 내일 여전도회에서 야유회 가는데 따라 갈 거니 점심 당신이 해결해."

　아내가 소파 끝에 앉으며 말했다.

　"그래? 교회에서 차랑 대주나?"

　"아니, 우리들이 회비 내서 가."

　최천수는 아내가 놀러 가며 돈을 쓴다고 하자 이맛살이 찌푸려졌다.

교회 성가대를 하는 권사인 아내는 교회 일에 열심이다. 열심인 것은 좋은데 십일조를 꼬박 낸다. 돈 십 원도 벌지 않으며 우리 집 수입의 십 분의 일을 바치는 모양이다. 하나님이 다 알아서 챙겨준다고 한다.

최천수는 아내가 내는 십일조가 아까워 교회를 그만 다니라고 하고 싶다. 교회 가는 것을 막든지 십일조를 못하게 하면 이혼하자고 할 거다. 교회 신도들 모임이 자주 있어 지출이 크다.

최천수는 밀려오는 먹구름을 보며 어떻게 아내의 교회 지출을 줄일까 궁리하나 방법이 떠오르지 않는다.

6

최천수의 장인이 향년 75세로 타계했다.

최천수는 장인이 젊은 나이에 돌아가신 것이 아쉬웠으나 당장 조위금을 얼마 해야 할지 걱정되었다. 은행 부지점장까지 했던 사위가 단돈 십만 원을 할 수는 없다.

아내가 상심한 표정으로 장례식장에 갈 옷을 입으러 안방으로 들어가며 ATM 부스에 가서 100만 원을 찾아오라고 한다. 조위금으로 30만 원을 할까, 큰마음 먹고 50만 원을 할까 계산하고 있던 최천수는 아내의 가이드라인에 덜컥 가슴이 내려앉았다.

그는 알았어, 하고 검은색 정장에 검은색 넥타이를 매고 은행에 가려고 현관을 나섰다. 그는 ATM 기기에서 100만 원이나 빼야 해, 하며 도살장에 끌려가는 심정으로 은행에 갔다.

그가 은행에 들어서려는 순간 핸드폰이 울렸다. 시골에서 농사짓고 사시는 팔순이 훌쩍 넘은 아버지 전화다.

"내 나이에 서울까지 사돈 장례식장에 가기는 어렵고 50만 원 송금할테니 니가 전하고 안사돈에게 나 대신 조의를 전해라."

아버지가 바로 송금하겠다고 은행 계좌번호를 알려달라고 한다.

그가 은행 ATM 부스에서 예금 출금을 찍고 현금 100만 원을 5만 원 권으로 출금했다. 명세서를 받아보니 아버지가 벌써 50만 원을 송금하셨다.

현금을 주머니에 넣고 집으로 가며 최천수는 기발한 생각이 떠올랐다. 아버지가 보낸 50만 원과 내 돈 50만 원을 합쳐 백만 원을 내 이름으로 조위금을 내자.

집에 들어서니 아내가 검정 치마에 흰 저고리를 입고 소파에 앉아 기다리다 100만 원 빼 왔지, 하고 묻는다. 이천수는 현금 뭉치를 흔들며 고개를 끄덕인다.

"사위로서 할 일이 있을 거요. 화장장도 예약하고 장지에도 미리 가봐야 할 거고 기동력이 필요할 거니 자동차 가지고 갑시다."

아내가 앞장서서 현관으로 나가며 말했다.

장례식장에 밤늦게까지 머물러야 할 것 같아 장례식장의 만만치 않은 주차비가 걱정되어 대중교통을 타고 가려던 최천수는 아내의 말에 입맛이 썼다.

7

최천수는 그와 같은 지점에서 지점장으로 모셨던 오영석으로부터 전화를 받았다. 강남역 11번 출구에서 2시에 만나자고 했다. 최천수는 점심은 먹고 나오라는 소리네, 하며 시간에 맞춰 갔다.

두 사람은 가까운 곳에 있는 커피숍에 들어갔다. 오영석은 자기가 초대했으니 커피는 자기가 사겠다고 했다. 오영석이 진동벨을 들고 와서 최천수 앞에 앉았다. 수인사가 오갔다.

"최 부지점장, 명예퇴직금 받은 거 어떻게 관리해?"

오영석이 진지한 표정으로 물었다.

"제2 금융권에 쪼개서 넣어 놓았어요."

"이자는 얼마 받아?"

"연 3.2%에서 3.5% 받아요."
"그렇겠지. 내가 좋은 정보 주려고 보자고 했어."
"정보요?"
"내 동생이 서울시 다니는 것은 알지?"
"네, 과장님이 하셨었잖아요."
"동생이 주택실 국장으로 승진했어."
"축하합니다."
"축하는, 남한산성이 유네스코 유산으로 등록된 거 알지?"
"네. 등산 갔다가 표지판 봤어요."
"서울시에서 그 근처를 대대적으로 관광지로 개발하려고 경기도와 협의 중이야. 3개월 후에 청사진이 발표될 거야."
"그래요?"
"거기에 마천역 부근도 포함되는데 거기 땅을 사놓으면 대박 날 거야."
"네에!"
"내가 봐놓은 땅이 있는데 한 만 평 돼. 평당 5만 원이야."
"서울에 평당 5만 원짜리 땅이 있어요?"
"5억 원이 필요한데 내가 당장 가동할 수 있는 현금이 3억 밖에 없어 자네가 현직 때 나한테 곰살맞게 잘해줘서 그 땅 같이 샀으면 하는 생각이 떠올랐어."
"감사합니다. 저도 은행에 예금된 통장을 깨야 하는데."
"기껏 이자 겨우 3% 조금 넘잖아. 이거 터지면 몇 배 뛰어. 다섯 배만 뛰어도 자네 2억 투자하면 바로 10억이 되는 거야."
"그렇기는 한데."
"이런 고급 정보를 어디서 얻나? 좋은 기회니 꽉 잡아."
오영석이 주먹을 꽉 쥐고 흔들며 말했다.
최천수는 그의 상사였던 오영석이 거짓말할 것 같지 않은데 이런 좋은 기회를 자기 친척들과 나눌 거지 왜 나한테까지 차지가 왔나, 의아했다.
"자네 지금 안 바쁘면 현장 보러 가지."
오영석이 자리에서 일어서며 말했다.
최천수는 저 바쁜 일 없는데요, 하고 그를 따라나섰다.
두 사람은 강남역에서 2호선 전철을 타고 잠실역에서 8호선으로 갈아타고, 천호역에서 5호선으로 갈아타고 마천역에 내렸다. 전철을 타고 가며 옛 동료 이야기, 현직 때 일을 재미있게 소곤거렸다.
남한산성 등산로에서 100여m 떨어진 곳에 잡목이 우거진 경사 10도 정도의 나대지가 있다. 개발하기는 어려울 거 같지 않았다.
오영석은 이왕 온 김에 복덕방에 들르자고 했다. 그는 중개인에게 그 땅다 살 테니 평당 만 원만 깎아보라고 했다. 중개인은 몇천 원 깎아보겠다고 했다.
최천수는 집에 돌아와서 아내에게 오영석과 만난 이야기를 했다. 아내는 그거 괜찮겠어, 하며 미온적인 반응을 보였다.
복덕방에서 평당 2천 원 깎아준다고 연락이 왔다며 오영석은 그 가격에 계약하자고 최천수에게 강요했다.
최천수는 얼떨결에 좋다고 대답하고, 제2 금융권에 저금한 정기 예금을 깨서 계약금을 지불하고 땅 주인이 되었다.

8

최천수는 일확천금하는 허황한 꿈에 허우적거리며 3개월을 보냈다. 땅값이 5배 오르면 10억, 10배 오르면 20억….
3개월 후 서울시에서 어떤 개발계획도 발표하지 않았다. 오영석은 경기도와 협의가 안 끝나 발표가 늦어진다며 두 달만 더 기다리자고 했다. 기다리는 사이 재산세 고지서가 나왔다. 최천수는 생돈을 물었다.
다시 두 달이 지나도 아무 소식이 없다. 오영석은 뭐가 잘못됐는지 모르겠다고 했다. 그의 생계를 떠받치는 피 같은 돈 2억을 땅에다 묻어놓고 최천수는 더 가혹하게 내핍생활을 해야 했다.

  2억 원의 이자가 나오지 않으니 한 달에 50만 원 수입이 준다. 그의 수입 1/4이 날아갔다. 이제 절약만으로는 생활을 유지할 수가 없다. 고정으로 나가는 돈, 아파트 관리비, 세금, 건강보험료는 한 푼도 깎을 수가 없다.

  최천수는 막막했다. 사놓은 땅, 흙을 피서 끓여 먹을 수도 없고, 나목을 베다가 땔감으로 쓸 수도 없다. 새로운 수입원, 국민연금이 나오려면 한참 더 살아야 한다.

  오영석은 전화도 받지 않는다.

  자린고비 생활도 한계에 달했다.

  최천수는 그 땅을 팔기로 한다. 복덕방에 내놓은 지 몇 달이 지나도 사겠다는 사람이 나타나지 않는다. 팔아달라고 독촉하는 최천수에게 그럼 평당 4만 원에 내어놓을까, 하고 너스레를 떤다. 4만 8천 원에 샀는데 8천 원을 날리라고 한다.

  최천수는 잠이 오지 않는다. 전화를 받지 않는 오영석을 원망할 수도 없다. 자신이 결정하고, 은행예금을 깨서 땅을 샀다. 나도 땅을 가지고 있다는 자존심 외에 아무 짝에 쓸데없는 재산이다. 당장 먹고사는 데 전혀 도움이 되지 않는다. 공연히 세금만 문다.

  최천수는 허황한 신기루를 좇았던 자신의 잘못을 후회하며 4만 원에라도 팔기로 피눈물을 흘리며 결심한다. 그는 치킨 장사 시작하여 원금마저 날려 보낸 친구들을 떠올리며 그래도 얼마는 건지잖아, 하며 자신을 위로한다.

  그는 90까지 산다고 치고 앞으로 몇십 년 더 살아갈 일이 아득하다.

열 번째 창작집을 내며

　서울 성북구 성북동에 소재한 심우장을 찾으면 벽면에 한반도 지도가 그려져 있고 그 지도 위에 만해 한용운과 인연이 있었던 지명이 죽 적혀 있다. 만해가 출가한 인제 백담사를 비롯하여 그가 거쳐 간 속초 신흥사, 고성 건봉사, 3.1운동 후 그가 수감됐던 서대문형무소, 그가 입적한 심우장까지 한반도를 빙 돌아 표시되어 있다.

　그의 대표작, 님의 침묵 육필 원고가 1억 5천만 원을 호가한다는 해설도 들었다. 그가 심었다는 100년 된 향나무를 올려다보며 문득 내가 살아온 궤적이 떠올랐다.

　전북 산골 장수에서 태어나서 초등학교에 다니다가, 전주로 이사하여 초·중·고등학교를 졸업하고, 서울 공릉동에 있는 공과대학에 입학하여 명륜동에서 입주 과외를 시작하여 일곱 번 과외 주소지를 옮기며 겨우 대학을 졸업했다.

　재학 중 입대하여 논산훈련소에서 신병훈련을 받고, 부산 화학학교를 거쳐 원주와 춘천에서 복무했다. 대학 졸업 후 영월에서 첫 근무를 시작하고 국제원자력기구 장학금을 받고 미국 오리곤 주립대학이 소재한 코발리스에서 일 년 반 유학했다. 영월에 거주할 때 결혼했다.

귀국 후, 돈암동 월세집에서 시작하여 서울 강북 강남을 오가며 일곱 번 이사를 한 끝에 40여 년 붙박이로 살고 있는 잠실 집에 정착했다. 서울에서만 근무하다가 정년을 앞두고 부산에서 3년 근무했다. 마지막 직장생활을 대덕단지에 있는 회사에서 하며 대전에서 살았다.

지금 사는 집의 재건축이 한창 추진 중이다. 3년 후에 이주하여 어디론가 가서 살다가 6년 후 재건축이 완성되면 다시 돌아올 것이다.

두 달에 매달 한 건 꼴로 친구들의 하산 소식이 전해진다. 나는 언제 어디서 하산할까?

30여 년을 다닌 직장을 정년퇴직하며 정년이 없는 직업을 가져보자, 하며 소설을 썼고, 운이 좋게 등단하여 소설가가 되고, 열 편의 장편소설을 내고 아홉 권의 창작집을 냈다. 문학상은 몇 번 받아봤지만, 책 한 권도 베스트셀러에 들지 못했다.

앞으로 몇 권의 책을 더 낼지 모르지만, 힘이 남아있는 한 계속 쓸 거다.

내 책을 읽고 재미있다며 공대를 가지 말고 인문계 대학을 갔으면, 하며 격려해 주는 독자분들에게 감사한다.

다 지나가리라

지은이 / 양창국
발행인 / 김영란
발행처 / **한누리미디어**
디자인 / 지선숙

08303, 서울시 구로구 구로중앙로18길 40, 2층(구로동)
전화 / (02)379-4514
Fax / (02)379-4516
E-mail/hannury2003@daum.net

신고번호 / 제 25100-2016-000025호
신고연월일 / 2016. 4. 11
등록일 / 1993. 11. 4

초판발행일 / 2025년 10월 24일

ⓒ 2025 양창국 Printed in KOREA

값 18,000원

※잘못된 책은 바꿔드립니다.
※저자와의 협약으로 인지는 생략합니다.

ISBN 978-89-7969-909-8   03810